U0925777

当爱越过年轮

魏天作◎著

当爱越过年轮

这是一个有情有义、至情至真的男人
这是一段荡气回肠、至真至纯的爱情
这是一个男人跨越几十年的爱情坚守
这里讲述的是大时代下小人物的悲欢离合、爱恨情仇

内蒙古出版集团
远方出版社

图书在版编目(CIP)数据

当爱越过年轮/魏天作著.—呼和浩特:远方出版社,2011.10

ISBN 978-7-80723-639-9

Ⅰ.①当… Ⅱ.①魏… Ⅲ.①长篇小说-中国-当代 Ⅳ.①I247.5

中国版本图书馆 CIP 数据核字(2011)第 192895 号

当爱越过年轮

著　　者　魏天作
责任编辑　云高娃
出版发行　内蒙古出版集团　远方出版社
社　　址　呼和浩特市乌兰察布东路 666 号
电　　话　0471—2236139(发行部)
邮　　编　010010
印　　刷　三河市延风印装厂
开　　本　710×1000　1/16
字　　数　150 千
印　　张　14
版　　次　2012 年 1 月第 1 版
印　　次　2012 年 1 月第 1 次印刷
印　　数　1-10000 册
书　　号　ISBN 978-7-80723-639-9
定　　价　28.80 元

第一章

第二章

第三章

▶第四章◀

你的离别
为我留下深深的绝望
而你的拥抱
又使我抹去眼角的泪光

——题记

第一章

一

那是一个初夏的傍晚。

村街上很静，水坑前那片苇地也很静，静得仿佛连一丝风儿都没有。苗大牛走到水坑前，随便地把目光越过如镜的水面，搭到葱茏的苇地上。恰在这时，他心里忽然莫名地悸动了一下，紧接着小腹便鼓胀起来，一股热尿刻不容缓地就要排泄。他急忙放下担子，匆匆走进苇地。大约也就进去了五六步远，前边不远处，突然“呼呼啦啦”如飓风般席卷而过，在苇丛动荡起伏之中，有两团耀眼的白光闪烁而去，眨眼而逝……

苗大牛顿时惊呆在那里，热尿顺着裤腿流到脚脖，也全然不知。事情来得太突然了，也太不可思议了。一时间，他真是怀疑遇上了鬼怪。他曾不止一次地听人们讲述过鬼怪的故事。鬼怪常于暮色苍茫时分，出没于村头、树林、水坑、苇地，可是，他还从来没有听说过像今天这样白得耀眼，而且逃遁如飞的鬼怪。

渐渐地，他醒悟了。

当他意识到那两团白光很可能就是人的某一部位时，内心深处引起的訇响顿时如山崩地裂，震得他头晕目眩，浑身像是抽去了筋骨，抖得就要站不住了。

然而那两团白光，却像浮雕一样悬挂在他的眼前了。

有时候，他正好好地干着活儿，那两团白光就忽然在眼前晃动起来；尤其到了晚上，白光愈来愈清晰，愈来愈真切，干脆就是两团高耸而鲜活的乳房了。这就勾出了他的许多好奇，禁不住一遍又一遍地问自己："怎么那么白呢?"他甚至有些后悔了："当时怎么不看仔细一点呢?"

有一天，苗大牛担水经过小角门，忽然看见里边有个姑娘正在掐花儿。他知道那里边种着许多花儿，却从来没有看见过这姑娘。姑娘长得细条条的，脸蛋儿很白净，一双水灵灵的大眼睛，辫子黑又长……

不知不觉地，苗大牛在那里站住了，全然忘记了担水的事，心像一只欢快的小鸟儿，"扑棱扑棱"飞到姑娘的身边，问她叫什么，从哪里来。

姑娘见他这样，很是惊羞的样子，慌忙在花丛中隐没了，可是又像有什么事情非要看清楚不可。她轻轻地拨开几蓬枝叶，不住地向外张望，那小心翼翼地样子，仿佛一只觅食的雀儿。

初夏的阳光已经很暖和了，何况又是中午，何况还有一担水压在肩上，苗大牛渐渐出了许多汗。起初，他全然不知，后来觉得脸上、身上有许多像是小虫子样的东西爬，爬得他很痒很难受，才伸手抓一把，就抓出许多汗；同时也恍然了，他站在了一个很不该站的地方。幸好是在中午，大家都在休息，不然被人看见了，还不知道要说他什么呢。

苗大牛不敢停留，慌忙往前走。水从筲里洒出来，一路种下许多转瞬即逝的花儿。可是当他担着空筲再经过小角门时，还是禁不住要往里边看。他想看看姑娘是否还在里边，现在正在干什么。谁知才一扭头，姑娘就在小角门下边呢！她手里捏着一朵花儿，不经意地摆弄着，等苗大牛走近了，轻轻一掸，正好落在他的脚下，拦住了去路。苗大牛不禁一怔，"咯噔"站在那里。

姑娘说："刚才，你为什么看我?"

苗大牛看她的样子虽然认真，却也没有多少恼意，便放下心来。况且，这种事情本来就很滑稽，我看你?你不是也在看我吗?还有什么好说的?于是在心里想：这一定是哪个屋里的丫头，闲得没事了，出来找话说。他便灵机一动，与她开玩笑说："我好像在哪里见过你，看着好面熟。"

谁知姑娘却当真了，顿时变得慌乱起来："你见过……不可能！你一定认错人了!"

苗大牛心里想笑，觉得这姑娘未免太实在。其实，见没见过又有什么呢?不就是随便说话儿吗?他不想在这件事上多磨蹭，就转换了一个话题，轻声说："你叫什么?"

姑娘不答他的话，反而急切地问："你说清楚，到底见没见过我?"

他逗她说："不说叫什么，我就不告诉你。"

姑娘无奈，只好说："我说了，你说不说?"

他说："你说吧。"

姑娘说："我叫叶儿。"

叶儿?苗大牛嘴上这样重复着，心里却想：她怎么能叫叶儿呢?应该叫花儿才对！你看她长得多像一朵花儿啊！于是又问："你是在这里掐花儿吗?掐花儿就是你的活吗?"

姑娘说："你还没有告诉我呢!"

他装糊涂："我告诉你什么?"

姑娘急了："你……你骗人!"

顿时急出两眼泪。

苗大牛一惊，后悔自己不该逗她，才想说点什么，瘸腿老五在后边喊起来："大牛，你变成木桩了吗?我这里还等着用水淘草呢!"

这时再看叶儿，却没有影子了。

四周一片寂静，日光流金般铺洒下来，人在其间，恍若做梦，唯有脚下的一朵鲜花，仿佛还在讲述着一段往事……

现在，苗大牛眼前不但有了两团晃动的白光，而且心里还有了一个谜样的叶儿。他两眼看着白光，一心想着叶儿，整个人就如同掉进一口阔大无边的泥潭，不能自拔了。

这天，苗大牛又经过小角门时，忽然听到一个声音喊："大牛。"

声音虽然很轻，轻得如是琴瑟随风飘过，但他还是听到了，而且还能一下子听出那是谁的声音——是叶儿的声音，是叶儿在叫他！他又惊又喜，可是等了很久很久，也不见叶儿出来，心里一急，便扯开嗓子喊起来："叶儿，你在哪里?快出来啊!"

瘸腿老五怕苗大牛在路上变成木桩，正在后边看着呢！他听见喊，顿时吓得魂都飞了，慌忙拖着一条腿，一蹦一跳地赶过来，对着苗大牛的后脑扬手就是一掌，然后压低声音吼："傻小子，找死啊！"

苗大牛不知道瘸腿老五为什么要这样，一肚子委屈，一肚子怨恨，觉得面子都被他丢尽了。担水回来，见瘸腿老五正一手叉在腰间，一手扶着门框，金鸡独立又虎视眈眈的熊样子，气便不打一处来，也不倒水，"咣当"一声把担子摔在地上，怒气冲冲地走过去，大声质问说："你为什么打我？"

瘸腿老五见他牛犊子似的，天不怕地不怕，不敢与他正面交锋，就把叉在腰间的手换了一个位置，端在胸前像招魂儿似的，对着苗大牛一招一招，同时急切地喊："你嚷什么？你嚷什么？"

苗大牛还是那句话："你为什么打我？"

瘸腿老五惊恐地向四周张望着，生怕被人听见："你小子就不会小声点！你是真不知道还是活腻歪了找死啊？叶儿是你随便乱喊的吗？她是田家的大小姐！"

田家是村里的首富，其威势妇孺皆知。

顿时，苗大牛像被人抽去了筋骨，一下子瘫软了，冲到唇边的怒吼也给卡住了，大张着嘴半天没有说出一句话。

瘸腿老五拉苗大牛一把，把他拉近一些，轻声问："你是咋知道她住在那里的？"

苗大牛说："我也不知道她住在那里，我是从小角门经过时，看见了她，后来，她就和我说话……"

"她还和你说话？"瘸腿老五上上下下打量着苗大牛，不相信地问："你不是撒谎吧？"

苗大牛分辩说："我为什么要撒谎？"

瘸腿老五还是不相信："名字也是她告诉你的？"

"是啊！"

"刚才也是她喊你？"

"是啊！"

顿一顿，他又补一句："她喊了我，又不出来见我，所以我就……"

瘸腿老五的目光如是两把锋利的刀子，在苗大牛身上戳了一遍又一遍，却也没有找出他撒谎的地方。

他糊涂了，这是怎么回事呢？

若说是美女爱英才，苗大牛算是什么英才呢？论模样他没有模样，论才能他没有才能，呆头呆脑的连句话都不会说，只会闷头儿往淘草缸里担水；若说是阴谋，人家一个富家大小姐会对一个穷帮工耍什么阴谋呢？百思不得其解！可是凭经验，他断定这不是一件好事情——穷人和富人攀亲情，就好比羊与狼交朋友，羊迟早都会被狼吃掉的！

瘸腿老五嘱咐苗大牛："往后你就死了这份心吧，癞蛤蟆别想吃天鹅肉！如若她再叫你，你就假装没听见。我的话记住了？"

苗大牛答应说："记住了。"

可是没几天，就在一个如梦的傍晚，苗大牛却神神秘秘地带回来一块花汗巾。很显然，那是姑娘的心爱之物，上边不但绣着花，还熏着浓浓的香。

瘸腿老五正在水缸前淘草，忽然看见有个生灵样的东西鲜鲜活活地从苗大牛的怀里跳出来，顿时惊得两眼都直了。

他一把将汗巾抓在手里，如同抓住一块炙手的炭火，抑或一条咬人的毒蛇，悚然一抖，抛到苗大牛脸上，紧接着扑上去揪住他的衣领，用力推搡着，恨不能把个晕晕糊糊的苗大牛一下子推搡醒，或者重新推搡出另外一个苗大牛来，然而不能，苗大牛还是苗大牛！

他彻底失望了，慢慢松开手，无可奈何地说："既然你把我的话都当成了耳旁风，我也不再说你了。这样吧，咱们见你爹去，我把话都给他说清楚，免得日后有个好歹跟着背黑锅。"

苗大牛木呆呆地站在那里，一动也不动，一句话也不说，仿佛真的变成了一截没头没脑的木桩。

瘸腿老五喊："走啊！"

苗大牛突然往地上一蹲，双手抱着头"呜呜"地哭起来。

瘸腿老五冷笑说："咋，你怕啦？"

苗大牛喊："不……"

然后扑上去，紧紧抱住瘸腿老五一条腿，一边哭一边说："五叔，我……我不知道啊！我不知道我为什么要那样，也不知道她为什么要那样？本来，我听了您的话，发誓不再见她了，可是一经过小角门那里，我就做不了自己的主；还有她，她在小角门那里等我，都等了好几次了，汗巾也是她给我的。五叔，我知道你是为我好，可是我没有办法不那样啊……"

瘸腿老五见苗大牛这样，心就软了，同时也犯难了。他沉吟一会儿，只好拉着苗大牛走到石凳前，离他很近地坐下来，像哄一个迷路的孩子极有耐心。"孩子，你别急，慢慢说，你们都说了些什么话？"

苗大牛说："其实，也没有说什么。起初，她在那里掐花儿，我看她一眼，她就问我为什么看她，还急得什么似的。五叔，你说，平白无故的，这都是为了什么啊？"

不待瘸腿老五回答，苗大牛立即断言说："她是和我好！她一定是和我好！五叔，我已经千遍万遍地想过了，穷人也不一定都是羊，富人也不一定都是狼。天上的七仙女，还下凡嫁给一个砍柴郎呢！"

瘸腿老五点点头，又忽然摇摇头，末了还是叹口气说："我也糊涂了，没有主意了，还是回家给你爹说去吧，看他有什么好主意？"

苗大牛担心地说："我爹是不会相信的。"

瘸腿老五说："我也去，我帮你说。"

果然，大牛爹不相信。不等儿子把话说完，他就打断说："好啦，好啦，别大白天说梦话啦！"

苗大牛便从腰里拿出那块花汗巾来作证。

大牛爹一把夺过去，看也不看，扔进灶火中烧了，然后指着儿子骂："没出息的东西，不好好做工，还敢偷人家的东西，看我不打扁了你！"

瘸腿老五赶紧上前劝解说："大牛没说谎，他说的都是实情。"

大牛爹问："田家大小姐给他说的话你都听见了？给他汗巾时你也看见了？"

瘸腿老五说："这倒没有。不过有一次，大牛在小角门那里喊叶儿，我是听得清清楚楚的。”

大牛爹冷冷一笑：“我看你也糊涂得差不多了。他那是发烧说胡话，你也信?”

二

从此，大牛爹不叫苗大牛去田家帮工了，叫他下地锄草。

这倒没什么！关键是不去田家帮工，苗大牛就进不了田家的门，就见不到叶儿了。叶儿长得实在是太好看了，看一眼就叫人忘不了！

几天不见，苗大牛心里就空落得难受，好像丢了魂儿似的。他在地里锄草，常是盯着一棵高粱愣半天。细长的高粱能幻化出叶儿窈窕的身影，他还对着那身影自言自语，说一些没头没脑谁都听不懂的话。倘若有人真要与他说话时，他却又缄口不语了。人是眼看着一天天消瘦，仿佛风一吹身上的肉就会化去一层，雨一淋身上的肉就要散掉一块。

大牛娘疼得揪心，暗里不知哭过多少回，也曾多次冒着炎炎烈日，走十几里路托大姨给儿子说媳妇，可是去了三四趟，说了五六家，竟连一个贴边的姑娘都没有。说媳妇可不像赶集买小羊，只要舍得花钱就成，说媳妇不但讲究门当户对、属相相合，还要讲究郎才女貌，难啊！

然而，苗大牛的心思却不在说媳妇，而是会叶儿。

有几次，他试图混进叶儿家，结果都失败了。看门人盯得特别紧，还离十几步远呢，就被看见了，问他找谁？苗大牛不敢说找叶儿，支吾半天只好扫兴而归。后来，他想起瘸腿老五，谎称找五叔。可是看门人还是不让进，叫他在门口等，给他去喊人。他哪里敢等？看门人往里走，他就往外跑。

翻墙更是不可能。田家的院墙不但高，而且四周围着一条护院壕，光溜溜的，连一株小树都没有，根本上不去。

思来想去，最后只有一个办法了，那就是不怕神灵的惩罚，不怕千刀万剐，冒着滔天大罪，把苇坑前那块石碑扳倒！

关于石碑的传说很多很多。

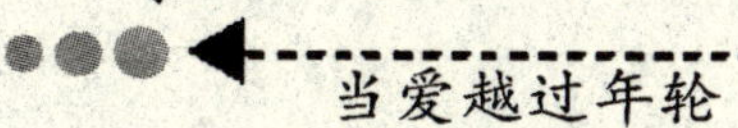

瘸腿老五即是其中的一个。

那时，年轻的老五爱上一个叫菊的姑娘，想见而不能，他情急之中，便铤而走险，去扳石碑。第一次，他刚扳动一点，就觉得手上滑腻腻的，凉森森的，低头一看，是一条大蟒蛇盘在上边，吓得“嗷”一声跑了。不几天，村里就有两个姑娘跑出来，可是没有菊。他只好再去扳。这一次，也是刚扳动一点，就觉得有人在他背后打了一下，回头一看，哪里是人？原来是一个披着长发两眼滴血的荡鬼！吓得他跑回家大病一场。这时候村里就乱了，无论大姑娘小媳妇，一到天黑就在家坐不住，偷偷跑进苇地里与心上人野合。那个叫菊的姑娘也来了，就在老五与菊姑娘电光石火般交合的那一瞬，突然刮起一阵狂风，满地芦苇如怒，坑水“哗哗”爆响，成群的巨龟爬上岸来。老五惊恐万状，正欲携菊逃命，不知从何处飞来一石，打在他的右腿上，自此成了瘸子……

这个念头刚在苗大牛头脑中一闪，就吓得一颗心“咚咚”狂跳起来。他后悔自己不该生出如此邪念，四周有那么多的人，万一被人家看破了怎么办？现在的人都特别精，能从一个细微的眼神看出人的心思来。他觉得远远近近散散落落的人，已不像先前那样专心劳作了，甚至有人正在看着他指手画脚地议论些什么……

收工回家的时候，苗大牛不敢走大道，专行偏僻无人的坎坷小路，生怕被人遇见问长问短。小路上生满杂草藤蔓，偶有蟒蛇、蛤蟆踩在脚下，吓得浑身颤抖。好在小路不长，翻过一道壕沟就是杏林，越过杏林就到家了。

眼下正是杏子成熟的季节，空气中弥漫着浓郁的甜香。他不敢多看，只顾低头匆匆赶路。正行走间，忽听旁边有人喊：“大牛，看你慌的，躲谁呀？”

原来是白羊！

白羊和苗大牛年龄差不多，正在城里读书。他今天怎么回来了？

苗大牛迟疑着停下来，试探地问：“你……怎么回来了？”

白羊冷冷地说：“今天礼拜，回家过礼拜！”

苗大牛就想起来了，白羊经常回家过礼拜，而且回来了就往田家跑。叶儿娘是白羊的姑母。他心里忽然一动，不禁脱口问：“你见过叶儿了？”

他是想从侧面了解一下叶儿的情况。

谁知白羊却恼了，伸手指住苗大牛的鼻子，大声吼道：“告诉你，叶儿是我的表妹，你敢胡说八道，我剥了你的皮！”

杏林里有人听见了，当是出了什么事，赶紧跑过来。领头的人一边跑一边喊：“怎么了？怎么了？”

白羊向他们挥挥手：“没事！”

待来人退走，白羊又问：“我的话你听清了？”

苗大牛唯唯诺诺：“听清了。”

“都记住了？”

“记住了。”

回到家，苗大牛就一头钻进屋里，躺在床上睡了。娘叫他吃饭，他也不吃，说头疼，也不下地锄草了。一连几天都是这样，气得他爹大骂，说他偷懒！

其实，苗大牛也不想这样，他知道父母疼爱他，对他寄予了深厚的希望，他不想惹他们生气，可是心不由己，把握不住自己，要与叶儿完成那段情缘的念头如饥似渴地折磨着他，使他宁愿承受一切惩罚，宁愿被千刀万剐……

那是一个无月的夜晚，黑暗把村庄捂得严严实实的。苗大牛轻轻离开热鏊子似的床铺和牢笼般的小屋，走到村街上，融进黑暗中。他缓缓舒出一口气，径直向水坑走过去。

脚下软绵绵的，仿佛步入云端，他知道是几天不吃饭的缘故，幸好临出门时把母亲昨天晚上放在桌上的一碗饭吃了，不然怎么能有力气去扳倒石碑呢？

前边的大院黑压压的，如是一只卧兽。苗大牛慢慢敛住脚步，对着叶儿居住的方向，心里訇然滚过一阵狂涛般的呼喊：“叶儿！叶儿！为了你，我什么都不怕了，一切都豁出去了！假如还没有见到你，我就被炸雷劈了，被天火烧了，被千刀万剐了，你可要知道啊，我这都是为了你！我这都是为了你啊！”

恰在这时，头顶上突然闪过一道耀眼的亮光，紧接着隐隐传来如是辎重辗轧硬物的声音："格隆格隆！"他心里怦然一动，不知道这是叶儿作出的回答，还是神灵发出的怒斥？正自呆立，水坑那边忽然响起一个声音："天就要亮啦！"

苗大牛抬头看时，东方果然露出一线鱼肚白。他不敢怠慢，赶紧向水坑走去。

水坑的四周，除了临村的一面没有芦苇，其余三面都长满了芦苇。芦苇与夜色交融在一起，黑森森一片，望不到边际；中间一方水坑，如是笼罩一层薄纱，充满神秘与诱惑。石碑就在对面水与芦苇相交之处。苗大牛小时候捉蚂蚱，曾经去过那里，见过石碑。石碑不高，圆溜溜兀立着，像是一个橛子。如果没有神灵的保佑，把它扳倒简直不费吹灰之力……

脚下有往年刈剩的苇茬和流水冲刷的沟壑，坑坑洼洼，很不好走，苗大牛几次差点摔倒，还不敢弄出响声，生怕被人听见。一颗心提了又提，都提到嗓子眼了，都提得生疼了。嗓子里如是起了火，一喘气就有呛人的焦煳味。可是他却不敢停歇一会儿，只要稍一停歇，那个声音就喊："天就要亮啦！"

终于，苗大牛走到了记忆中的石碑那里，可是却怎么也找不到石碑的影子。他沿着水与苇相交之处，很仔细地摸过一遍又一遍，甚至把每一棵苇茬每一道沟壑都摸遍了，也没有找到石碑。他急得像热锅上的蚂蚁一般，也不管泥里水里，跪着爬着，一会儿扑向左边，一会儿扑向右边，手上被什么划破了，也顾不得包扎一下。

这时候，那个声音又喊："傻瓜，你走偏了，应该从对岸一直往里走！"

苗大牛心中暗喜，认定神仙看他可怜，来点化他了。他匆匆回到原地，目光越过茫茫水面，瞄准对岸一点，径直走过去。水渐渐没过膝盖，没过胸口，眼看就要没顶了，但他目标始终如一，两眼一眨不眨。那水似乎很好，人在里边，如是漂浮在温暖的云海之中，身子变得轻飘飘的，仿佛就要融化了。一股如梦的温暖迅速扑来，他很想随着那样的感觉而去。记得很久很久以前，似曾有过这样的感觉，也似曾到过一个去处。那地方四季如春，繁花似锦，空气里弥漫着清新香甜的气息……

这时候，那个声音又喊："天就要亮啦！"

他赶紧振作起来，奋力向对岸游去。对岸的苇根像小手一样伸出来，紧紧抓住他，把他拉上岸。果然，石碑就在那里，橛子似的，圆溜溜的，湿漉漉的，半隐半现在水陆之间。

苗大牛按捺着内心的狂喜，屏息盯住它，稍稍迟疑片刻，赶紧小心而急促地伸出双手，像捕捉一只珍贵的灵鸟，慢慢靠近它，慢慢靠近它，然后倾力一扑，把整个身子扑上去……

石碑被他扳倒了！

石碑真的被他扳倒了！

霎时间，一地的芦苇动荡起来，喧嚣起来；一坑的大水沸腾起来，咆哮起来。天公闪动着不安的目光，疯狂地吼叫着，仿佛从四面八方伸来无数只有力的大手，撕扯着苗大牛和大地上的一切，又从四八方挥舞起无数条凶猛的鞭棒，抽打着苗大牛和周围的一切。苗大牛觉得天就要塌了，地就要陷了，天地都没有了……

这就是神灵的惩罚吗？

一定是！

只可惜这惩罚来得太早了！苗大牛还没有见到叶儿……就完了！

他认定自己就完了！

三

狂风暴雨下到第二天上午才停。

苗大牛昏睡到第三天下午才醒。

他是在风雨中被父亲从苇地边上的一条水沟里找回来的，找到时他就昏睡着。他是怎么躺到苇地边上的，至今还是一个谜，有些细节都已经忘记了，怎么也回忆不起来了。

其时，外面的阳光很好，红火火的，金灿灿的，从窗棂透进来，屋里的一切都染上了奇异的光彩。

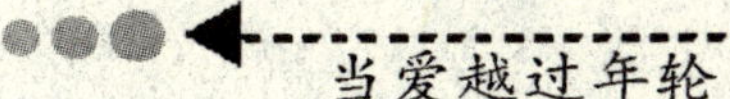

苗大牛看一眼那样的光彩，顿时吓出一身冷汗。他记得，自己的肉体已被撕碎打烂，灵魂已飘飘地坠入无底的深渊，现在一定就在人们传说中的十八层地狱里了。他惊恐地张望着四周，生怕有青面獠牙的厉鬼扑上来抽他的筋，扒他的皮。

这时候，就有两张熟悉的面孔，像浮雕一样悬挂在上空。他十分纳闷儿，不知道父母为什么也在这里？难道惩罚他一个人还不够，还要殃及到父母吗？

才想扑上去问个明白，母亲却伸手拦住他，同时惊喜地喊："我的儿，你到底醒了，可把娘吓死啦！"

父亲也跟着轻轻舒出一口气。

原来没有死，他又活过来了！

苗大牛不免有些庆幸。

也就是说，他又有机会与叶儿相会了！

只是担心是不是有人知道了他扳倒石碑的事，人们对这种事向来深恶痛绝，不仅复仇的方法多，而且手段极残忍。最常见的方法就是乱棍打死，然后装进麻袋里沉潭喂王八；有时候怒极了，还会像过年时杀猪一样，请来刽子手，把人活活杀死……如若那样，他与叶儿相会的机会就成了泡影，活过来也是白活了！

事到如今，生与死对苗大牛来说已经无关重要，重要的就是能否见到叶儿，完成那段刻骨铭心的情缘！当然，这就害苦了父母，他还没有孝敬过父母，甚至长这么大还没有帮助父母做过任何事情，就这样轻而易举地连带着父母被怒火烧成灰烬遗臭万年了。然而，也只有如此了，开弓没有回头箭，现在想收都不可能了！

其实，苗大牛根本不想收！在做这些之前，他已经有了充分的思想准备：一不做，二不休！人的一生只有一个高峰，与叶儿相会就是他一生中的高峰，只要能登上这个高峰，他还企求什么呢？

眼下，苗大牛心里想的，就是如何尽快实现自己的心愿，登上这个高峰。只可惜力不从心，身体虚弱得别说去登高峰了，即便下床解手也要由父亲搀扶着。再说，父母对他的看守也特别严紧，根本脱不开身。

这可如何是好呢？

如果叶儿已经被他感召，已经去苇地等他了，岂不是白等了吗？

这日傍晚，瘸腿老五又来了，送来七个红皮鸡蛋和一包什么东西，交与大牛娘，叮嘱说："给他煮熟趁热连吃加喝，出一身汗就好了！"

然后坐在外间屋与大牛爹说话、吸烟。

瘸腿老五说："这种病就得看紧点，别让他再犯了！"

大牛爹说："白先生诊断，只要能看住一年半载，就没事了。"

瘸腿老五说："那就看他一年半载！"

须臾，大牛娘煮熟了鸡蛋，剥得光光的，泡在一碗稠糊糊的汤水里，端到苗大牛床前的桌子上，把苗大牛扶起来，叫他背靠床头趁热吃。

那碗初到唇边，一股很浓的腥臊气味扑鼻而来，呛得直想吐，苗大牛赶紧把脸扭到一边。后来经不住母亲苦劝，还是皱着眉闭着气吞吃了几口，吃到肚里倒也没有什么不好，最后把心一横，索性将一碗都吃了。

或许还真是那七个鸡蛋和一包东西起了作用，不几天，苗大牛就觉得身上有了些力气，能下床在院里走动了。再过几天，觉得更好了……

一天夜里，苗大牛等父母睡熟之后，轻轻下了床，溜出家门，向苇地里走去。

月光如纱似水，大地一片朦胧。近处的房舍，远处的树木，脚下的街道，如梦如画，缥若仙境。

苗大牛心里不觉一动，仿佛记得自己在哪里睡着了，现在正在做一个离奇的梦；又记得自己压根儿就没有睡，偷偷离开家门，走到了这里……

远远的，他看见田家的小角门裂开一道缝儿，门扇在微风中轻轻摆动着，发出"吱呀吱呀"如虫鸣般的声音。苗大牛的心仿佛被撞动了一下，陡然狂跳起来。

啊呀！小角门一定是叶儿打开的，她已经去苇地等着了！她是从什么时候开始的？是从扳倒石碑那一天开始的吗？都这么多天了，叫她一个人……真是难为她了！

苗大牛不由加快了脚步，恨不能两步并作一步，一下走进苇地，见到叶儿。

果然，刚到苇地边上，就听到了叶儿的声音：“我在这儿呢！”

苗大牛越发急了，一颗心突突地狂跳着，就要冲出胸膛向前飞去。雨水浸过的苇地又湿又黏，黏得拔不动腿；茂密的苇丛挡住去路，让人寸步难行。他急得就要疯了，老牛似的“呼哧呼哧”喘着粗气，将苇丛一把一把按倒在地上，再用脚用力一踩，让它永世不再起来。

这办法倒也很好，须臾就开出一条小路。只是太费力气，他病弱的身子仅仅坚持了十来步远，就像沙袋一样倒在地上动弹不得了。

人躺在地上，一边吁吁直喘，一边喃喃絮语：“叶儿，你知道吗？这些天见不到你，我真是急死了！”

叶儿“咯儿咯儿”笑起来，笑声却在苇地边上了。

怎么又在苇地边上了？

苗大牛一机灵爬起来，喊一声：“叶儿，你等我！”

赶紧追过去，可是笑声却在小角门那里了。

追至小角门，哪里还有人的影子？门板紧紧关闭着，一丝缝隙都没有，用手一推，纹丝不动。苗大牛不敢敲门，也不敢叫喊，屏息静听了一会儿，不见有动静，只好怏怏而归。

有了这一次教训，苗大牛下决心第二天早去，不能再叫叶儿等他了，他要去等叶儿。

第二天吃过晚饭，苗大牛借故困乏，早早地上床睡了。

父母劳累了一天，正巴不得早点休息，见儿子睡下，也都睡了。

等那边鼾声一起，苗大牛悄悄下了床，溜出家门，沿着上次踩出的小路，很快走进苇地。

小路在苇地里只有十来步远，苗大牛觉得还不够深入，还不够隐秘，于是又像上次那样，将苇丛一把一把按倒，再用脚踩在地上，继续往里开辟，直到累得支持不住了，才停下来，仰躺在厚厚的苇丛上。

天空有鳞片儿似的云轻轻飘动，有大大小小的星匆匆运行。老人们说，天上一颗星，地上一个丁。苗大牛眼睛一眨不眨地盯视着天际，仔细寻找着，寻找着属于自己的那颗星，还有属于叶儿的那哪颗星。忽然，有两颗不大，但十分晶亮的星走到一起了……当那两颗星渐渐重叠的时候，叶儿就来了。

叶儿还和从前一样，含羞带笑的，叫人看了怦然心动。

苗大牛顿时飘飘然起来，身子轻得如是一片云，赶紧迎上去，才想拉一下叶儿的手，谁知一用力，却把叶儿拉进怀里了。叶儿也不恼，反而快乐得“咯儿咯儿”笑起来。那笑声仿佛一种暗示，一种召唤，使苗大牛忘记了胆怯，忘记了羞涩，一下抱起叶儿，放倒在厚厚的苇丛上……

此时，狭窄而清明的天空已经变得十分辽远，星星寥落了许多。那两颗渐渐重叠在一起的星，不知什么时候不见了。苇地里一片漆黑，露水滴答落下。村中隐约传来雄鸡的啼鸣。

苗大牛甚是纳闷儿，不知道眼前究竟发生了什么事。他努力回忆着刚才的经过，却怎么也记不起是什么时候睡着了。这就怪了，如若是梦，可是刚才和叶儿缠绵的情景尚历历在目；倘若非梦，那么正在咯咯而笑的叶儿怎么忽然不见了呢？

他不敢久留，匆匆离开苇地，逃也似跑回家去。刚进家门，恰巧遇上父亲从屋里走出来，吓得他扭头钻进了茅房。

可是还是被父亲看见了，父亲问：“咋？拉肚子？”

苗大牛灵机一动，赶紧顺着父亲的话说：“肚子疼。”

父亲伸个懒腰，嘀咕说：“又没吃生冷东西，咋就肚子疼呢？”

苗大牛护着肚子在床上躺了一天，养足精神，待吃过晚饭，想故伎重演。

母亲害怕了，走到儿子床前，关切地问：“我的儿，这是又添的啥病啊？睡了一天还困？”

苗大牛不知如何回答才好，支吾半天，只好说：“肚子疼。”

父亲也害怕了，吃惊地问：“咋，还疼？”

然后给大牛娘商量：“要不，再请白先生来看看吧？”

大牛娘答应一声，就去开箱子取钱。

苗大牛知道家里的钱本来就不多，上次请白先生已经花去了不少，不忍心装肚子疼再花钱，况且，他也讨厌那个干瘦如柴的白胡子白先生。当白先生抓住他的手腕号脉时，就像抓住一根竹筒子，只需轻轻一倒，所有的隐秘都被他叽里咕噜地倒出来了。尤其白先生那双又明又亮的小眼睛，仿佛能洞察一切，看得人心里直发慌。

上次，白先生给苗大牛号完脉，微眯双眼沉吟片刻，然后对大牛爹说："此病，乃情欲攻心所致。情欲者，男女之欢爱也，沉迷而不能自拔遂攻心。此系心病，非一般药物所能为，如若有缘，与心上人合欢为最佳，此病不治自愈；次之，请人代为冲喜，或许能有所好转，还要凭他的运气和悟性；否则就只有苦熬了，熬个一年半载，使他灰了心，方可保住性命，但看守一定要严谨，万万不可粗心大意，如有一点疏漏，将前功尽弃，积重难返……"

无疑，在苗大牛父母看来，前二者都是高不可攀，只有采取下策，严谨看守，让苗大牛苦熬了。殊不知，却让他钻了空子！因此，苗大牛不想叫白先生来看病，怕白先生一眼识破了他的阴谋，使他前功尽弃。于是，他赶紧拦住父母，说什么也不让去请白先生。

他说："爹，娘，您劳累一天，就不要再为我操心了，我肚子疼得轻多了，很快就好了！"

父母听信了他的话，没有去请白先生。

待父母睡下，苗大牛又悄悄溜出家门，走进苇地。

这一次，坚决不能再睡了！

苗大牛一边警告自己，一边死死盯住叶儿家通往苇地的路。月光依然清明如洗，田家偌大一片宅院，仿佛缥缈于烟海之中。他心里不禁一动：叶儿住的如是仙境，那么她一定就是仙女了……

这样想着，身后忽然响起簌簌的声音，回头一看，正是叶儿！

叶儿依然含羞带笑的，站在咫尺，无限妩媚令人心醉。

苗大牛生怕又是做梦，偷偷在自己腿上拧了一把，一丝儿疼痛令他喜不自禁，不由在心里狂呼起来："真的！这一切都是真的！"

然后扑上去，紧紧抱住叶儿，急不可待地解开她的衣扣。他看见了那段雪白如玉的身子，触到了那片润滑温热的肌肤。他不禁激动得啊啊直叫，浑身颤抖。

然而，当苗大牛静下来再看时，叶儿却又没有了，只有下边一片冰凉！

他害怕极了，不由自主地惊呼一声，飞也似逃出苇地，发誓再不去了。

可是第二天，还是禁不住要去……

四

自上次从苇地回来，叶儿就觉得身上有些异常，先是慵懒困顿，浑身筋骨酸软，后来就不想吃饭，一吃就吐。

赵婶是过来人了，看见叶儿这样，心里就明白了八九，不禁吓出一身冷汗！她知道，此事一旦败露，别说叶儿小姐性命难保，即便她这当佣人的也脱不了干系，不是因为教唆被打得皮开肉绽拖出去喂狗，也会因为失职被关进土牢活活饿死！可是，她不想死。她找算命先生算过，还有一番富贵没有享受。她要享受完这番富贵再死。自古富贵险中求。她的富贵，或许就在这次凶险之中……

待大家吃过晚饭，估计叶儿娘正在喝茶休息，赵婶就走过去，像没事儿似的，有一搭无一搭地说："也不知道小姐怎么了，才吃一口饭就哕了。"

叶儿娘只有叶儿一个女儿，心肝宝贝似的，梳头发还怕梳疼了，吃不下还饭了得？赶紧把茶碗推到一边，直奔叶儿屋里来了。当娘的一看见女儿那病恹恹的样子，就马上扑上去，一叠声地问："孩子，你怎么了？你怎么了？"

叶儿摇头说："谁知道呢？"

回头再看赵婶，她却是没事儿似的站在那里，于是没好气地说："你就是这样服侍我女儿的吗？又吃饭又拿工钱，就不觉得心里有愧吗？"

然后吼："还不快去请先生！"

赵婶就等着这句话了。

她答应一声，跟头流水地跑出家门，请来了白先生。

白先生是这一带最负盛名的老中医，号脉人称一把抓。无论什么疑难杂症，到他手里一把就能抓出来，药到病除。白先生和叶儿舅白大胖子是本家，论辈分叶儿该叫他姥爷，于是就免了进客厅喝茶叙话的俗礼，跟着赵婶直奔叶儿闺房里来了。

赵婶搬来凳子，放在叶儿小姐床前，请白先生坐下。

白先生微眯双眼，调匀气息，将一只枯瘦如柴的手指轻轻搭在叶儿圆润白皙的手腕上。须臾，他的手像触电一样突然一抖，忽一下站起来，不开药方，也不说话，一双秃鹫般犀利的目光在叶儿脸上狠狠一扫，“哼”一声拂袖而去。

赵婶心里明白，知道好戏就要开场了。

叶儿娘还当叶儿得了不治之症呢！一颗心立即提到嗓子眼了，顾不得田家大太太的身份，像个线蛋似的叽里咕噜地吊在白先生后襟上，紧紧追着问：“叶儿她怎么了？叶儿她怎么了？”

白先生本来不想说，想回去告诉白大胖子，并且问问他这个舅是怎么当的，可是经不住叶儿娘再三追问，结果还是说了。

他说：“别问我，回去问你的宝贝闺女都是干的什么事吧！”

叶儿娘高高提起的一颗心，仿佛被人一棍子打落了，落进一个无边的冰窟，立即被寒冷和恐惧包围起来。

她已经意识到叶儿出了什么事，可是她怎么也不能相信这样的事实。

赵婶把叶儿娘扶进屋里，轻声问：“大太太，你看这事……怎么办啊？”

叶儿娘如梦方醒，脱口说：“什么怎么办？”

赵婶往叶儿娘身边走近一些，压低声音说：“大太太，小姐这事……”

不等赵婶把话说完，叶儿娘突然打断她，吃惊地问：“原来，你都知道啦？”

赵婶说：“我也是刚知道。”

叶儿娘气恼地问：“你既然知道了，还去请先生？这不是成心要毁了我们田家的名声吗？”

赵婶说：“我也是一时没有主意，大太太叫去请先生，就去了。”

叶儿娘问：“从前，你就没有看出点什么吗，也不管？”

赵婶说：“没有，一点都没有！”

叶儿娘扬起手，在赵婶脸上狠狠打了一耳光，然后骂："养你还不如养只狗，养只狗还知道给看家护院呢！"

赵婶摸一下被打得红肿的脸，也不恼，反而笑着说："大太太，你要是打我能打得没事了，骂我能骂得没事了，你就是把我打死骂死我都认了，可是不行啊！大太太，小姐出了这样的事，我承认做下人的脱不了干系，可是你这当娘的就脱得了干系吗？小姐就脱得了干系吗？还有和小姐好的那个人就脱得了干系吗？这种事历来都是一窝端的，凡是有点牵连的人，就像拴在一根绳上的蚂蚱，谁也跑不了！我一个黄土埋半截的苦命人怕什么呢？反正早晚都是死，说不定将来冻死饿死还不如现在打死痛快呢！只可惜了大太太你，还有金枝玉叶般的小姐和那个风流倜傥的公子——你们可都是生在福窝里的金贵人啊？"

说到这里，赵婶就把话停住了，觉得说这些就够了，再说就是多余了，然后退开一些，用要挟的目光看着叶儿娘，等待她发话。

叶儿娘的承受力已经到了极限，眼看就要支持不住了。她像一个濒临溺死的人竭尽全力地挣扎着，吁吁微喘着向前扑近两步，扑到赵婶身上，紧紧抓住赵婶，几近哀求地说："赵婶，我求你了，给想想办法吧？"

赵婶轻轻拂开叶儿娘的手，冷笑着说："我连只狗都不如，能有什么好办法？"

叶儿娘心里虽恨，却也不敢发作，用力在脸上挤出一个笑，可怜巴巴地说："赵婶，刚才都是我一时糊涂，有对不住的地方请你别往心里去。你见多识广，还是给我想想办法吧？能帮我脱过这一关，我一辈子都不会忘记你。求你了赵婶！"

赵婶说："忘不忘的在你心里，我怎么知道呢？"

叶儿娘思谋一会儿，说："要不，我把老黄河那二亩地给你，够你吃喝一辈子的了。"

赵婶知道那二亩地的分量，心里虽喜，面上却不以为然地说："二亩地就二亩地吧，谁叫你我主仆多年，交情深厚呢。"

然后伸出一只手："拿来吧！"

叶儿娘一时没有转过弯子来："拿什么?"

赵婶说："地文书啊!"

叶儿娘忽然恍然了，赶紧从箱子底下翻出地文书，送给赵婶。

赵婶虽然不识字，还是把地文书上的每一个字都仔仔细细地看了一遍又一遍，待看清那些字确实无一破损时，才小心翼翼地收起来，然后向叶儿娘献计说："大太太，后天是俺娘家老奶奶庙会，唱三天大戏，我带小姐赶会听戏去，住上三天两日，在那边请熟人给小姐打了，大太太再花点钱，把那人的嘴堵一堵，这事不就一阵风给吹走了，和从来没有过一样了?"

叶儿娘担心地说："打胎可是很危险的事，万一……"

赵婶说："只要大太太肯花钱，我请个高手不就没事了?"

叶儿娘只好点头说："好！只要能没事，无论花多少钱我都认了。"

谁知，给叶儿商量时，叶儿却坚决不同意!

她说："我打什么胎呀?"

叶儿娘急得脸都白了，说："我的傻孩子，你惹下大祸了难道还不知道吗?"

叶儿不解地问："我惹下什么大祸了?"

叶儿娘说："你和人家男人睡觉，都怀上孩子了，还不是惹大祸吗？这事一旦败露出去，是要活埋哩!"

叶儿轻轻舒出一口气，像没事儿似的说："我没有和人家男人睡觉，只和表哥亲热过。我喜欢表哥，就是想和表哥一起生孩子，过日子!"

顿时，叶儿娘如是被一股强劲的寒风噎住了，大张着嘴却说不出一句话。

在此之前，她似乎已经料想到那个使叶儿怀上孩子的人是谁了，可是此时一经叶儿亲口说出来，却还是感到突然和意外……

五

记得那是一个元宵之夜，田家庄满街灯火，游人如织。叶儿娘带着叶儿去观灯，及至走到娘家门口时，却不见叶儿了，当时她就想，叶儿一定又找表哥玩去了。叶儿和表哥从小一块儿长大，形影不离，眼下表哥在城里读书，一礼拜回家一次，两个人却像好久不见似的，越发亲密。虽然都已经到了男女授受不亲的年龄，再卿卿我我未免有些不雅，但他们是姑表兄妹，是至亲，也没有往心里去。

那天晚上，叶儿一走，叶儿娘就没有了游兴。其实，起初她也是勉强带叶儿出游的。自去年冬天，叶儿爹在城里泡上一个描眉涂脂且打扮得如是小妖精的野女人之后，叶儿娘心里就添上一块病，再也快乐不起来了。谁知春节时，叶儿爹竟然把野女人带到家里来了，还放出口风要娶她为妾。我的天啊！往后的日子还怎么过啊？叶儿娘哭闹过几次，甚至哀求过几次，都无济于事……

那时，叶儿娘离开游人，回到家里，正赶上叶儿爹和野女人在她屋里鬼混呢！这还了得，野女人已经入侵到她的领地里来了，是可忍孰不可忍！叶儿娘不敢与叶儿爹正面交锋，却敢向野女人当场树敌。她咬一咬牙，猛扑上去，揪住野女人的头发一边往外拖，一边大声喊："快来人哪！都看这女人脸皮多厚啊？找男人找到我的床上来了！"

自此，叶儿爹纳妾引起的风波连连涌起。

叶儿娘作为交战一方，自然全身心的投人，于是就把叶儿的事情抛到九霄云外，无暇顾及了。

那个野女人叫幽兰，很年轻。叶儿爹另外收拾出一间房子，和幽兰住在一起，男欢女爱，倒也过起如是夫妻般的生活。

叶儿爹是田家的长子，父亲死得早，母亲一心吃斋念佛，不问尘事，眼下他一个人天马行空，为所欲为，大白天不关门敢在屋里与幽兰搂搂抱抱；

在花园里赏花或到野外去踏青，敢当着众人的面叫幽兰挽着胳膊旁若无人地款款而行，谈笑风生。幽兰也敢在大庭广众之下，像城里女人那样嗲声嗲气地直呼叶儿爹的名字——子鹏！

叶儿娘深谙自己的处境日趋危险，便渐渐思谋出一个避实击虚的办法，即表面认可了丈夫的行为，暗里却专与幽兰作对。

幽兰在城里长大，又是读书出身，喜欢干净，经常叫茶水房烧水洗澡，吃饭也讲究少而精。岂知越是日常琐事，越是最难做好。烧的水不热即凉，做的饭不咸即淡，总是没有适中的时候。幽兰不直接责备佣人，却说与叶儿爹听："你家的人就这么笨吗？连一盆洗澡水都烧不好，连一顿可口的饭菜都做不来！"

其实，说与叶儿爹比当面指责佣人还厉害。叶儿爹为讨好幽兰，就责骂佣人，要求他们这样做那样做。久而久之，都知道幽兰爱在暗中使坏，是个阴险毒辣的女人，背后叫她笑面狐狸。

叶儿娘正好抓住这些大做文章。她知道烧水的火夫妻子有病，一堆孩子穿不上衣裳，就将一些穿剩的裤褂和小块布料送他；做饭的厨子有个喝酒的嗜好，手头时常拮据，就给他一些零花钱。一来二去，火夫、厨子得到好处，知恩必报，况且他们又都恨着笑面狐狸，想整她正愁无处下手，现在有了叶儿娘做靠山，自然都投奔到她的麾下愿效犬马之劳。

先是火夫烧穿了炉底，需要大修，拆拆装装一拖就是十天半月。用壶烧一点水，勉强可供饮用，洗澡是根本不可能了，脏得幽兰天天用凉水擦身子，直擦得皮肤跟木锉一样粗糙，失去了光泽。再就是厨子经常醉酒，本来把菜炒得好好的，可是给幽兰送时却说味不够，非要再加上一把盐，盐是百味之首，盐少了怎么行呢？咸得幽兰无法下咽，直伸舌头。

因此，叶儿爹经常发火，经常把火夫、厨子骂得狗血喷头，可是骂有什么用？没有热水是因为炉底坏了，又不是火夫不烧？又不是修炉不积极？火夫还急得要命呢？厨子醉得不省人事，你骂他就笑，干生气。

旗开得胜，叶儿娘越发知道了笼络人心的重要性。于是，她把全家人甚至包括上下佣人，都按归类法统统归了类。凡是与她有用的一类，自然重金收买，令其铁了心紧紧团结在她的周围，听从她的调遣；与她无用或用处不大的一类，则施以小恩小惠，使其能在关键时刻捧场或不站在反面即可。

在有用的一类之中，叶儿娘重点抓住了柱子媳妇和两个妯娌。柱子是叶儿爹前妻的遗子。柱子媳妇自过门来，一直受到冷落，甚是孤单。叶儿娘就常过去嘘寒问暖，以婆母娘的身份予以关照，使得小媳妇受宠若惊，差一点不叫亲娘了；两个妯娌都爱打扮，可是一个比一个笨，拿着上好的布料剪不出可心的衣裳来，叶儿娘自小受姐姐大白鹅熏陶，巧得很，剪裁、插花都是好手，就常去帮助她们，喜得两个妯娌合不拢嘴，天天嫂子长嫂子短的用力巴结。

有一次，幽兰在花园里散步，叶儿娘看见了，就大声喊："都来看呀，花园里长了一只毛毛虫！"

一群人呼啦涌进花园，堵住幽兰的去路。

幽兰无奈，只好原路退回。

众人还起哄，有的喊："毛毛虫呢？怎么眨眼不见了？"

有的说："是怕被我们踩死，吓跑啦！"

渐渐地，幽兰以女人对女人的心思悟出了其中的奥妙，就说与叶儿爹听。叶儿爹也感觉到了其中的蹊跷，一怒之下叫来柱子媳妇和两个弟妹，但也不好怎么发作，只是字斟句酌地劝导她们不要轻信谗言，要与人为善，互尊互敬。谁知她们根本不听这一套，也不承认有欺负幽兰的行为，都说俺在花里看毛毛虫，又没招惹谁？叶儿爹无奈，只好摆摆手作罢，心里对叶儿娘虽恨，但是没有把柄，也不能将她怎么样。

面对如此巨大的成功，叶儿娘有些沾沾自喜。她相信自己有能力抵制叶儿爹纳妾，并把幽兰赶走，甚至赶走幽兰的方案业已成熟，只待时机一到就可以实施了。当然她心里明白，对方也不会坐以待毙，任其宰割；尤其是叶儿爹，更不会心甘情愿地把已经到嘴的肥肉再吐出来。说不定在她思谋这些方案的同时，对方也有了置她于死地的办法呢！因此，叶儿娘依然觉得自己的处境十分危险，像是走在钢丝上，不小心一脚踩空就栽了。

谁知就在这时，偏偏就出了叶儿的事呢？

仿佛一个溺水的人刚刚挣扎出水面，找到一线生还的希望，却突然横空打来一棒，将她击沉下去。这一棒实在是太沉重了，它不但使人失去了挣扎的力量，也使人失去了呼救的勇气……

六

叶儿娘的大姐大白鹅，是一个很有心计的女人。还在十三四岁的时候，她就敢于断言："我将来一定嫁个阔人做太太！"到了十七八岁，她的身段儿已经长成，凸凸凹凹浑浑然然优美绝伦，走起路来轻轻一扭，引得一路的人都看；那脸蛋，有如早晨初绽的花瓣儿，雾濛濛的，露滢滢的，鲜艳得简直分不清是红里透白，还是白里透红；一双眼睛如秋水、如寒星，又明又亮，左右一顾盼，所有的人都怦然心动……这时候她对父亲说："给我准备几个钱，我进城读书去！"

其时，白家还不富裕，仅是自足，哪有闲钱供她读书呢？再说，一个十七八岁的大姑娘出门读书，万一闹出点什么事儿，当爹的老脸往哪搁？

大白鹅见父亲犹豫，就说："你不用怕，我会照顾好自己的。钱，也算我借你的，到时候加倍偿还！"

父亲见女儿决心已定，只好拿钱放行。

到学校的第一天，大白鹅夜里失眠，起床晚了，她去食堂吃饭时，食堂里已经坐满了人。按说，大家都在埋头吃饭，谁也不会注意到她，可是她一走进去，就有人惊呼起来，"啊呀"一声，引得吃饭的人都看。紧接着又是几声惊呼："啊呀！啊呀！"整个食堂就乱了。有人把饭碗一推，有人把馍馍一扔，有人嘴里还含着一口饭……都呼啦涌上来，团团将大白鹅围住，"啊呀"之声响成一片，直闹得想进食堂的人进不来，想出食堂的人出不去。

那时候，学生经常上街游行，闹得政府惶惶不安，为了靖乱，政府在学校里派驻了警察。这边食堂里一闹，警察还当是学生集合游行的队伍呢，便全副武装包围上来。同学们正巴不得找个机会逗逗警察，此时机会来了，干脆关紧门窗，故意把食堂里的桌凳拉得叮当乱响，把说话的声音弄得神神秘秘。警察进不去，急得在外面团团乱转，最后只好打电话报告警察局，请求局长出面。

局长武拯到任不久，正想抓几个肇事分子以报功绩，以示威风，他听说学校食堂里聚集了几百人，就带着一个连的武力赶过来，把食堂围得水泄不通，然后令人砸开门，将学生赶到操场上。

学生们单单薄薄，惊恐地站在偌大一片操场上。四周全是荷枪实弹的武装警察，四边房顶上架着四挺机关枪，黑洞洞的枪口对着人群。叶儿娘的大姐大白鹅，被几个自愿舍身救美的同学包围在中间，说说笑笑，其乐融融，竟忘记了眼前的处境，还当是在花园里被一群白马王子众星捧月般捧着赏花呢！

这时候，有人提醒说："大家安静，局长开始训话啦！"

她问："局长是个什么官儿？"

有人说："局长也不一样，就像一群驴，有大有小。不过这个局长可大了，他手里掌管着全县人民的生杀大权……"

她这才把目光从同学们的脸上移开，越过黑压压的人头，看见掌管着全县人民生杀大权的局长，果然非同一般。他伟岸雄劲，仪表堂堂，一套制服穿在身上是那样合体，一副武装带和一支手枪挎在腰间是那样英武，一顶大盖帽戴在头上是那样威严，尤其一双白手套白得叫人心跳；他的帽檐不高不低恰恰齐眉，浓眉下一双大眼睛乌亮如电；他高高的鼻梁，厚厚的嘴唇；他蓄着一个小胡子，白净的脸膛上汪着一层油光……

天哪，原来他是这么年轻！一个有着如此巨大权力的局长，原来还是这么年轻，这么英俊，这么成熟，这么……

局长开始训话了。训的什么话，她一句都没听进耳朵里，直到周围的人忽然像打翻的鹊巢喊喊喳喳地乱起来，她才回过神。

原来，警察开始抓人了！有几个学生被警察拖出人群，像扔面袋子一样扔在武拯局长的脚下，其样子可怜兮兮。

她觉得这样不好，这一切都是由她引起，怎么能让别人受过呢？再说了，她还想接触这个局长！冥冥之中，她觉得这个局长就是她要找的那个阔人了！

她毅然丢下身边的护花使者，离开人群，径直走到武拯局长面前，含笑地说：“局长，这不关他们的事，都是我……要抓你就抓我吧。”

武拯局长先是一惊，一只手警惕地按在腰间的手枪上，眼看就要拔出来对敌了，及至看清站在面前的人，却又不禁愣住了。

大白鹅在心里笑起来，事实证明了她的判断是正确的，她的信心更足了，于是提高一些声音又说：“局长，这不关他们的事，要抓你就抓我吧！”

说着往前靠近一些，微仰着一张脸，那样子分明不是等待抓，而是等待吻。

武拯局长稍稍退开一些，不相信地审视着面前的人，一时竟有些怀疑现在是公干还是做梦了？他茫然地环顾一下四周，看见初升的阳光金灿灿的，学生、警察依旧，立时像意识到什么似的哗啦拔出手枪，指着大白鹅威严地问：“你说，你是干什么的？”

她说：“我是学生，刚来的学生。”

他冷冷一笑：“你是来这儿组织闹事的吧？”

她说：“不，我是来读书的。”

他问：“从哪里来？”

她答：“乡下。”

他问：“什么地方？”

她答：“田家庄。”

他问：“姓什么？”

她答：“姓白。”

武拯局长慢慢收起枪，仰面哈哈笑起来，然后说：“白小姐，我想委屈你跟我到警察局走一趟，等我调查清楚再送你回来读书，怎么样？”

她去了。

可是这一去，就再也没回来！

起初，大白鹅就料定，武拯局长一定是个有妻室的人，像他这样的人怎么会没有妻室呢？然而她还问：“武局长结过婚没有？”

这是在武拯局长的卧室里，他帮她刚刚把衣裳脱下一半儿。

武拯局长的手停下来：“你问这干什么？”

她说：“你要是真心喜欢我，就娶我做太太，做姨太太我不干！”

武拯局长说：“其实，做姨太太和做太太差不多，如果姨太太得宠了，比太太还吃香呢！”

她说：“不行，我就是要做太太，做姨太太我不干！”

武拯局长没办法，只好说：“行，我娶你做太太。”

他是缓兵之计，心想生米做成熟饭，再摊牌不迟。谁知几天之后，当他摊牌时，她突然伸手抓起一把水果刀，就往心窝里刺。

武拯局长到底是行伍出身，眼明手快，他扑上去，一把夺下她的水果刀。她大叫一声起身就往墙上撞。武拯局长将她拦腰抱住。她便从此食水不进，躺在床上一个劲地哭。武拯局长没有了招数，彻底败下阵来，只好答应她跟前妻离婚，娶她做太太。并且说办就办，到第五天她恢复进食时，他已经把离婚证和新结婚证都拿到手里了。

做了武拯局长的太太，她越发证明了自己的路走得是多么对。原来，城里与乡下有着天壤之别，城里的生活是她在乡下做姑娘时无论如何也想象不到的。做官也有许多好处，乍一看局长的薪水并不多，其实薪水之外的好处多多了。出门坐车，前呼后拥，那份荣耀自不必说了，单是求情办事送礼的就天天不断。她结婚时，人家送的金银首饰、绸缎匹布，别说一辈子，就是两辈子三辈子也戴不完穿不尽。

后来，她渐渐发现，有一些送礼的，武拯局长不但不认识，而且根本不顾，把东西往那一放，就跟扔水坑里差不多，一声响都没有。于是她多出一个心眼，凡是武拯局长不在家或在家不往心上放的，她就收拾收拾送到娘家去，娘家眼看就发了，又盖房子又置地，还顾了长工和佣人。她爹由一个土里刨食的自给户，一下子变成了穿长袍马褂的阔地主，她哥哥白大胖子起初寻媳妇还困难，现在十里八乡尽他挑。

有一次，本村的田家三少爷即现在的叶儿爹他三弟，因欺负人家姑娘闹出人命官司，叶儿爹就托她哥哥白大胖子带他来说情，一进门妹妹、妹夫的喊干口，还说家里没有什么好东西，只有村前那十亩杏林春暖花开时好看，杏子熟了也能吃个新鲜，就送给白老爷了，算是晚辈对老人家的一份孝心吧！

那十亩杏林栽种没几年，正值挂果旺季，其收成和分量可想而知。武拯局长也是明白人，知道这份情迟早都得给，既然给就不如早给，给足。于是他不但当场答应放人，而且还留下人吃饭。

叶儿爹喜出望外，感激不尽，原想十亩杏林如果不能换回三弟一条人命，就再搭上几亩良田，反正一母同胞的兄弟不能见死不救。谁知十亩杏林不但把人换回来了，而且还被局长留下来一起吃饭，这是多些人求之不得的体面事，却让他轻而易举地得到了。他由衷地感谢武拯局长，也由衷地感谢白家，心想要是换在别人身上，说不定就会被狠敲一次竹杠，而且无论怎么敲都是白敲……

七

叶儿娘渐渐长到大姐大白鹅的那个年龄，也想出人头地进城去，可是她什么都具备了，就是缺少姐姐那份勇气。她走到城里就一头钻进姐姐家，一个人出门都不敢。和武拯局长同桌吃饭，羞得抬不起头来，把饭菜夹到碗里还不敢吃。她姐大白鹅生气地说："你呀，将来做太太也只能做个乡下土包子太太！"

武拯局长却喜欢她这样的性格，说女人就得温柔如水，看见男人就脸红。

大白鹅立即反驳说："你是说我不好了？"

武拯局长赶紧解释说："我没有说你不好！不过，你面对枪口却能含情脉脉，也真够勇敢的。"

这本来是他们过去常说的一句玩笑话，可是此时大白鹅听着却觉得特别刺耳，她气得把吃了一半的饭丢下就走了，弄得武拯局长半天说不出话。

转眼到了夏天，叶儿娘在姐家渐渐习惯，有时候一个人也敢到附近的商店转转，吃饭的时候也敢当着武拯局长的面说话了。大姐大白鹅见妹妹已经长大，就带她去参加一些社交活动，教她结识社会名流，不久便认识了县商业局长的外甥，两人一见钟情。

这天中午，大姐大白鹅被人请去打牌，武拯局长开会没回来，只有她自己在家，便脱下外衣，穿短裤背心用凉水擦澡，擦完躺在床上就睡了。朦胧之中，她看见商业局长的外甥来了，笑眯眯的，大概喝了酒，有一股很浓的酒味扑面而来，紧接着人也扑过来了。

她用手推一下，却一点力气都没有，想喊，又怕被人听见，最后干脆把心一横，随他去吧，反正迟早都是他的人。待她渐渐清醒过来，睁开眼睛，才看见压在身上的不是商业局长的外甥，而是姐夫武拯局长，她不禁大吃一惊，可是一切都晚了……

大姐大白鹅打牌回来，她还躺在床上哭，无声的泪水洇湿了半边枕头。武拯局长则坐在一边吸闷烟，吸得整个屋里浓烟呛人。大白鹅一看就全明白了，她冷笑着说："都停下来吧，做样子给谁看呢？如果男的知道后悔，当初就不会动心了；女的死活不从，现在也不用哭成个泪人儿了。我不把妹妹接来住，事情也不会发生在这个家里了。"

休息了一会儿，她吩咐保姆说："上饭吧。"

饭上来，她也不管别人，自己该吃的吃，该喝的喝，吃完喝完又走了，又赶牌局去了。一连几天都是这样。

家里剩下的两个人，觉得再哭再吸烟也没有意思了，便都停下来。女的洗脸施脂粉，试图将泪痕掩住；男的倒一杯浓茶，想把口中的烟酒之气冲淡。当两个人再次碰面时，女的羞得两腮绯红，男的张口而嗫嚅。可是小家小院，又免不了碰面。

到底还是武拯局长先开口了，他说："这事都怪我……"

顿一顿又补一句："不过，我是真心喜欢你！"

她不搭他的话，轻声说："明天，我回乡下去。"

武拯局长一愣，说："不，你不能这样走。你这样走了，你姐会记恨我一辈子！再说，你也不能丢下商业局长的外甥不管啊？"

说到商业局长的外甥，她的眼圈立时就红了，不由哽咽说："我这样，还能去见他吗？我还有脸去见他吗？”

第二天，她回乡下去了。

过了几天，叶儿爹从老家来了。

武拯局长赶紧过去说话，几次想刺探小姨子回乡下之后的情况，可是都被大白鹅拿话岔开了。

大白鹅坐在叶儿爹对面、丈夫右边，一边为二人慢慢续水，一边看着叶儿爹轻轻叹息说：“唉，你家太太年纪轻轻的，咋就得了不治之症呢？”

叶儿爹感激地看一眼大白鹅，回答说：“谁知呢，凡是能请的先生都请了，凡是能吃的草药都吃了，就是不对症……”

大白鹅说：“都说你给太太治病舍得花钱，也操尽心了。上次回娘家，都夸你呢！”

顿一顿，她又说：“捎信叫你来，也没有别的事，一是想叫你出来散散心，免得老在一个地方憋出病来，二是有件事情，想跟你商量商量……”

叶儿爹仿佛没听清，不解地说：“有件事情……跟我商量？”

大白鹅微笑着，轻声问：“你看，我妹妹长得怎么样？”

叶儿爹疑疑惑惑的，不知她是什么意思，于是称赞说：“论人品，论模样，十里八乡没有比的！”

大白鹅往前探一下身子，看着叶儿爹认真地问：“你是真心话？”

叶儿爹赶紧保证说：“我说的句句都是真心话！”

大白鹅便笑了，说：“你的话我信。在一些人眼里，我妹妹的确是一个完美无瑕的女人。我做媒，就把她许配给你做太太了！”

叶儿爹怔愣良久，忽然如梦方醒地摆着两手说：“不行，不行！我可不配娶她做太太！”

大白鹅沉下脸，不高兴地说：“怎么，你们田家是大户，我妹妹配不上？”

叶儿爹慌忙站起来，向大白鹅抱拳作揖说：“我的妹妹哎，这话你可把我冤枉了！白家有妹妹、妹夫这样的大靠山，田家那几亩薄地又算得了什么呢？我是说……”

大白鹅不耐烦地挥手打断他：“好啦！好啦！如果你不嫌弃，这件事就说定了！”

叶儿爹禁不住在心里狂呼起来：天啊，我这是烧了哪门子高香哪！十亩杏林不但救下三弟一条命，还傍上武拯局长；如今刚死了前妻，一个天仙般的美人又送到面了，不要都不行！

武拯局长在一旁看得傻眼了，他无论如何也不能相信这样的事实，不相信一母同胞的姐姐会对妹妹如此狠心。她不但把妹妹嫁给一个几近大她一半而且死了前妻的男人，还使妹妹失去了在城里相爱的机会永远葬身于乡间的黄土之中。他不知道她这样做的目的，是为了惩罚妹妹，还是为了报复丈夫？

“都不是！”

待叶儿爹走后，大白鹅对武拯局长说：“我这样做的目的，就是为了避免更大的祸患！”

武拯局长不解，追问说：“避免什么祸患？”

大白鹅说：“你们这些男人，一个个都是贪得无厌！你和她有过第一回，就还想和她再有第二回、第三回……假如我不把她打发得远远的，而把她嫁给商业局长的外甥，你就会不断地找她，甚至为了达到目的采取一些极端手段，长此下去，还能不出事吗？你是警察局长，应该知道这个世界上因女人发生过多少事情了！再说，我妹妹嫁到田家，做了田家的大太太，就能掌管田家的大半个家业，还能一早一晚的照顾娘家，她应该知足了。”

这完全出乎武拯局长的意料！在他的经验里，一般漂亮女人都是因为外表所累，消蚀了思想，空有一个躯壳；而这个女人，她不但外表超群，并且很有心计。若在平时，他会对这样的女人大加赞赏，可是今天，他面对自己的妻子，却感到无比的害怕了。

果然如大姐大白鹅所说，叶儿娘嫁到田家做了大太太，就掌管了田家的大半个家业。婆婆一心吃斋念佛，不问尘事，全家上下，大事小情，都向她请示。一天到晚大太太大太太的喊得她心里如是喝了蜜糖水，再加上丈夫拿她像宠宝贝似的宠着，像娇孩子似的娇着，使得她很快就把起初的那些伤感和不如意淡忘了。尤其后来生了叶儿，做了母亲，她更是陶醉于家的温暖之中了，有时甚至想，纵然在城里嫁给商业局长的外甥，恐怕还不如现在幸福呢！

然而，她对姐姐大白鹅和姐夫武拯局长，却是永远不能原谅。当她两眼含泪缓步离开那座小城的时候，她是多么希望有人能在背后叫她一声，把她留下来啊！即便只是表面的挽留一下，她那颗流血的心也会得到一点慰藉，她那钉满耻辱的脊背也会减少一点寒冷，然而没有，谁都没有！因此她断定所谓的姊妹亲情和真心喜欢都是假的，她发誓离开那座小城，就永远不再回去了！

可是人生多变，那个曾经使她欣慰并且信赖的家，由于丈夫的移情和女儿的偷情，已经变得岌岌可危，而且把主意想尽把亲人想遍，除姐姐大白鹅和姐夫武拯局长之外，连一个能帮她一把、能助她一臂之力的人和办法都没有了！

她想，姐姐和姐夫于叶儿爹有恩，请他们出面或许能转危为安。然而这想法刚一露头，她心底涌起的自责和嘲骂，顿时排山倒海般汹涌而来：当初，你像一条断了脊梁骨的癞皮狗被他们踢出家门，现在再像一条落水狗一样去乞求他们的怜悯吗？难道你就这样没有骨气吗……

万般无奈，叶儿娘只好走下策了，那就是叫侄子白羊带领叶儿逃走，她一个人留在家里，无论是死是活随便去吧！

那天上午，叶儿娘去了一趟娘家。本来是想等侄子白羊礼拜天回来再去的，可是她等不及了，就去了。

这一次，她没套车，也没有叫人跟着，而是独自步行前往。这在她出嫁以来还是第一次。尽管田家距离白家只有一街之隔，尽管叶儿娘自小在本村长大，她每次回娘家，都是套上骡马大车，前后簇拥着一群人。这是田家的气派，也是白家的荣耀。

一进门，娘家人就愣了。白大胖子匆匆迎上两步，把她引进厢房，压低声音说：“咱爹刚起床，还没有吃饭呢，待一会儿你再去见他吧。”

叶儿娘低下头，心里顿时凉了半截，沉吟一会儿，她颤声说：“其实，我不见爹也行，有句话，本来就是要跟你说的。”

白大胖子看她一眼憔悴的脸色，生气地说：“你呀，就是含着冰化不出水来！我早就跟你说过，要想办法把男人拢住，女人不会拢男人迟早要吃亏的！你看大姐，她把男人拢得服服帖帖。”

叶儿娘没有心思和哥哥讨论拢男人的事，只想把白羊和叶儿的事说出来，可是一时又不知从何说起。

白大胖子见她支支吾吾，当是他的话起作用了，赶紧出主意说：“只要你咬死不答应他再娶，田家大半个家业还掌管在你手里……”

叶儿娘不等哥哥把话说完，就回头往外走。走到门口，她留下一句话：“等白羊回来，叫他去见我吧。”

八

眼下的叶儿，就像包在纸里的火，说烧透就烧透了！

叶儿娘虽然给赵婶使了一些钱，封住她一张嘴，但总不能把所有人的嘴都封上、把所有人的眼睛都蒙上吧？田家上上下下那么多的人，一个比一个精，都能隔着肉皮看到人的心里去。赵婶说，今天早上，三太太那边的小红就来找过叶儿的鞋样子，说幽兰什么时候看见过叶儿穿的一双鞋，想求三太太给她做一双。很显然，这就是借故来打探消息的！

天越阴越沉，眼看沉到地面上了。院子里的树木、房舍、花草，都变了颜色，仿佛被烟熏过，灰兮兮的。今天是白羊礼拜的日子，叶儿娘生怕下雨，把白羊隔在城里回不来了，她禁不住一遍又一遍的看天，一次又一次的祈祷，恳求老天爷别下雨，等白羊回来再下，甚至等白羊带领叶儿逃走之后再下，那时候随便怎么下，她也不怕了，即便下个七七四十九天，下得天塌地陷，她也不怕了！

临近中午吃饭的时候，树梢开始晃动起来，“哗啦哗啦”，如无数只怪兽践踏在叶儿娘的心上。紧接着“哗哧”一声，狂风携裹着暴雨，暴雨夹带着狂风，一起倾泻下来。眨眼之间，浊水横流，残花断枝遍地，仿佛末日已来临。

叶儿娘万念俱灰，心如断线的风筝般漫无边际地飘落、飘落……她断定，这个礼拜白羊是不能回来了。可是等到下个礼拜，谁知下个礼拜会是什么样子呢?

掌灯时分，风雨渐渐小了，时断时续。叶儿娘仿佛大病一场，无力地坐在当门的桌前出神。就在这时，门口忽然响起一个声音：“二姑。”

叶儿娘疑疑惑惑的，透过昏黄的灯光，看见门口站着一个年轻人，颀长挺拔的身材如是一棵小树，灵活含笑的眸子好似一只幼鹿；他面色红润，直鼻阔口，小分头梳得净光，一身制服洗熨得十分平整；一手提一只礼盒，一手摇一把纸扇，清秀倜傥，好一个城市风化了的大家阔少!

叶儿娘简直不敢相信自己的眼睛，怀疑是在梦中。

“二姑。”

白羊再喊一声，走近前来，把礼盒放在桌上，然后陪着小心地解释说：“一到家，爹就告诉我二姑有事，才想来，谁知就下雨了……”

叶儿娘一把抓住白羊的手，生怕他跑了似的，急急地喊：“我的儿，你到底回来啦?”

然后盯住白羊，不解地问：“下这么大的雨，你是怎么回来的?”

白羊说：“是大姑夫派车送我回来的。”

叶儿娘一时像个迷路又突然找到家的孩子，既高兴又委屈地哭起来，一边哭一边说：“你可把我急死啦！我的傻孩子，你和叶儿妹妹闯下大祸啦！知道吗?”

白羊顿时大吃一惊：“我……我和叶儿妹妹，闯下什么大祸啦？二姑。”

叶儿娘越发哭得伤心了，还不敢哭出声，噎噎哧哧的，仿佛五脏六腑都化成了爱和恨，想倾倒出来，又倾倒不出。良久良久，才像走完一段很长很坎坷的路，吁吁喘着说出叶儿已经怀孕的事……

白羊听后并不感到怎么怕，只是害羞地低下头。

叶儿娘说：“二姑不想叫你念书了，想叫你带领叶儿妹妹远走高飞逃命去!”

白羊点点头，又忽然摇头说：“不！大姑还叫我读书做官呢?”

叶儿娘发狠地说："还读书做官，连命都保不住了，还能读书做官?"

白羊不以为然地说："大姑夫是警察局长，二姑夫和我爹都是乡绅，谁敢难为我和叶儿妹妹啊?"

叶儿娘既爱又恨地看着白羊，叹口气说："你和叶儿妹妹是姑表兄妹，是至亲，至亲不能通婚，这是老辈人定下的规矩！你大姑夫救不了你们，谁也救不了你们!"

白羊开始害怕了，挺拔的小树渐渐像霜打一样蔫下来。

叶儿娘说："孩子，听二姑的话，趁还没有人知道，赶快带领叶儿妹妹逃走吧，逃得远远的!"

白羊怯生生地问："二姑。你叫我们什么时候走?"

叶儿娘说："马上就走!"

白羊回头看一眼窗外，黑洞洞的，什么都看不见。

叶儿娘说："你先歇一会儿，我去看看叶儿，叫她收拾一下……"

白羊眼睁睁地看着二姑走到门口，就要融入黑暗里了，突然，禁不住喊起来："二姑!"

叶儿娘转回来，看见白羊一脸茫然，两颗晶莹的泪珠从眼角滚下来，心口不由一紧，仿佛被一只有力的大手紧紧抓住了，抓得她喘不出气来。她颤抖着双手，上前捧住那张脸，沙哑着声音说："孩子，认命吧，这就是命!"

白羊从二姑手中挣脱出来，执拗地喊："不，我不走！我就是要和爹娘在一起！和大姑、二姑在一起！和叶儿妹妹在一起!"

叶儿娘惊慌地扑上去，想用手堵住白羊的嘴。白羊一跳一跳的，不安分地躲避着。叶儿娘压低声音吼："你喊什么？你疯了?"

这时，门口响起一个笑声："咯咯咯咯!"

笑声仿佛突如其来的寒冷，一下把姑侄二人冻僵了。

叶儿越发觉得可笑了："咯咯咯咯!"笑得弯了腰。然后走近白羊，故作生气地说："好啊！来了这么久，也不去看我？要不是白家的人来接你，我还不知道呢!"

白羊问："来的人呢?"

叶儿说："我打发走了！"

然后半扑半抱地拉住白羊，鼓励说："表哥，你说得对，我们就是不走！好好儿的家，凭什么要走？表哥，你办法多，你快帮我娘想个万全之策，免得她一天到晚提心吊胆的，吃不下饭，睡不好觉。"

见白羊摇头，叶儿急了："咋，你也没有办法啦？表哥，你可不能没有办法啊？我就等着你想办法了！"

白羊说："还能有什么办法？这是老辈人定下的规矩，至亲不能通婚……"

这样的话，叶儿已经听母亲说过几遍了，她都没往心里去，可是此时经白羊一说，她耳边却像顿时炸开一个惊雷，禁不住"啊呀"一声，扑进白羊怀里，失声哭起来，哭着还喊："不！我不管谁的规矩，我就是不走，我就是要和表哥在一起……"

叶儿娘赶紧扑上去，用手堵住叶儿的嘴，才想说什么，门口响起脚步声，吓得她马上停下来。可是仔细听了一会儿，却又一点声音没有了，也没有人走进来。屋门虚掩着，浓稠的潮湿和淅沥的风雨扑到人身上，令人感到腻烦又惧怕。

白羊走到门口，正欲开门看个究竟，赵婶却蹑手蹑脚地进来了。见她这样，白羊生气地说："赵婶，你在外边偷听我们说话？"

赵婶不慌不忙地把雨伞放在墙角里，关上门，向白羊笑笑说："白家大少爷，你不用担心，外面刮风下雨，哗啦哗啦，我在门口虽然待了很久，可你们说的话我一句都没有听清。不过，小姐的喊声是大了点……"

白羊不耐烦地问："你来干什么？"

赵婶说："我来帮你们想办法呀。"

白羊一愣："你……"

赵婶绕开白羊，走到叶儿娘身边，说："大太太，我有一个办法，不知合不合您的心意？"

叶儿娘虽然早已恨透了这个贪得无厌的女人，可是也不敢得罪她，只好欠一下身，让给她一个地方，说："坐下说吧。"

赵婶道一声谢，在叶儿娘身边坐下，然后招呼白羊和叶儿："都过来坐吧，听听我的办法……"

九

叶儿娘听完赵婶的话，气得差点昏过去，不由恨恨地说："赵婶，这样的办法，你也能想得出？"

赵婶说："办法是损了点。不过眼下除了这办法，再也没有比这更好的办法了，我都把肚里的肝花肠子翻遍了。你想想，既叫他们做长久夫妻，还不离开亲人远走他乡，岂不是大白天做梦了？可是我，就叫他们把美梦做成了！"

叶儿娘摇头说："不行。俺和苗家无冤无仇，怎么能忍心做那种伤天害理的事？再说，叫叶儿和他……今后的日子还怎么过啊？"

赵婶说："眼下就像瞎子过河，走一步算一步，顾不了那么多啦！再说，苗家那小子也是活该，来帮工才几天，就敢勾引小姐……"

叶儿娘生气地说："不许你胡说！"

赵婶说："大太太，我不胡说，也不敢胡说，这都是我亲眼看见的。那小子在和小姐说话的时候，两眼直勾勾的，像一只饿狼，恨不能扑上去把小姐吞吃了！哼，一个猪狗不如的东西，临死能叫他和小姐有上一回，也是他的齐天洪福了。别说活埋，千刀万剐都便宜了他！"

叶儿娘不解地转向叶儿："真有此事？"

叶儿支吾良久，结果还是把在苇地与表哥幽会，被苗大牛撞上，后来想问他是否看见的事说了一遍。

叶儿娘吃惊地问："他看见了？"

叶儿说："他没说，不过我猜他是看见了。"

叶儿娘就不再说什么了，起身打开一只箱子，从里边拿出一个花布包，交与赵婶，咬牙说："这是我给他们准备的盘缠，你都拿走吧！"

赵婶接在手里，也不打开，只一掂一捏，就知道它的分量了，脸上立时堆出一个满意的笑容，说："大太太，你就放心把这事交给我去办吧！"

然后转向白羊，说："大少爷，你也不要舍不得，不就一回吗？啥也少不了，往后一辈子都是你的了。如果我把时辰拿准一些，不等他沾上小姐的身子，人就赶到了，天大的美食还是你一个人吃……"

白羊说："你就把时辰拿准吧。只要能保证小姐的身子不叫他沾，要什么我都给你！"

赵婶为难地说："这件事我可不敢大包大揽！苗家那小子饿狼似的，看见肥肉扑上去就咬，万一晚上一步……"

白羊从怀里拿出一个包装精致的盒子，交与赵婶，恳求地说："赵婶，这件首饰是我刚从城里买来的，准备送给叶儿妹妹的，值不少钱，现在就给你了！"

赵婶收起盒子，赶紧保证说："就凭白家大少爷这份痴情，我豁出老命也要保住小姐清白的身子！"

那天，又是一个云遮月的夜晚！赵婶带领叶儿偷偷溜出小角门，躲在苇地边上，等苗大牛游魂似的从村街那头走过来，走进苇地深处，才叫叶儿慢慢跟进去，如此这般交代一番，然后匆匆跑回家，像野猫一样沿着墙根蹿至叶儿爹窗下，压低声音喊："大老爷，大老爷！"

叶儿爹已经睡下，但没有睡着，他听见喊，就轻声问："谁呀？"

赵婶急急慌慌地说："是我，赵婶。有急事要向大老爷禀报！"

叶儿爹不由一愣，他知道这个老女人服侍叶儿娘和叶儿多年，是个极爱搬弄是非又见利忘义的人，她此时来，一定有非常之事，于是打开门，一边放她进屋，一边嗔怪地说："有什么事，你不能告诉叶儿娘吗？这么晚了还来烦我？"

赵婶神神秘秘地说："大老爷，我知道这么晚了不该来烦您，可是我想了又想，都想得脑子疼了，觉得这事只有禀报大老爷您才合适！"

叶儿爹说："有什么事？你就快说吧！"

赵婶看一下叶儿爹的脸，突然跪在地上，可怜巴巴地说："大老爷，都是我该死啊！我没有看好小姐，她……她……”

叶儿爹问：“叶儿怎么了？”

赵婶说：“她……她和苗家的大牛，钻进苇地里去了……”

叶儿爹不相信：“你看准了？”

赵婶肯定地说：“看准了。如果错一点，大老爷把我的两眼挖一对！”

叶儿爹审视赵婶一会儿，看她不像在说谎，于是立即吩咐说：“我在门口等着，你赶快去叫人！”

赵婶不敢怠慢，匆匆离开大老爷，直奔二老爷、三老爷和柱子他们的住处而去……

这天晚上，瘸腿老五的心情不知为什么忽然烦躁起来，他躺在床上翻来覆去地睡不着，后来索性不睡了，来到院子里，坐在石凳上想心事。这时候，就看见一个黑影在前边的墙根下一闪，定睛细看，原来是赵婶。这个老女人，黑天半夜的干什么呢？瘸腿老五觉得奇怪，就跟她在后边，想看个究竟。

赵婶从叶儿爹屋里出来，径直跑到二老爷窗下，像喊叶儿爹一样，急急慌慌地喊：“二老爷，二老爷！”

谁知，二老爷正忙着呢！他被人搅了好事，十分气恼，不问青红皂白地大吼一声：“滚！”

赵婶不敢再喊，但也不能就此罢休，她左右为难良久，只好硬着头皮再次靠近窗口。恰巧里边好事重续，欢爱之声如黄风扑面而来，直羞得她脸上火辣辣的，心里像倒了五味瓶。

等了一会儿，待里面平息下来，赵婶又喊：“二老爷。叶儿小姐和苗家的大牛钻进苇地里了，大老爷在门口等着哪，叫您带人赶快去捉拿！”

这喊声，被跟在后面的瘸腿老五听了个一清二楚，他不敢怠慢，慌忙拖着一条腿，一蹦一跳的从小角门跑出来，直往苗家奔去。

苗大牛的父母和往常一样，劳累了一天，早早地上床睡了。大牛爹的鼾声从门缝里涌出来，呼呼的如是刮起一阵风。

瘸腿老五扑上去，一边张着大嘴吁吁直喘，一边抓住门板砰砰猛砸。

大牛爹惊醒了，一骨碌跳下床，去开门。

大牛娘拦住说："是谁，也不问问?"

大牛爹说："不用问，这个时候来的没外人!"

打开门，见是瘸腿老五，大牛爹上前扶住他，不禁吃惊地问："老五，你怎么了?"

瘸腿老五上气不接下气地说："大牛……大牛……"

大牛爹当是他喂的牛出事了，赶紧安慰说："牛怎么了?你别急，慢慢说!"

瘸腿老五分辨说："不是牛，是大牛和叶儿……钻进苇地里了……"

大牛爹一时没有转过弯子来，开导说："牛钻进苇地里吃几片叶子怕什么，把它找回来不就没事了?"

大牛娘忽然醒悟过来，赶紧跑到儿子屋里去看，果然没有了大牛，禁不住"啊呀"一声，吃惊地说："他爹，不好啦，大牛不见了!"

大牛爹这才醒悟过来，不免吃惊地问："老五，你看见咱家的大牛和田家的叶儿钻进苇地里了?"

瘸腿老五说："看倒是没看见，不过我是亲耳听见的。田家正在喊人去捉拿呢，你赶快去救孩子吧!"

十

此时，苗大牛正在自己用苇叶搭成的床铺上，和心爱的叶儿过着如是夫妻般的生活。虽然只是在夜幕四合之际，还有点偷偷摸摸，但每天能有这么一段温馨缠绵的时刻，已经十分满足了!在苗大牛的心目中，叶儿貌若天仙，绝伦超群，能和她有上一次，这一生别无他求，甚至立刻去死都心甘情愿，更何况已经有了这么多次呢?因此，他把所有的心思都集中在这个时刻，把全部的热情都投入到了相会之中。

每一次来到之后，他总是先把床铺整理一遍，把每一根横着的苇叶理顺，把每一处弄脏的地方更新，然后再检查通往床铺的道路，把露出地面的苇茬一根根拔掉，把雨水冲刷的沟壑一道道填平。这一切都做完之后，才回到床铺上，等待叶儿的到来，等待那个相会的时刻……

这一天，苗大牛还没有整理完床铺呢，叶儿就来了。他对叶儿的早到似乎有些意外，对叶儿今天的装束也感到十分新奇，他怔怔地看了叶儿好大一会儿，才迟疑着迎上去，牵住她的手。

叶儿的手似乎也和往常不同，抖抖的，像冰一样凉，可是苗大牛已经顾不得这许多了，如火的情欲在胸中熊熊燃烧，烧得他如痴如狂，不能自已。他扑上去抱住叶儿，就亲，就吻，就开始脱她的衣裳……

恰在这时，苗大牛身后突然一阵乱响，紧接着雨点般的拳脚和棍棒打下来。手里的叶儿没有了。他一边挣扎，一边狂急地呼喊："叶儿，叶儿！你在哪里？你在哪里啊？"

叶儿爹听得糊涂了，他无论如何也不能相信这样的事实……

待大牛爹赶到时，苗大牛已经被打得不省人事，叶儿也被打得浑身泥土。两个人被丢在苇地边上，如被丢弃的两堆破烂。

大牛爹扑身跪倒在叶儿爹脚下，苦苦地哀求说："大老爷，请您高台贵手，留他一条小命吧。俺苗家三代单传，就这一根血脉，只要大老爷饶他不死，叫俺当牛做马都行！"

大牛娘上前抱住儿子，顿时像抱住一块被人打碎的心肝，疼得大张着嘴，却没有一丝儿力气哭喊出声来。

叶儿爹理都不理，他甚至像躲避瘟疫一样往一边躲了躲，然后对两个弟弟说："埋吧，埋了干净！沉潭脏了这坑水，饮牲口都不喝。"

两个弟弟指挥着众人，开始在苇地里挖坑，很快挖出一个半人多深的坑。

这时候，叶儿娘一路哭喊着，从田家直奔过来。她扑上去抱住叶儿，一边撕心裂肺地号啕大哭："我苦命的孩子啊！"一边声嘶力竭地嗷嗷大骂："是谁家的小鳖羔子啊？把俺孩子害成这样！"

经她这一哭闹，田家庄的人差不多都被惊动了。

叶儿娘按照赵婶事先的吩咐，一边与叶儿失声断气地哭成一团，一边拿眼偷偷寻找幽兰。幽兰果然来了，就站在离她不远的地方。叶儿娘赶紧扑上去，抱住幽兰的两条腿，声泪俱下地哀求说："幽兰妹妹，请你原谅我从前的过错，发善心救救叶儿吧！我只有叶儿一个孩子。将来你也是要做母亲的人，最懂得母亲的心了，你就可怜可怜我们苦命的母女吧。求求你啦，我的幽兰妹妹！"

起初，幽兰不知道这个一向视自己为仇敌的女人要干什么，后来渐渐明白了，可是明白了却又十分不理解：她为什么不直接去求她的丈夫，而绕着弯子来求我呢？

叶儿娘见幽兰迟迟不动，当她铁了心要报复呢？眼看几个如狼似虎的人已经把坑挖好，正准备往坑里拖苗大牛和叶儿，她赶紧丢下幽兰，扑向叶儿爹，哀求说："大老爷，叶儿可是你的亲生骨肉啊！看在你我夫妻多年的情分上，请你高抬贵手，放她一条生路吧！"

叶儿爹不等妻子把话说完，气恼地扬起手，"啪啪"在她脸上狠狠打了两耳光，然后大声吼："滚开！田家祖宗的脸面都叫你们娘俩丢尽了。我没有你这样的妻子，也没有她那样的女儿！"

叶儿娘求丈夫无望，只好发疯地跳起来，扑向叶儿，死死抱住她不放。

几个打手站在一边，不知如何是好。

叶儿爹大骂："混蛋！再不动手，我就把你们埋了！"

打手们只好一拥而上，有的去拖苗大牛，有的去拖叶儿……

大牛爹一个人拦不住那么多打手，眼看苗大牛就被拖进坑里了，他忽一下跳起来，站在坑沿上，张着两臂大声喊："放下大牛，你们埋我吧！大牛是我的儿子，儿子的过错是爹的过错，是我没有管教好他，你们埋我吧！"

随着喊声，大牛爹从坑沿往后一倒，直挺挺地倒进坑里，"嘭"摔出一声闷响。

拖苗大牛的人停下来，等待新的指令。

叶儿爹大声喊："好啊！有种的都往坑里跳吧，一起埋了！"

几个人拖起苗大牛，把他扔进坑里了。

叶儿也被扔进坑里了。

眼看就要往坑里填土了……

幽兰突然一声喊："住手!"

声音虽然不高，却似半空里炸开一个响雷。

幽兰说："子鹏，太残忍了，不能这样做!"

叶儿爹想发火，结果还是解释说："你不懂，这是我们乡下的规矩……"

幽兰说："这规矩不好，我反对!"

叶儿娘看准时机，赶紧向幽兰进言说："好妹妹，你赶快告诉他，不能怪我们叶儿，是有人扳倒石碑，叶儿被鬼魂迷住了心窍，才这样做的。要不，我们一个安分守己有教养的大家小姐，怎么会在苇地做出这种见不得人的事呢?"

幽兰不知道扳倒石碑是怎么回事儿，但她猜想很可能就是说服叶儿爹的一个理由，于是理直气壮地说："是啊，子鹏。你应该仔细调查调查，人命关天，万万不可鲁莽啊!"

常言说：虎毒不食子！叶儿爹怎么忍心活埋自己的亲生女儿呢？只是出了这种事，他万般无奈罢了。现在经幽兰如此一说，心里便想，如果真是有人扳倒了石碑，倒也是一个收场的台阶。村里人向来憎恶扳倒石碑的人，他们会把一切罪过都记在扳倒石碑的人头上。倘若如此，女儿的罪过不但能得到大家的谅解，田家的丑事也会被一笔勾销，只是不知道那石碑到底被人扳倒了没有？万一没有被人扳倒，不但洗刷不了他田家的耻辱，还会增加一个嫁祸于人的罪名……

他左右为难良久，最后只好把退路留在赵婶和叶儿娘身上。他先问叶儿娘："你说，你是怎么知道石碑被人扳倒的?"

叶儿娘说："我听赵婶说的。"

叶儿爹就转向赵婶："你说，你是怎么知道石碑被人扳倒的?"

赵婶说："大老爷，这几天村里人就传开了，说是有人扳倒了石碑，就您一个人不知道，还被蒙在鼓里呢!"

叶儿爹再追问："你知道说假话该当何罪吗?"

赵婶赶紧发誓说："如果我说一句假话，就扔坑里喂王八!"

叶儿爹便不再问了，他向围观的人请求说："诸位乡亲，为了洗刷我田家的耻辱，也是为了洗刷咱田家庄的耻辱，有劳诸位到实地验证一下吧！”

有好事的村民就喊：“走，咱们验证去！”

一群人走到苇地深处，在水与苇相接的地方，果然找到了被人扳倒的石碑。石碑周围的泥土，已经被雨水冲平，被压倒的小草，也开始生长起来。这就是说，石碑不但被人扳倒了，而且已经有些日子了……

十一

叶儿无罪获释。

她回到家里，在床上躺下不久，厨子就烧好一碗姜糖水送来。二太太、三太太和柱子媳妇，都走马灯似的过来问候，说一些诸如放宽心之类的话。

可是，叶儿怎么能放宽心呢？本来没有苗大牛的事，却都推到他身上了，还有那个扳倒的石碑，谁知道是怎么回事呢？她觉得赵婶就像一个阴险毒辣的老妖婆，什么事都能做出来。她开始有些后悔了，后悔当初没有听母亲的话。如果听了母亲的话，跟赵婶去打胎，或者跟表哥远走他乡，也许就没有今天的事情了，也不至把人家好端端的一个人害成那样了。

恍惚之间，叶儿觉得有个人走进屋里，来到她床前。定睛看时，原来是苗大牛！苗大牛脸色蜡黄，目光呆滞，皮肉被剥得精光，露出白森森的骨头，心窝那里是空的……

叶儿惊呼一声“啊呀”，然后问，“你怎么来了？”

苗大牛傻乎乎地笑着，轻声说：“叶儿，我是来跟你告别的。咱们相好一场，临别总要见上一面……”

叶儿十分纳闷，不知“相好一场”的话从何说起？记得在苇地里时，苗大牛曾不止一次地呼喊过她的名字。她想问这是为什么，谁知话一出口却变成“你的脸色咋这样难看呢？”

苗大牛依然傻笑着说：“我的脸色能不难看吗？他们像杀猪一样从脖子里放我的血，把血都放干了，然后用我的血染石碑，染得通红通红。只有这样，才能把石碑下放出的鬼魂镇住……”

叶儿问：“石碑……真是你扳倒的吗?”

苗大牛点头说：“是啊!”

顿一顿又说：“不过，我都是为了你……”

叶儿不解：“为了我？为什么?”

苗大牛一脸羞涩，笑而不答。

叶儿急了，大声喊：“为什么？你快说呀!”

机灵醒来，方知是梦!

叶儿心里疑疑惑惑的，不知道为什么做了这样的梦?

院子里，隐约传来杂沓的脚步声和细碎的说话声。叶儿心想：莫非他们真像杀猪一样，把苗大牛杀完了？这么快就杀完了？她才想起身看个究竟，守护在旁边的赵婶拦住她，不无关切地说：“小姐，你别动……”

叶儿神情痴痴的，问：“赵婶，他们都回来了？这么快就杀完回来了?”

赵婶怔愣一会儿，渐渐明白了叶儿的话，然后摇头说：“哪能这么快呢？祭坛还没有搭完呢！你猜怎么着？苗家那小子把扳倒石碑的事情都供了！这种事，还从来没有人敢承认过，就他敢承认了！还口口声声地说，他这样做都是为了小姐你。哼！一个连猪狗不如的东西，死到临头还敢说出这种话，真是催命鬼催得他不知说什么好了！不过这样也好，这样就等于把小姐和少爷的事喀嚓一声锁进保险柜里了，再也翻不出来了。天意啊！这真是天意啊!”

叶儿吃惊地问：“他真是这样说了?”

赵婶说：“那么多人，都听得清清楚楚！就连他爹他娘都听得清清楚楚!”

叶儿禁不住“啊呀”一声，失声地叫道：“我的天哪！莫非……莫非……”

顿时，脸色苍白如纸，声音游丝般渐渐细绝。

叶儿娘见女儿这样，吓得放声嚎哭起来，引得二太太、三太太和柱子媳妇都来了。可是都没有主意，只有陪哭的份儿。

到底还是赵婶见多识广，遇事不慌。她找来一根纳鞋底用的大针，看准叶儿的上唇中间，“咔嚓咔嚓咔嚓”连扎三针。

叶儿呻吟一声，渐渐缓过气来，接着呜呜哭出声音。

赵婶收起针，几近炫耀地说：“好了，她能哭出声就好了！”

幽兰听见叶儿的哭声就来了。其实她早就来了，一直在院子里走来走去，只是没有进屋。她想帮助叶儿实现与苗大牛的爱，可是一时没有拿定主意，不知道怎样帮助才好？叶儿在屋里一哭，她忽然想，不如去问问叶儿，看她需要什么样的帮助？

赵婶看见幽兰，含笑地迎上一步，想称呼又不知如何称呼才好，支吾一会儿，只好说：“您来了？请坐吧。”

幽兰不坐，她先向叶儿娘、二太太、三太太和柱子媳妇一一点头致意，然后走近叶儿，轻声说：“叶儿，你别哭，你是怎么想的，就大胆说出来，我们大家也好帮助你。”

叶儿不说，依然哭得十分动情。

幽兰无奈，只好转向叶儿娘，说：“大姐，我不知道叶儿和那个叫苗大牛的小伙子是不是真心相爱？如果是，你应该成全他们，这是做父母的责任，万万不可因为他们偷情，或者贫富悬殊，就将他们拆散，更不能胡乱罗织罪名，加害于人，这是不道德的。”

叶儿娘听得一惊，当是幽兰知道了她们的底细，看时却见对方一脸真诚。她不知道这个女人今天怎么了？怎么会说出这样的话？做出这样的事？在她的想象中，像幽兰这样的女人，应该只会勾引男人，吃喝玩乐，是个没有头脑，没有心肝的绣花枕头。谁知，她竟然这样纯真，这样善良？她禁不住拿眼看她一下。这样的距离，这样认真地看她，叶儿娘还是第一次。

原来，幽兰并没有比别人特别的地方。她的好看，大概是出自匀称。无论面部器官，还是身体的各个部位，分开来看都很一般，然而合在一起，却是那样天然。再加上她白皙的肤色和巧妙的化妆，得体的衣裙和优美的曲线，简直就是天生配就的一副。显然，她还很年轻，她如月的脸上，滢着一层如是花儿初绽的色泽，毛茸茸的，粉嘟嘟的；她一双不太大的眼睛，无论看人时还是被人看时，总是羞羞怯怯的，显得文静而纯真；她不善言语，说话时总是有些急促，圆润的乳峰不停地起伏。叶儿娘由此断定，她还是一个没有经验的女人，还是一个没有学会伪装的女人，甚至还是一个孩子。只可惜她走错了门儿，找错了地方，她的好意在这里派不上用场……

叶儿娘掩饰地笑了笑，说："谢谢你的好意。不过，这件事就不烦你操心了，我会把我女儿的事处理好……"

幽兰不解，提高些声音说："大姐，这是为什么？难道你不同意他们相爱吗？叶儿可是你的亲生女儿啊？你怎么能忍心看着她因失恋而痛苦一辈子呢？假如大姐不敢破坏乡下的规矩，有话不敢说，我去找子鹏替你说……"

叶儿娘心烦意乱，没有心思听这些，也不需要听这些，于是，她没好气地打断她，说："请回吧，我们的事不用你操心了！"

幽兰仍不罢休，说："大姐，你不相信我是吗？你应该相信我，我是有能力说服子鹏的！"

接连两个"子鹏"，使得叶儿娘醋意顿时大发。她几近凶狠地瞥了幽兰一眼，使劲地挖苦说："我相信，你的话他能不听吗？他敢不听吗？"

幽兰被噎得半天没有说出一句话，然后把求援的目光投向二太太、三太太和柱子媳妇，可是她们一个个袖手只作壁上观，连大气都不出一声。

幽兰失望了，甚至有些气愤了。她提高些声音说："你们，你们为什么要这样对我啊？我不在城里，是因为我讨厌那个地方；我到乡下来，只想过一种安稳的日子，并不想妨碍你们。我不是你们想象的那样，我不是一个坏女人，我也有过自己的理想，有过自己的追求。我十二岁时，曾跟随父母搬到上海，后来考入上海商校，毕业后能找到一份很好的工作，谁知就在我临近毕业的时候，父母、兄嫂，还有刚满两岁的小侄子，都被人杀害了。为了逃命，我只身离开那个充满血腥的城市，回到家乡小城，投靠一个远房叔叔。可是，我那远房叔叔竟然是个人面兽心的家伙，他不但糟蹋了我，还逼我接客给他挣钱。就在我绝望至极，准备以死了结此生的时候，我遇到田子鹏先生，他花钱把我赎出来，把我带到乡下。我喜欢乡下的生活，我想和你们生活在一起，可是你们……你们……"

说着，幽兰已经泣不成声了。

叶儿娘显然还没有想到这些，她有些后悔不该对幽兰那样了。她用温和的目光看着幽兰，想对她说点什么，可是结果却是对赵婶说：“你送她回房里休息吧。”

十二

苗大牛被绑在苇坑边的一棵歪脖子枣树上。

离他不远，已经搭好祭坛。祭坛上两只高脚香炉，炉内点燃两炷香，青烟袅袅；中间一块红漆托盘，一只红泥瓦盆。托盘上一把匕首寒光闪闪，瓦盆内汪着一层清水，一只绿色飞虫落在水面上，它挣扎得已经没有一丝力气了，眼看就要毙命了。

大牛娘早已哭得声断气绝，甚至连眼泪都哭干了。她现在什么也不想，什么也不希望了，只想多看儿子一眼，多陪儿子一会儿。她一会儿用手指轻轻抚摸一下儿子身上的绳索，一会儿用手指蘸着唾沫擦拭儿子脸上的血痕。每抚摸一下，或擦拭一下，她都停下来看看儿子，仿佛在问：“疼吗？我的手重吗?”

大牛爹托人抵押了家里仅有的三亩田产，备下一份厚礼，带着去求叶儿爹。他在地上跪了足有吃顿饭的工夫，叶儿爹才从里屋走出来，慢悠悠地坐在八仙桌前，端起茶碗轻轻抿一口，咕嘟咕嘟漱一会儿口，然后噗一声吐在大牛爹跪着的砖地上，愤怒至极地说：“姓苗的，你儿子糟蹋了我的女儿，败坏了田家的名声，你应该知道我是怎样地恨他，怎样地恨你！可是看在乡里乡亲多年邻居的情分上，我可以抬抬手让你过去，只是你儿子的死活，我管不了。他扳倒神圣不可侵犯的石碑，在村里犯下滔天大罪，村民们是不会饶恕他的!”

大牛爹又在田家的砖地上“嘭嘭嘭嘭”连磕几个响头，苦苦哀求说：“大老爷，全村人都知道您老人家善良，只要您老人家说句话，放过大牛，街坊邻居没有不从的……”

叶儿爹不耐烦地挥手说：“街坊邻居从不从，我也不知道，你还是去问街坊邻居吧！”然后拂袖而去。

大牛爹只好从地上爬起来，临出门时看一眼用三亩地换来的那堆东西，就这样一声不响地没有了，他觉得整个人顿时变得如是纸片一样，一点分量都没有了。他心里明白，这是叶儿爹不肯放人，既然他不肯放人，街坊邻居谁还敢放人呢？无奈之际，他忽然想起白大胖子，白大胖子和他一墙之隔，从小一块儿长大，如果求他说句话，或许还能搭救儿子的性命……

仿佛黑暗中突然闪现一线光亮，大牛爹顾不得分辨那是灯火还是鬼火，就急不可耐地打起精神，直奔那光亮而去。

他又托人抵押了两间老屋，只留一间摇摇欲坠的厨房栖身。谁知，当他带着礼品刚刚迈入白家的大门时，迎面“呼哧”蹿出一条牛犊子似的大黑狗，一下咬住他的手腕，将礼品抖落在地，人被拖出门去，随后咣当一声，大门关闭了。

他再也想不出搭救儿子的办法了，只好一个人走到街上，双膝跪在十字路口，喊一声：“苍天啊！”在地上“咚咚咚”磕仨响头，再喊一声：“街坊邻居啊！”再在地上“咚咚咚”磕仨响头。须臾，他就把街面砸出一个碗底大的坑，坑底盈满殷红的血……

有人在后边拉他，他也不管不顾，依然喊一声：“苍天啊！”在地上“咚咚咚”磕仨响头；喊一声：“街坊邻居啊！”在地上“咚咚咚”磕仨响头……

瘸腿老五急了，一把揪住他，将他拖回家，然后往地上一扔，发狠地说：“要是磕头能救人，咱们都去磕！”

然后压低声音说：“我去找丑鬼老大了，只要你肯出三亩地的钱，他就肯救人！”

大牛爹顿时傻了眼。

瘸腿老五不知就里，进一步开导说：“事到如今，就别疼那点地了，救人要紧。只要留得青山在……”

这边还没有把话说完，大牛爹“呜”一声哭起来，他哭着喊：“我好糊涂啊！是我把儿子的命给弄丢了啊！”

瘸腿老五不知道这是为什么，急得火烧火燎的：“你快说，怎么了？”

大牛爹说："我把那三亩地的钱送给田家了。"

瘸腿老五咬牙说："干脆把老屋也卖了吧！"

大牛爹说："我已经把老屋卖了，把钱送给白家了，我什么都没有了！"

这回该轮到瘸腿老五傻眼了，丑鬼老大是见钱救人，没有钱怎么办啊？

大牛爹却抓住瘸腿老五不放，固执地哀求说："好兄弟，你再想想办法，你再想想办法啊！"

瘸腿老五想了大半天，也没有想出一点办法，最后只好说："我去找丑鬼老大，就说一时拿不到钱，叫他先救人。"

大牛爹说："丑鬼老大说一不二，杀人如薅草，你敢骗他？"

瘸腿老五说："是火坑，也得往里跳了！"

从大牛家出来，瘸腿老五钻进一条胡同，绕到垓子墙下，攀着树根翻过垓子墙。墙外是一条半人多深的壕沟，直通乱死岗子。丑鬼老大就在乱死岗子上的窑洞里等着。

这是一孔废弃多年的破窑，遍地杂草烂砖，毒蛇狗粪。瘸腿老五拖着一条腿，好不容易走进窑洞，却找不到人，只见地上一泡鲜亮的臊尿，说明有人来过。

正不知如何是好，半空中突然响起一阵刺耳的干笑："嘎嘎嘎嘎！"笑声像鸭子，令人毛骨悚然。紧接着，一个身材瘦小的人从窑壁的缝隙中跃出来，无声地落在瘸腿老五面前。

那人穿黑衣，系黑带，脸和脖子上抹着一层灰，笑时张着血红大嘴，露出两排焦黄的板牙，一对圆眼贼亮。他就是这一带遐迩闻名的夜行劫匪丑鬼老大！

瘸腿老五壮着胆子走近一些，施礼说："老大，让您久等了。"

丑鬼老大不答话，只伸出一只手，意思是："少啰嗦，快拿钱来！"

看见那只手，瘸腿老五禁不住浑身震颤。那是一只残缺变形的手，拇指剩下半截儿，四指没有了，手掌从中间裂开，如是一把锋利的大剪刀。

丑鬼老大像是不耐烦了，收回手，转身就走。

瘸腿老五赶紧扑上去，拦住他，很巴结地喊："老大，老大！"

丑鬼老大还是不说话，依然伸出一只吓人的手。

瘸腿老五双腿一软，就跪在地上了，他说：“老大，求求您，先救人吧，等拿到钱，我保证一分不少!”

丑鬼老大“嘎嘎”干笑两声，那只手不知怎么一翻，亮出一把牛耳尖刀，两眼闪射出绿森森的光。他说：“你保证？你小子两个蛋子一个头，想留下哪一样给我作保证?”

瘸腿老五就哭了，哭着说：“老大，我实话说了吧，大牛爹本来有三亩地，他为了救人，送给田家了；还有两间老屋，送给白家了，都白送了。他娘哭得死去活来，他爹磕头磕得满地是血，我是看他们可怜才来求你的……”

丑鬼老大气恼地一挥手：“别说啦！你看他们可怜，谁看我可怜？眼下这世道，人的良心都被狗吃了，哪里还有可怜？知道吗小子，当年他们用铁钎子刺裂我的手指，用烙铁烙焦我的胸膛，用辣椒汤灌得我鼻孔蹿血，当我疼得浑身乱扭呲呲怪叫的时候，却有人吃吃地笑出声来了。那笑声一下子钻进我的脑子里，到现在做梦都还能听得到!”

关于丑鬼老大的经历，瘸腿老五早就知道一些，只是还从未听说过这样的笑。他知道那笑声已经使他铁了心了，没有钱他是不会救人的。他失望地从地上爬起来，慢慢往回走，走到门口，又停下来，跪下说：“老大，我再求你一次，去救救他吧!”

丑鬼老大立即瞪圆一双眼，一扬手，牛耳尖刀带着一股寒气，“嗖”一声飞过来。

瘸腿老五料定自己的小命没有了，可是他也不躲，心一沉眼一黑，栽倒在地上了。待他醒来时，丑鬼老大已经不见了。他身下压着一条胳膊粗的大蟒蛇，七寸受了伤，身子还在痉挛着……

十三

转眼到了午时。

田家庄的善男信女们跪在祭坛前，黑压压一片。叶儿爹续上最后一炷香，单等祭品——苗大牛的心脏一到，祭礼就开始了。

杀手是花钱从外地雇来的，横眉竖目，杀气腾腾。他不慌不忙地从托盘里操起匕首，很仔细地审视一番，然后闭上眼，默祷片刻，再睁开眼时，整个眼珠都变红了，眼前像是蒙上一层雾。他端来一碗酒，一口喝去半碗，剩下半碗泼到苗大牛脸上，把苗大牛呛昏，然后将红泥瓦盆移过去，放在垂手可得的地方，随时准备接血。

这时候，大牛爹提着一只瓦罐匆匆跑来了，离老远就喊："等一下，俺叫他吃点鸡汤再走！"

杀手看看天，极不情愿地说："你快点！"

叶儿爹仿佛看出什么，扭头向白大胖子嘀咕说："他不会在鸡汤里放什么东西吧？"

白大胖子说："他能放什么东西？总不至放进白砒叫他儿子吃吧？"

叶儿爹说："我还真怀疑他放进了白砒……"

白大胖子顿时恍然了，喊一声："慢着！"然后跑过去，审视地看着鸡汤说："姓苗的，你不会在里边放什么东西吧？"

大牛爹知道他的意思，却故意磨蹭说："放东西？放什么东西？"

白大胖子说："我看里边有白砒？"

大牛爹说："白砒是毒药，我怎么给我的儿子吃毒药？"

白大胖子冷笑说："你怕儿子受不了活掏心的苦啊？"

大牛爹便不再说什么，捧起瓦罐，把鸡汤汩汩喝了两口，然后问白大胖子："放心了？"

可是，大牛爹把儿子喊醒，将鸡汤送到他唇边叫他吃时，苗大牛却怎么也不肯吃。他说："我长这么大，还没有孝敬过爹娘，就留下这口鸡汤孝敬爹娘吧！"

大牛爹说："你吃了这鸡汤才是孝敬！"

苗大牛固执地说："不，这是我的一点心意，我要留给爹娘吃！"

大牛爹心急火燎的，又不能把话说明，便将鸡汤放在苗大牛面前的地上，用眼瞪着儿子，发狠说："你要是我的儿子，就听话把鸡汤吃下去！记住，咱苗家就你一根血脉，你要把咱苗家世世代代传下去！祖宗都在天上看着你哪！

祖宗的在天之灵都保佑着你哪！看准，面前瓦罐里的鸡汤，就是你路上的盘缠，快吃了上路吧！”

说着，大牛爹从腰里抽出一把菜刀，三下两下将捆绑在苗大牛身上的绳子砍断，带上苗大牛就走。

他们哪里走得了？

杀手迎面拦住，匕首换成大刀，耍得呼呼生风。田白两家的打手蜂拥而上，刀棒遮天盖地，把苗家父子围得水泄不通。

大牛爹一边拼尽全力挥舞菜刀，企图杀开一条血路，带领儿子逃生，一边催促儿子：“快吃！快吃！”

苗大牛紧紧跟在父亲身后，一手提着瓦罐，一手往嘴里猛塞。

渐渐地，大牛爹没有力气了。他身上挨了几刀，鲜血直流。杀手不慌不忙，看准他的脖颈，一刀下去，一股殷红的血柱喷涌出来，直冲云天……

苗大牛亲眼看着父亲的鲜血喷完，直挺挺地摔倒在地上。一股仇恨的烈焰在胸中熊熊燃烧。他要为父亲报仇，怎奈身单力薄，寡不敌众，抢过父亲的菜刀只砍动几下，就被擒住了。

大牛娘被厮杀呼叫之声惊醒过来，疑疑惑惑地看了大半天，也不知道发生了什么事，待看明白过来，丈夫已经倒下，儿子已经被重新捆绑在枣树上，继续为祭祀做祭品。她游魂似的走到儿子身边，凄惶地问：“这是在哪里？这是在哪里？”及至触摸到儿子的血肉之躯，才恍然刚才发生的一切。

也不知哪来的勇气，大牛娘猛然转回身，面对杀手大声喊：“难道你心里只有钱，就没有一点人的良心吗？要杀，你就把俺全家人都杀了！杀死他爹再杀死我，剩下一个孩子，你愿意活扒皮就活扒皮，愿意活掏心就活掏心，只要主子高兴，你想怎么干就怎么干吧！”

杀手还真想把大牛娘杀了，免得她咋咋呼呼的添乱，他上上下下打量着她，准备找一个合适的地方下刀，以便玩出更好的花样。

苗大牛看在眼里，发疯地扭动着身子，可着嗓子骂：“你敢杀俺娘，我做鬼也不放过你。”

杀手看他又扭又喊的样子，仿佛觉得很好玩，定定地看了他一会儿，然后伸出手，轻轻一托，摘下苗大牛的下巴儿，一手扯出他的舌头，一手举起刀子，然后向那舌头轻轻划去——恰在这时，不知从何处飞来一镖，打在他的手腕上，刀子“当啷”落地。

紧接着，一条黑影飞速而至，“噌噌”几下割断捆绑在苗大牛身上的绳子，携了人就走。

杀手醒悟过来，顿时惊得“啊啊”直叫：“是丑鬼老大！是丑鬼老大!”

喊声未落，一镖打在他的右眼上。他也顾不得疼痛，拔下飞镖，带出眼球，留一个血洞，依然引领着田白两家的打手，向前追赶。

刚刚追出一丈多远，又一镖打来，正中杀手的咽喉，人“咯噔”站住，大张着嘴却喊不出声音，也动弹不得，接着身子一软，如同烂泥一样坍倒在地上了……

第二章

十四

苗大牛长这么大,还从来没有见过丑鬼,但是常听人们说。等高粱一起,丑鬼们就吃住在高粱地里,白天睡觉,夜里摸进村子,专拣有钱人家的白胖孙子抱走,抱走了再喊:“某某人听着,你的孙子就在死孩子坑里,限你三天拿两千块大洋兑换,过期别怪爷们撕票!”或者干脆不绑肉票,进了村直喊:“某某人听着,几个爷们在乱死岗子揭不开锅啦,限你三天送一石米面吃饭,送一千块大洋喝酒,过期别怪爷们手下无情!”没有一个人敢违约的。丑鬼无戏言,他们想毁掉一家人,比打碎一个花瓶还容易!

眼下,高粱已经抽穗,一地一地连成一片,十几里廖无人烟。小路蜿蜒其间,如同被人丢弃的一根灰色丝带,隐隐约约,断断续续,不要说年轻有点姿色的女子不敢经过,即便五大三粗的男人也都低下头走路,不敢旁顾,生怕惹出麻烦。谁知前边的高粱茬上,是否拴着丑鬼们绑来的肉票?还是躺着丑鬼们掳来的女人?你看见就休想走开了,不是把你的脑袋割下来当尿壶,就是把你的眼珠子抠出来当泡踩。

倘若两个人在路上相遇了,扭扭脸闪闪身绕过去就没事,你一看他一瞟麻烦就来了,这个说:“看啥?爷脸上又没字!”那个说:“大白天走路,草棵里咋蹦出个鳖来!”二人就交手了。轻则动拳动脚,打个鼻青脸肿,重则牛耳尖刀相拼,一对一杀个血肉相染死在一处……

走至一个三岔路口,丑鬼老大停下来,放下苗大牛,凶凶地说:“从今天起,你就是丑鬼了,我是老大,凡事都得听我的!”

苗大牛不由一振，脱口说："你是丑鬼老大？"

可是很快就失望了，这个被人们传得神乎其神的丑鬼老大，与他想象中的形象相差太远！

丑鬼老大接着说："你知道丑鬼是干什么的吗？就是人们常说的强盗，是专门抢东西杀人的！"

苗大牛点点头，又慌忙摇摇头，矢口说："丑鬼？我不干！"

丑鬼老大冷冷一笑，说："这不是你干不干的事，是我叫你干，懂吗？你爹欠我三亩地的钱，他死了，我就拿你顶！"

苗大牛支吾说："大叔，我爹欠你的钱，我还……"

丑鬼老大说："你还？你拿什么还？"

苗大牛说："我……我当丑鬼顶……"

丑鬼老大仰面"嘎嘎"笑起来，笑完了说："狗日的！还给老子绕弯子！"

苗大牛说："我不是绕弯子，我是说，干多久，才能还清债，还清债我就不干了。"

丑鬼老大收住笑，不解地看着苗大牛："你不干？你不干你干什么去？去送死？好吧，干一年老子叫你去送死！"

苗大牛还想说什么，丑鬼老大不耐烦地从怀里掏出几贴膏药来，"叭"一下封住他的嘴，紧接着又"叭、叭"封住他的两耳和双眼，然后拉着他跟头流水地跑起来，直跑得上气不接下气，两腿发软想干哕。这时又有人一边一个架住他，呼呼跑得更快，一边跑一边喊："上山喽！过河喽！"这是用来迷惑人的，叫人觉得走了很远而又很陌生的路，好把来路给忘了，免得日后被人抓住说出实情，剿了窝子。其实，也不见得走很远，说不定就在附近哪个土岗上或者壕沟里上上下下的折腾呢！

突然，苗大牛觉得两腿胯被硬物狠狠撞了一下，疼得"啊呀"一声，差点昏死过去。丑鬼们停下来，把他扔进一个土坑里。他试着揭掉眼上、嘴上和耳朵上的膏药，却什么也看不见、听不见。眼前一片漆黑，四周静悄悄的，一丝风儿都没有。他伸手往地上摸，没有庄稼和野草，只铺着一片苇席。他越发纳闷起来，这是在哪里呢？他想站起来，两腿却不听使唤，一动就揪心地疼。只能爬，只能摸，忽然，摸到一个肉糊糊的东西，吓得手一抖，赶紧缩回来。顿一顿，又试着把手伸过去……

原来是一个孩子！

孩子身边有半截蜡烛和几根火柴。点着蜡烛，看见这地方和家里用来储红薯、萝卜的地窨子差不多。天门压一块石板，旁边插一根竹管透气儿。苗大牛顿时明白了，这是丑鬼们用来窝藏肉票的地方，他现在就是替丑鬼们看肉票。

这肉票不过五六个月的样子，一丝不挂地躺在席片上，胳膊胖得腿如同藕节儿，烛光一亮，小家伙从梦中醒来，很是精神，先是痛快淋漓地撒了一泡冲天尿，然后手舞足蹈，只差不会放声高歌了，全然不顾父母为了赎票，正在东拼西凑，心急如焚。

苗大牛无心顾及这些，只担心田家会报复母亲，现在不知道母亲怎么样了？还有自己的腿，也不知道是怎么回事儿……渐渐地，他恍然了，他的腿，一定是丑鬼们怕他跑，故意把关节给打脱了。真卑鄙！说好的干一年，我怎么能跑呢？

不知过了多久，天门上有了响动。石板撬开后，一个人跳进来。借着门口那线光亮，看见来人个子不高，头却很大，穿黑衣，抹黑脸。他知道是丑鬼老大的人，不由气恼地喊："叫你们老大来，把我的腿治好。不相信人，还算什么好汉！"

来人从怀里掏出俩烧饼，看样子是想扔下的，却一扬手扔到外边去了；他也不说话，甚至看苗大牛一眼都没有，抱起孩子就走了。

苗大牛还真饿了，他看见烧饼就想起饿了，可是，烧饼已经被大头扔到外边去了，他想吃也没有了。不过，丑鬼们既然已经抱走了孩子，就不会再叫他躺在这里了，很快就会有人来了。谁知，自天门封上之后，苗大牛等了一天又一天，就是不见有人来。已经过去五天，还是不见有人来，是丑鬼们把他给忘了？还是兑票时被人剿了后路斩尽杀绝了？不行，不能再这样等下去，再这样等下去就要饿死了！苗大牛开始想到了跑：只要把石板顶开，或者从旁边挖开一个洞，就能跑出去，可是他怎么也不能站起来，一站就钻心地疼，两腿像断木一样不听使唤。

漫无边际的黑暗凝固了一切，唯独不能使肠胃静止一会儿。起初，苗大牛

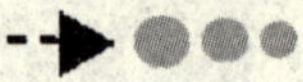

觉得肠胃里有许多小虫子爬,爬得他很痒很难受,接着像是点燃一团火,烧得肠胃里火辣辣地疼,待火势渐渐小下来,肠胃里的疼痛没有了,就感到困,想睡觉……

就在苗大牛迷迷糊糊、似睡非睡的时候,大头又来了,他砰砰两脚踢醒苗大牛,说:“好汉,该吃饭啦!”然后扯住苗大牛的两条腿,用力一拉,接着往上一举,随着“叭叭”两声响,人出了地窨子,竟也奇迹般地能站了。

苗大牛被大头拖着,走了足有吃顿饭的工夫,才停下来。他眼前扑棱扑棱全是飞虫和金星,头重得直往下垂,脚轻得老向上翻,还没有明白怎么回事儿,就一头栽倒不省人事了。待苏醒过来,才看清是一片高粱地,他的头撞在一棵高粱茬子上,鬓角划破了,流出一滩血。

正是暮色苍茫时分,浓重的雾气仿佛一道道帷幔在四周拉开,眼前的一切朦朦胧胧,飘飘荡荡。十几个丑鬼穿黑衣抹黑脸,影影绰绰,尤如一群鬼怪。地上摆着整只的烧鸡和成坛的老酒。丑鬼们以老大为中心,围坐在那里,又吃又喝,又笑又骂……

苗大牛看见吃的东西,两眼顿时生出光来,饿狼一样地扑上去,抓起一个鸡腿就往嘴里塞。这时候,突然从横里伸出来一只脚,把他的手和他手里的鸡腿踩住了;那只脚再用力一拧,他的手和他手里的鸡腿都被拧进深深的泥土里。

大头骂:“狗日的,连个规矩都不懂,还得老子教!”

苗大牛不管不顾,张嘴咬住踩在他手上的那只脚,恨不能咬下一块肉吞吃了。

大头被咬得站立不住,一腚蹲在地上。恰巧一棵高粱茬作怪,扎在他腚上,疼得他又跺脚又护腚,“嗷嗷”怪叫,逗得丑鬼们哈哈直乐。大头又羞又恼,选最粗的高粱拔下两棵,捋掉叶子,对头一折,顿时抡得呼呼生风。也不管打在苗大牛头上还是身上,是否要了性命,只顾自己解气。

苗大牛也不躲避,只是把沾满泥土的鸡肉往嘴里塞。他实在饿极了,饥饿的滋味比什么都难受。

粗壮的高粱秆接连不断地在苗大牛身上头上发出脆响,顶端打得开了裂,碎片飞蟥般乱溅。丑鬼老大和丑鬼们只是看,没有一个出面阻止的。他们甚至像观看一场精彩的表演，不时地呼号助威拍手喝彩。

渐渐地，苗大牛没有了食欲，抓在手里的鸡肉还没吃完就不想再吃了。整个人活像一只肉虫蜷缩在地上，打一下一哆嗦，打一下一哆嗦。直到大头打得累了，抑或不想再打了，才停下来。

丑鬼老大将一碗酒递给大头，古怪地笑着骂了一句："狗日的，你真狠！"

大头嘿嘿直乐，然后拿一块鸡肉扔给苗大牛，一边咕咕喝酒，一边说："这小子，真搁揍！"

苗大牛没有吃大头扔给的鸡肉，他抬起头，怒视着丑鬼老大说："我恨你！"

丑鬼老大并不恼，反而仰面"嘎嘎"笑起来，笑够了说："是条好汉！"

顿一顿，他又说："过来吃吧，吃饱了，今晚跟着下趟子！"

大头说："他还没磕头入伙呢？"

丑鬼老大挥手说："他不入伙，只干一年！"

十五

天黑得特别早。偌大一片高粱地，仿佛扣在一口密而无缝的黑锅下。晚风吹来，如海的庄稼狂乱地摆动着，"哗哗啦啦"响成一片。虫鸟们受到惊吓，停止了鸣唱……

夜就这样来临了。

丑鬼老大收拾停当之后，衣服里包裹的仿佛就不是那个瘦小的身躯了，而是一团无穷无尽的力量。他双眼如炬，忽然射出逼人的光芒。在他的影响下，丑鬼们也都一个个精神抖擞，跃跃欲试了。

大头登上一个高坡，试准风向，回来向丑鬼老大禀报说："老大，东南风！"

丑鬼老大点点头，率先迎风而行。丑鬼们尾随其身后，一个个行走如飞。

高粱地尽头，横着一条小路。上路之前，丑鬼老大脱下一只鞋，抛向空中，待鞋落下，鞋头所指的方向，即是今晚的去向。丑鬼们讲究这个，这是天意，不然天下有那么多的富户，为什么单单要向这一家下手呢？

今晚鞋头所指的方向是大庄，大庄有一户姓龚的财主，富得流油，早已引得许多人垂涎，只因龚家防守严谨，至今无一人得手。今晚能不能得手呢？丑鬼老大不想这个，只想这是天意，天意难违！

行至大庄垓子墙下，丑鬼老大叫丑鬼们原地休息，他自己翻墙进去。四周黑咕隆咚的，村庄正在沉睡，晚风轻轻吹过，仿佛吟唱一首催眠曲。

很快，丑鬼老大就回来了。身后跟着一个人。那人光头光背赤脚，穿一条短裤，怀里抱着一只母鸡。丑鬼老大向大家介绍说："这位兄弟叫刺猬，大庄人，曾在龚家做过半年帮工，他愿意带路。"

然后又说："事成之后，给大洋五十块！"

刺猬很小心地审视着每一个人，待确定无诈后，才说："走吧。"

沿垓子墙走不多远，有一个洞口，穿过洞口是一片茅舍。刺猬把母鸡扔进一个小窗，里边就有了回声："不进来睡了？"

刺猬说："有事，改日吧。"

大头在刺猬肩上拍一下，暧昧地说："伙计，相好啊！"

刺猬嘿嘿一笑，并不隐瞒。

转过街口，前面黑森森一片高墙大院。偶有灯光透出，仿佛警惕的眼睛正在眨动。刺猬叫大家隐藏在短墙后边，他用手指点着说："那就是龚家，前院是客厅，没住多少人；中院由龚老爷和他的三房太太住着，大太太住中间，二太太和三太太住两边；厢房里都是红枪会的人，十七八人，家丁轮流巡夜，有两条快枪；后院住着龚老爷的儿子、媳妇和小姐，没住家丁和红枪会的人，不过他的三个儿子都会武，一身功夫，大儿子是红枪会班主；最后边是花园，只住几个花工。眼前这片空地，就是红枪会的练武场，每逢一六日小会，三八日大会，十里八乡的人都来，有二三百呢！"

丑鬼老大对红枪会不感兴趣，他问："龚老爷喜欢第几房太太？"

刺猬嘿嘿一笑说："你想啊？三房呗，三房年轻！就像人家唱的，黄瓜妞，谢花藕，鲜嫩啊！"

丑鬼老大说："好，咱就拾他只乏兔！"

然后吩咐大头，带人把后院通往中院的门把好，不要叫后院的人到中院里来。他自己则带着苗大牛去中院，叫苗大牛不要乱动，等他绑好龚老爷后出去开大门。

然后拍一下刺猬的肩，说："兄弟，你就在这里等着拿钱吧！"

话音未落，大头已带人冲向后院。

丑鬼老大带着苗大牛，走到龚家高墙下，从腰里解下一根带抓钩的绳子，一头系住苗大牛的腰，一头抛到高墙上，自己先顺着绳子爬上去，然后再拉苗大牛上去。

翻过高墙，落脚未稳，苗大牛就听身后"噗噗"两声，有两条布袋似的重物倒在脚下了。回头看时，原来是两个人，身子还在痛苦地挣扎着，一股很浓的血腥气味扑鼻而来。再看丑鬼老大，他已经走上回廊，直奔三太太屋里去了。

苗大牛不敢去追，也不敢在此久留，沿着墙根往前走，刚走出十几步远，忽听"啊呀"一声惊叫，紧接着"砰砰"两声枪响，整个大院就乱了。

先是家丁"嗷嗷"满院乱蹿，又鸣锣又放枪，后是红枪会的人手持红缨枪在大院里排开方阵。院子中央的木杆上，燃起两盏吊灯，把院子照得一片通明。

苗大牛趁乱摸到一个门口，才想钻进去，从里边冲出来一个人，那人睡眼惺忪地看着他吼一声："快集合！"就匆匆走了。

钻进屋里，苗大牛从窗口往外一看，满院都是人，顿时吓出一身冷汗。心想：别说丑鬼老大绑着龚老爷从大门往外走，就是丑鬼老大生出双翅往天上飞恐怕也难了！

可是转眼再看时，丑鬼老大已经押着龚老爷出现在回廊上了。龚老爷赤身裸体的，又白又胖。丑鬼老大一手扭着他很沉稳地往外走，一手用牛耳尖刀紧紧抵在他胁窝上。家丁和红枪会的人团团围在左右，寸步不离，伺机解救主人。

丑鬼老大向龚老爷喝令："叫他们让开！"

龚老爷颤声喊："让开！快让开！"

家丁和红枪会的人不敢违令，在前边让开一条路。

这时候，后院的拼杀喊叫之声骤然响起，一阵高过一阵……

龚老爷慢慢冷静下来，回头向丑鬼老大说："朋友，有话好说，何必打打杀杀的伤了和气呢？咱们素昧平生，无冤无仇，你不会是冲着我这条老命来的，一定是想要钱,想要钱就请你开个价吧!”

丑鬼老大知道他是缓兵之计,不禁笑道:“你说对了,我就是想要钱!不过现在不要,什么时候要,我会派人通知你儿子。”

龚老爷还想说什么,丑鬼老大把刀子用力一顶,顶出一片殷红,然后说:“快叫他们住手!不然,你家就没有香火可续了。”

龚老爷忙喊:“传我的话,快叫他们住手!”

后院的拼杀喊叫之声渐渐平息下来。

大头带领丑鬼们来到前院,他们满身满脸是血,就像一群杀红眼的疯狗,看见家丁和红枪会的人就杀就砍。家丁和红枪会的人见势不好,一哄而散,各自逃命去了。

苗大牛觉得没有危险了,才从厢房里走出来,去开大门。大门“吖吖”的很响,渐渐打开了,门前的台阶一级一级铺展下去,一边蹲着一只大石狮子。

丑鬼老大押着龚老爷走出大门,走下台阶,停在街面上,然后对身边的大头说:“告诉龚家少爷,请他们准备五千块大洋,天亮前送到乱死岗子大柳树下。”

大头唏嘘一声,歪着头问:“龚老爷,您家有几位少爷?”

龚老爷说:“有三个犬子。”

大头不无惋惜地说:“唉,怎么才三个呢?你要有四个多好!”

龚老爷知道他的三个儿子都没了,顿时像放净血的草鸡,瘫软在地上了。

丑鬼老大问:“龚老爷,您说怎么办?”

龚老爷叹口气:“把我也杀了吧,东西都是你们的了!”

丑鬼老大说:“好,我就依你!”

话音未落,他手脖子一挺,刀子扎进去。龚老爷没有一丝痛苦,甚至连哼一声都没有,就死了。

丑鬼老大说:“伙计们,龚老爷说了,东西都是咱们的了,能拿的就可劲拿吧!”

丑鬼们应声而动。

大门外只剩下丑鬼老大和苗大牛。丑鬼老大指着龚老爷的尸体问:“你说,把这块肉放哪里?”

苗大牛说:“把他抬回家吧。”

丑鬼老大不解地问:“家? 他家在哪里?”

然后意味深长地“嘎嘎”笑起来,笑完后扯起龚老爷两条腿,留一个头给苗大牛,叫他抬。苗大牛不知道龚老爷头下汪着一滩血,一抬沾一手,滑溜溜的,几次都没有抬起来。丑鬼老大就自己拖,肥硕的头颅在台阶上撞出有节奏的声响:“叮咚叮咚!”

丑鬼们如入无人之境,翻出龚家的全部金银细软,用包袱包了,外加几个吓得木偶似的女人,又背又拖的来到大街上。

大头讨好地说:“老大,能带的就这些了,不能带的给伙计们看个花吧?”

见老大点头同意,大头取下木杆上的吊灯,把油泼在屋里隔扇上,点燃了。龚家偌大一片堂皇瓦舍,顷刻之间变成一片火海,瓦片惊燕般乒乓乱飞,火焰狂龙样呼呼舞动,十分惨烈。

丑鬼们带着劫掠来的财物和女人,走到短墙下,却不见刺猬了。

龚家大院里枪一响,刺猬就跑了。他料定丑鬼们的飞毛腿再快,也比不上龚家的快枪快。

大头说:“他一定找相好的去了,我叫他来。”

他登上短墙,扯开嗓子喊:“刺猬伙计,你带路的五十块大洋就在短墙这里,快来拿吧! 刺猬伙计……”

刚喊两声,刺猬就从胡同里飞奔出来,离老远就发急地说:“你这样喊,还想不想叫我在家啦?”

大头大大咧咧地笑着说:“谁叫你熬不住,这一会儿工夫还去找相好?”

刺猬说:“你就不能小声点!”

大头说:“喊都喊了,再小声还有什么用?”

刺猬急了:“这……这可如何是好啊?”

大头说:“只有一个办法,跟我们一起入伙。”

刺猬差点哭起来:“入伙? 啊呀! 那可不行! 我家里有七十岁老母,我走了谁伺候她老人家啊?”

大头说:“谁伺候你娘我可管不了,不过女人倒是给你准备了。”

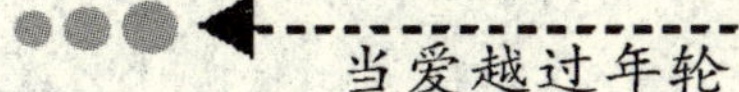

说着，拉一个如花似玉的女人推进他怀里，问："这个咋样？"

刺猬看一眼粉团儿似的女人，吸一口很浓的香味，顿时什么都忘记了，恍若梦呓般地说："好，好！我入伙，我入伙！"

大头就扯开了嗓子喊起来："大庄的老少爷们都听着，刺猬兄弟入伙做丑鬼啦！"

十六

黎明时分，丑鬼们在高粱地深处安营扎寨了。巨大的收获使得丑鬼们激动不已，忘却了劳顿，尤其那四个花枝招展的女人，更是显得金贵无比，诱人无比。他们像饿狼一样，恨不能立刻扑上去，把她们分吃了，可是不经老大允许，谁也不敢轻举妄动，只能说些酸话享享口福，或者胡乱捏摸浅尝辄止。这是规矩，每一次抢劫来的财物和女人，都必须由老大先挑，老大挑剩下的才是丑鬼们的。

丑鬼老大也很高兴，他的高兴，不单是龚家经过数十年甚至上百年积累的财物，还有这四个如花似玉的女人，一夜之间都归了他，更主要的是多年来多少人求之不得的事，让他一举成功了。因此，他要一改过去的匆忙，慢慢品味成功的喜悦，让内心深处的甜蜜，渗透到身体的每一个部位。

他叫丑鬼们把一个个大包袱摆成躺椅状，然后扶他躺上去。这一躺，他沉塞多年的心窍就豁然洞开了，理想的小鸟扑棱棱飞向辽阔的天空。他看见蓝天白云之下，有一座金碧辉煌的大殿，门口竖一杆杏黄大旗，隐约可见"丑鬼"二字；威严的大殿里排满了文官武将，中间端坐一位首领……

有人走近首领，轻声喊："老大。"

他不由陡然一振：这是喊我吗？坐在大殿里的首领就是我吗？

那人又喊："老大！"

这一次听清了，果然是在喊他。

是大头在喊："老大，伙计们都等着哪！"

他知道等着的意思是什么，就慢慢睁开眼睛，让思绪从想象的天空飞回到现实：他身下的大殿变成了包袱垛，却也没有一丝一毫的失望。他知道，他身下的这些包袱，就是一座大殿，实实在在的大殿！

大头见老大高兴，赶紧喝退丑鬼们，用手指着一个梳独辫的女人说："她就是龚家正待出阁的三小姐，年方二八，嫩得一掐一股水哪！"

丑鬼老大顺着大头的手指看过去，龚家三小姐果然很嫩，嫩得像一朵含苞待放的花儿，仿佛用手轻轻一碰就能碰出一股水。显然，她还没有经过男人，那副惊慌羞怯的神情，只有处女才有。他眼里顿时放出一股绿森森的光芒。每一次都是这样，那是攫取的光芒，复仇的光芒！在他看来，强奸女人和抢劫财物一样，都是为了补偿他失去的一切！因此，在每一次做这些的时候，他都是恶狠狠的，恨不能一下子把对方置于死地……

大头看见那眼光，就直奔过去，像老鹰捉小鸡一样捉住龚家三小姐，送到丑鬼老大面前，然后招呼丑鬼们忙自己的去了。

和往常一样，丑鬼老大抓住女人，就三下五除二地给她脱衣裳，狂风暴雨般地行事，他从来不把玩和品味，甚至对女人的年龄大小，体形胖瘦，肤色黑白，也不管不顾，女人一旦到了他的手里，就统统成为他攫取和复仇的对象，都是一样的！

这一次，和以往不同的是不在地上，而是在他想象中的大殿上，用龚家艰辛积攒数十年甚至上百年的全部财物铺着玩女人，而且还是玩龚家的女人，这就和吃饱喝足临走再屙人家一桌子一样过瘾。

可是大殿基础不牢，他一个人躺在上边闭目养神尚可，如果按着个哭叫挣扎下劲折腾的女人就难以凑合。女人脱光衣裳比泥鳅还滑，只滚动几下就把大殿弄塌一角，而另一角，也是左倾右斜摇摇欲坠。

他只好停下来，准备叫丑鬼们重建大殿。这一次，他非要在大殿上玩这个女人不可。然而丑鬼们一个个忙得不可开交，谁也无暇顾及他了。只有苗大牛在一边站着。这个因女人毁了全家，而且差点丧命的家伙，此时非但不为女人所动，反而一脸厌恶和鄙夷，真叫人不可思议。

丑鬼老大古怪地笑了一下，指着一丝不挂的女人说："我把她给你，你要不要？"

苗大牛嗤鼻说："你真叫人恶心！"

丑鬼老大先是一愣，然后“嘎嘎”地笑起来，笑完了说：“恶心？这也叫恶心？你知道什么是恶心吗？亲眼看着自己的母亲和老婆被一群人轮奸那才是恶心！你见过吗？小兔崽子！”

顿一顿，他又说：“你听说过凌迟吗？你知道什么是凌迟吗？凌迟就是在活人身上一块一块地割肉，一截一截地砍下四肢！你看这里，还有这里，开开眼吧，小兔崽子！”

丑鬼老大抖动着他残缺不全的肢体，仿佛变成一头失去理智的野兽，当着苗大牛的面，竟然把嫩得一掐一股水的花儿窝在废墟般的大殿上疯狂地摧残了，然后像丢弃一件穿破的衣服，扯起来往地上一扔……

苗大牛发狠地说：“当年，就不该叫你活下来！”

丑鬼老大从牙缝里“咝咝”吸着凉气，突然挥起一拳，把苗大牛打出丈远，然后扑上去，骑在他身上，抡开两手左右开弓，一边打得“啪啪”山响，一边声嘶力竭地吼：“你给我记住，小兔崽子！今后再敢跟老子这样说话，我就割下你的舌头！你不想叫我活下来是吗？你认为我死了就没有丑鬼了是吗？你错了！我死了照样有丑鬼，照样有丑鬼老大！只要这个世界上有欺压和不公平，就有丑鬼和丑鬼老大！你认为丑鬼不好是吗？丑鬼杀人、劫财、玩女人是不好，可是比起那些官府老爷、财主恶霸来好多了，官府老爷对待百姓就像驯养牲口一样只许他们出力卖命，不许他们乱说乱动，财主恶霸只要自己发财根本不管别人死活。他们明明靠百姓养活自己，却反过来说与百姓有恩，叫百姓感激拥戴。我们不，我们就是杀人劫财无恶不作，比起官府老爷、财主恶霸来光明磊落多了，比起平民百姓来痛快多了——平民百姓想说不敢说的话，想做不敢做的事，我们都敢！做丑鬼图的就是这个痛快，你懂吗?!”

苗大牛还是第一次听人说出这样的话，没想到丑鬼老大还会说出这样的话？

丑鬼老大接着说：“你想报杀父之仇吗？你想得到想要的女人吗？要想，今天晚上就带我们去田家庄，杀了你的仇人，抢来你的女人！”

这更是苗大牛没有想到的，他想为父亲报仇，也想得到叶儿，可是他不想采用这种方式，尤其对叶儿不想采用这种方式。这样，会把叶儿吓坏的。他赶紧说："不，不不！"

丑鬼老大鄙夷地哼一声，说："你爹真是白搭了一颗种！"

…… ……

经过一夜的奔波和拼杀，再加上玩半天女人，丑鬼们都累了，横七竖八躺倒在高粱地里，睡得昏天黑地。

在丑鬼们熟睡的时候，有两个女人爬到龚家三小姐身边，看她还活着，就胡乱地用衣裳遮到她身上，连扶带抬地把她弄走了。另一个女人没有动，她怎么了？她死了吗？

苗大牛这样想时，那女人却折身坐起来了。她不去追赶三个逃走的女人，却推身边的大头和刺猬，推了几下没推醒，干脆又躺倒睡了。

待丑鬼们一个个醒来，他们并不为三个逃走的女人而惋惜，却为一个留下来的女人而惊讶。刺猬是知道内情的人，他向大家解释说，走的那三个女人是姑嫂，留下的这一个是龚老爷花钱从城里买来的窑姐儿。

大头问窑姐儿："你怎么不走？"

窑姐儿说："我往哪里走？"

大头想想也是，于是说："咋？你也想做丑鬼？"

窑姐儿说："我才不做丑鬼哩！"

说着，她从身上摸出一个精制的化妆盒，用里面的小镜子照着化起妆来。

大头看着乐了："我明白啦，你是想做丑鬼的压寨夫人！可是僧多粥少，就不怕吃死你？"

窑姐儿果然非同一般，处乱不惊，她一边涂口红，一边说："就你们几个鸡刨食，还不够我一盘活呢！"

丑鬼们顿时来了兴致，嗷嗷叫着非要排长队鸡刨食刨给她看。

丑鬼老大说："先去弄吃的，吃饱肚子看她到底有多大本事！"

去的人很快回来了，带回来一些烧鸡、羊肉和成坛的老酒。窑姐儿靠着老大坐下来，扯一只烧鸡腿，咬一口嘴对嘴地喂给丑鬼老大吃。

丑鬼老大说："听口气你很厉害，也很会玩？待会儿给大家玩一套，玩好了这几包东西任你挑，玩不好我叫大家排着队鸡刨食刨死你！"

窑姐儿满口应承，一幅成竹在胸百战百胜的样子。

正说笑得高兴，远处突然传来三声掌声。丑鬼老大示意大家停下来，叫大头去看究竟。

大头回来说："是地线送信来了。地线说龚家的事县里已经知道了，龚老爷是这一带很有名望的乡绅，县长亲自下令限期三天捉拿我们。地线叫我们赶快到县里托人通融通融，不然公安局的人下来就不好办了！"

丑鬼们怕的就是这样。这样就等于白干了。可是不去通融，公安局的人来了还真不好办。他妈的！十几个人提着脑袋血里火里干了一夜，人家动动嘴就得分好处！

丑鬼老大气恼地把刚吃进嘴里的一块肥肉"呸呸"吐出来，然后叫丑鬼们把包袱打开，将黄的、白的、花花绿绿的二一添作五，用包袱包好，交与大头，叫大头马上进城通融。

大头喊刺猬跟去做伴，刺猬不敢，说万一遇上当官的，就没命了？

大头笑着说："咱进城就是去见当官的。"

刺猬说："你不怕他抓咱们？"

大头说："送了钱就不抓了！"

十七

大头从城里回来，看见老大就唉声叹气。

丑鬼老大说："咋？放个屁分一半，还嫌少？"

大头说："人家说凭龚家的家底，还差一半。"

丑鬼老不禁大惊叫起来："日他娘，龚家的家底他也知道了？"

无奈，只好把剩下的另一半交与大头，叫他再去送。一座大殿就这样转眼易主了。丑鬼老大越想越生气，越想越觉得不对劲，便偷偷把刺猬拉到一边，问他送钱的经过。

刺猬说："大头的路可熟了，一进城就直奔县长家，把钱送给县长一半；又直奔局长家，把钱送给局长一半。”

丑鬼老大问：“你们见到县长了？”

刺猬说：“没见到县长，见到县长太太了。她人可好了，一直把俺俩送到大门口。”

丑鬼老大就冷笑着说：“你们面子不小啊？县长太太还送？”他心里却在骂：狗日的，这回耳朵割大了！

然后不吃不喝，躺倒就睡，睡到第三天，他起来了，先拿一只鸡腿闻了闻，说有味，扬手扔了，又捧一坛老酒咕咕喝两口，说没味，把酒坛给砸了。

丑鬼们知道老大心里窝火，都躲得远远的，生怕不小心惹着他。

丑鬼老大喊：“都躲着干什么？我又不吃人。来来来，打起精神乐一乐，天黑了下趟子！”

吃的喝的都没有，大家饿了三天了，还怎么乐得起来？

丑鬼老大抬头看看天，太阳明晃晃的，低头看看地，发现地上有块银元半掩半露着，就拾起来，往空中一抛，银元“当啷”落地，看时带人头的一面朝上，拾起来再一抛，又“当啷”落地，看时还是带人头的一面朝上。

大家都感到奇怪。

丑鬼老大说：“谁敢跟我赌？三回两胜。”

丑鬼们没钱，都说：“不赌。”

丑鬼老大看定大头，说：“你来！”

大头也说：“没钱，不赌。”

丑鬼老大发狠地说：“没钱赌耳朵！”

大头一惊，支吾说：“哪有赌耳朵的？耳朵怎么赌？”

丑鬼老大说：“人头都有赌的，耳朵咋不能赌？来，赌耳朵，三回两胜，一次割一半！”

说着，就把明晃晃的刀子插在地上了。

大头越发害怕了，猜想送钱的事一定叫老大知道了，不然，他为什么单单和我赌耳朵？还说出一次割一半的话。他回头看刺猬，那个貌似呆傻的家伙，果然正幸灾乐祸地笑着呢！原来他不傻，他是一只闷头狗，尽不声不响地咬人。

天哪,算我瞎眼了,认错人了!

大头慢慢后退着,想逃跑。

丑鬼老大视而不见,微眯双眼盘坐在地上,不慌不忙地去拾那块银元。

大头看准时机,转身就跑,谁知才一迈步,脚下突然一绊,四肢着地摔倒了,啃了一嘴泥。他的一根绑腿带子,不知什么时候散开了,一头牢牢地缠在高粱茬子上。

丑鬼老大不看大头,只顾拾起银元,抛向空中。银元"当啷"落地,看时还是带人头的一面朝上。

丑鬼老大喊:"还是带人头的一面朝上,这回算谁的?"

大头不敢再跑,从地上爬起来,"呸呸"吐着嘴里的泥,心存侥幸地问:"这回算不算数?"

丑鬼老大说:"当然算数!"

大头说:"算我的!"

丑鬼老大说:"好! 我输一回了。还有两回,是你扔还是我扔?"

大头发狠地说:"我扔!"

一扔,"当啷"一声,定睛看时,却是带人头的一面朝下。

丑鬼老大说:"面朝下,你输一回了!"

大头拾起来再扔时,却怎么也不敢了。

丑鬼老大说:"咋? 怕啦? 不就是割耳朵吗? 我看,这回咱俩都不扔了,请老天爷给评个公道怎么样?"

他选了一棵粗壮的高粱,叫大头把银元放到最上边的高粱叶子上,风吹叶动,银元"当啷"落地。看时,还是带人头的一面朝下。

大头"啊呀"一声,扑通跪倒在老大脚下,一边磕头如捣蒜,一边苦苦哀求说:"老大,饶我这回吧,往后再也不敢啦!"

丑鬼老大不说话,只是仰面"嘎嘎"笑起来。

大头抡起两只手,一左一右在脸上"啪啪"地打。他一边打,一边骂:"我不是人! 我不是人!"

丑鬼们当大头是害怕割耳朵,起初觉得很好玩,都"嗷嗷"地跟着起哄,后来渐渐觉得不对了，便停下来，静观事态的发展。

太阳像热鏊子似的悬挂在头顶上，蒸出一种如尸臭的怪味儿。微风轻轻拂过，高粱秆麻木地晃动着，痛苦地痉挛着。四周静悄悄，偶有觅食的地鸟发出一声“呜呜”地怪叫。

大头还在连连不断地打着自己的脸，鲜血和唾沫的混合物从嘴角流到手上，再通过手传递到本来就胖大，现在又肿胀而且还涂着厚厚锅灰的脸上，经汗水一搅和，整个脸看上去就十分滑稽可笑，一塌糊涂了。

丑鬼老大说：“住手吧。”

大头说：“你不答应原谅我，我就不住手。”

丑鬼老大说：“你就是把牙打掉，把脸打烂，我也不会答应你，这是天意！我纵然答应了你，老天爷也不会答应你！”

大头的手就无力再举了。

丑鬼老大说：“那钱就不用拿回来了，在城里存着准备以后打点吧！不过，你要是想跳槽或者另立山头拉杆子做老大，还是如数退回来得好，免得遭麻烦！”

大头点点头，表示听清了。他知道什么都不用说了，说什么都是多余了，就慢慢转向那把刀。他浑身上下都是汗，仿佛每个毛孔都变成一口小泉眼，泉水汩汩不断。他不是害怕这一刀之苦，而是害怕这一刀留下的印记。这耻辱的印记，将会伴随他一生，像巨石一样永远压在他身上。

狗日的，算我瞎眼了！大头在心里恨恨地骂着刺猬，伸手抓起那把刀，在往自己耳朵上割的那一瞬，突然将刀锋一转，直对刺猬扎过去……

眼看刀尖就要扎进刺猬的胸口了，突然从横里飞出一脚，踢在他手腕上，刀子贴着他的耳梢一掠而过；一阵锐痛，耳朵割掉一半。他不喊不叫，也不包扎，木木地站在那里，任凭鲜血往外流淌。

丑鬼老大指着窑姐儿问刺猬：“兄弟，你看她长得俊不？”

刺猬被刚才一刀吓傻了，怔愣良久才咧嘴笑着说：“俊！”

丑鬼老大说：“给你做媳妇要不？”

刺猬说：“要！”

丑鬼老大说:“你把东西捡好的包一包,带着她走吧!”

谁知,窑姐儿却不想跟刺猬走,她说:“俺和大伙儿亲亲热热的在一起,还没有玩够呢!”其实,她是看不上刺猬傻乎乎的熊样儿。

丑鬼老大是不想要累赘,他对刺猬说:“她不走,你就背她走!”

刺猬犯难了,一边是一包好东西,一边是如花似玉的美人儿。二者他都想要,可是他一个人,背包袱就不能背美人,背美人就不能背包袱。左右为难良久,最后竟然丢下包袱,背着美人走了……

十八

自从丑鬼老大把苗大牛劫走之后,叶儿爹就没有睡过一个安宁觉。

他在床上刚刚躺下,心就怦怦跳起来,冥冥中仿佛有人在说:“注意,苗大牛就要报仇来了!”侧耳谛听,果然就有隐约的脚步声传来,一会儿在屋后,一会儿在窗前,一会儿又在屋顶上,并且开始撬瓦了,屋顶上响起瓦片的破碎声……很快,屋顶被撬开一个盆口大小的洞,有人从洞口跳进来。

来人穿黑衣抹黑脸,手持牛耳尖刀,举止放荡狂傲。

叶儿爹自知不是来人的对手,先自怯了几分,于是小心地说:“我一生行善好施,誉满乡里,不曾有恶一人,朋友此行若是要钱,尽管取,若是要命,我就冤枉了。”

来人仰面“哈哈”大笑:“睁开你的狗眼看看我是谁?我是那个杀不死的苗大牛!”

叶儿爹拭目细看,觉得来人既像苗大牛,又不像苗大牛,但有一点可以断定,来人一定是为苗大牛父亲报仇的!

果然,来人说:“你杀死我父亲,我是不会放过你的!”

叶儿爹分辩说:“不是我杀死你父亲?是你扳倒石碑,惹起了众怒……”

不等叶儿爹把话说完,来人大声打断他:“胡说!分明是你借刀杀人!”

这时候,窗外亮起一片火光:对面屋子着火了。火光中跳跃着许多丑鬼,有人正在持刀杀人。田家老小哭喊着倒下一片。叶儿爹吓出一身冷汗,一迭声地喊:“完了！完了！”

幽兰把叶儿爹叫醒,见他满目惊恐和绝望,吁吁喘个不停,知道又做噩梦了。她一边替他擦汗,一这安慰说:“子鹏,你不必太忧虑了,这样对身体不好。既然事已至此,今后防着点就是了。”

叶儿爹颤声说:“这种事是防不住的,就像病在身上,迟早要发作的……”

幽兰说:“你不要把问题看得那么绝对嘛！事情都是在不断发展变化的,古书上还讲化干戈为玉帛呢。”

叶儿爹叹气说:“说书唱戏,那是劝人的。要真能化干戈为玉帛,我宁愿把家产分出一半给苗大牛！”

幽兰说:“依我看,你也不必把家产分出一半给苗大牛,你只要答应他们的婚事就行……”

不等幽兰把话说完,叶儿爹不耐烦地说:“你不懂,不要再说了！”

然后把脸扭向一边,给幽兰一个后背。

显然,叶儿爹的脾气是越来越坏了。

有时候,他还做一些稀奇古怪的事。

那天傍晚,叶儿爹和幽兰到村外散步,穿过一片草地,走到一条小河边。河水静静流,微微泛波浪,一阵清风,一阵歌声,这是多么幽静的地方！可是叶儿爹落脚未稳,就不耐烦地走开了。他沿着一道黄土岗子,竟然走进一片坟茔。

正是夕阳西下时分,暮气在柏树与坟茔之间飘来荡去,阴森可怖。可是叶儿爹一走进去,却似远行归来,有着无比的轻松和慰藉,甚至有些按捺不住,滔滔不绝地向幽兰讲述起坟茔中的每一位死者生平,还有给他留下的美好记忆。尤其说到他死去的前妻,眼里竟然滚下两滴浑浊的泪水……

幽兰难以忍受,甚至比叶儿娘对她的排挤还难以忍受。最后她想,我还是回城里去吧,让叶儿爹一个人留在家里,多接触一下叶儿娘,对平静他的心情或许有些好处,他们毕竟是多年的夫妻了。

吃过早饭,幽兰收拾了几件随身的衣裳,对叶儿爹说:“子鹏,我知道你是一个很重情义的人,那天在墓地里你怀念前妻的神情让我受不了。尽管你从未说起过叶儿娘,但我想你是不会忘记她的。现在你心情不好,你还是回到她身边去吧，你们是多年的夫妻，她能和你一起叙旧，一起回忆美好的往事，这些我都做不到，所以我想，我还是回到城里去……”

不等幽兰说完，叶儿爹就勃然大怒，把一杯正喝的茶水连同茶杯一起摔在地上，然后指着幽兰大声骂：“臭婊子，喂不熟的白眼狼，我就知道你会这样。你走吧，都走吧，这个家我也不要啦！”

然后在屋里乱摔乱砸起来。

幽兰见他这样，慌忙上前劝阻：“子鹏，你听我说嘛！我这也是为了你好！我走了并不是不见你了，我住在城里，你有时间就去看我嘛！”

待叶儿爹明白过来之后，忽然又变得像个做了错事的孩子，竟抽抽搭搭地哭了起来，哭着把幽兰揽进怀里，让她坐在大腿上，很近地看着她说：“幽兰，我的心肝宝贝，都是我不好，这些日子我的心情太坏了……本来，我是想帮助你的，就像爱护我的孩子、爱护我的心肝宝贝一样，爱护你，疼爱你！谁知，竟然惹出这么多麻烦，叫你受了这么多委屈……”

幽兰说：“不！我知道你是一个好人，一个善良的人！”

临走那天，叶儿爹叫瘸腿老五套上马车，把吃的用的装满两箱子，他亲自送幽兰进城。到了城里，他通过熟人，给幽兰租到一个花园式的小院。

小院里只有一位孤寡老太太，极爱清洁和养花。据说，早年她丈夫在县城创办女子学校，她是他的第一个学生。后来，她的老师即丈夫，因组织学生上街游行，反对袁世凯卖国，死于枪杀。她即守寡至今，一辈子无儿无女。

对幽兰的到来，老太太十分欢迎，不但房租能增加收入，而且还有了一个既漂亮又干净的伙伴。她俩配合得很好，一般每天都是这样的：早晨起来，一个扫地，一个洒水；吃过早饭，一个浇花，一个拔草、松土；干完活，坐下来喝一会儿茶，聊一会儿天；午饭后，稍稍休息片刻，开始打牌——有时，也相携上街购物，或听一场折子戏。她们从来不听本戏，听本戏占时间。只有叶儿爹送钱送粮，并顺便留下来住宿时，这样的程式才打乱一次。每当这时，老太太便一个人躲进屋里，读张恨水的《八十一梦》或《啼笑姻缘》……

有几次，老太太和幽兰正在院子里浇花，忽然看见叶儿爹来了，她就一头钻进屋里。起初，叶儿爹认为老太太是故意为他们提供说话的方便，后来便渐渐醒悟了，这是不欢迎他。他花钱租来的房子，却不受房东的欢迎！他的气便不打一处来，恨不能立即带幽兰搬出这个鬼地方。可是转念一想，像这样清静又有人给幽兰做伴的地方并不多。如果找一个大杂院，或许更别扭，也怕幽兰有麻烦。思忖再三，还是不搬为好。况且，他见的是幽兰，只要幽兰欢迎就行了！

可是时隔不久，所发生的事情，更让叶儿爹陷入一个十分尴尬的境地。

那天，他又带着钱粮来看幽兰，还让瘸腿老五特意为幽兰刨了一篮鲜花生，摘了一兜青豆角，这些都是幽兰爱吃的稀罕物。谁知一进门，就看见一个军人正在院子里指手画脚，给幽兰和老太太讲述一次战斗的经过呢！

显然，幽兰已经听得入了迷，叶儿爹都走到近前了，她还没有发觉……

倒是军人警觉一些，他把来人上上下下打量一会儿，然后微笑着说："如果我没有猜错的话，您就是田先生！"

叶儿爹疑惑地问："您是谁？怎么知道我？"

军人说："我姓吴，一口吃个天的吴。打仗挂彩了。这是我姑家……"

叶儿爹这才看见军人腋下夹着一根棍，一条裤腿半截是空的。他身材颀长，穿着一套褪色的黄制服，扣子依然系得很规整，还很年轻，小胡子没长成，尚存一些稚气。他面容清癯，大概是伤愈不久的缘故，但很有精神，尤其那双眼睛，眨动时闪射的仿佛不是光，而是一种力。叶儿爹身子动了动，仿佛感到了力的威胁，赶快避开军人，把目光移向幽兰。

幽兰站在那里，有些不知所措的样子，脸蛋儿羞得通红。

叶儿爹猜想，她这是不想叫军人看到他，或者不想叫他看到军人。很显然，他不如军人，他的年龄已成定局，暮气笼罩了全身，与年轻的军人相比，不免自惭形秽。顿时，离家时的冲动与向往，被浑身的虚汗冲刷得一干二净，一种从未有过的疲惫和羞惭侵袭了他，使他感到很不自在，甚至有些慌乱。

幽兰扶他走进屋里，让他坐下来，一如既往地偎在他身边，说些关心的话儿。尽管如此，也没能唤回他的欢心。

一杯茶喝尽，叶儿爹起身要走，幽兰挽留不住，只好送他到门口。在扶他上车时，幽兰明显地感觉到了他身体的笨重……

再到该送钱粮的时候，叶儿爹就推说身体不适，叫瘸腿老五自己去。

瘸腿老五每次回来，都向主人学说一些见闻。有次不小心，随口说出了幽兰屋里，有件军人的衣裳。这使叶儿爹勃然大怒，冲瘸腿老五骂道："混蛋！以后再去，不许乱看！"

十九

叶儿爹虽然重新回到了叶儿娘的身边，可是过去的那种感觉却怎么也找不回来了。他觉得一切都很陌生，一切都变了样。他和她之间，仿佛隔着一层很厚的东西，甚至像两个素不相识的陌路人。而另一个所熟悉的女人，却像小鸟一样飞走了，尽管他还供给她钱粮，可是她已经明显地不属于他了。她已经成了一只自由飞翔的小鸟，她的轻盈和灵气，开始令他退避三舍……

叶儿娘见叶儿爹这样，就渐渐后悔了，后悔自己不该那样决绝，既害苦了丈夫，也对不住幽兰。现在回想起来，幽兰还真有些留恋之处，起码在叶儿的事上，她没有使坏，反而还给了一些帮助。

只是不知道她现在怎么样了？是重新回到那个远房叔叔的家里遭受蹂躏之苦呢？还是胡乱找了一个地方过起孤独的生活？叶儿娘想知道这些，便在一个残霞满天，迷离如梦的傍晚，令人叫来瘸腿老五。

叶儿娘问："老五，那天是你驶车送走的幽兰？"

瘸腿老五点头说："是。"

叶儿娘问："送到哪里去了？"

瘸腿老五说："城里。"

叶儿娘便不悦了，提高些声音说："城里也该有个地方啊？"

瘸腿老五赶紧解释说："一个独门小院。"

叶儿娘问："小院里住的都是什么人啊？"

瘸腿老五说："一个孤寡老太太。"

叶儿娘神情一振，紧接着追问一句："就一个孤寡老太太吗？"

瘸腿老五说："是。"

叶儿娘点点头，知道这就是幽兰的归宿了。幽兰没有回到那个远房叔叔的家里，而是找了一个独门小院和一个孤寡老太太！显然这是叶儿爹精心策划并仔细挑选的幽会之所！

只是不知为什么，有这么一个理想的地方，叶儿爹怎么还会放弃呢？叶儿娘怀疑，这是瘸腿老五隐瞒了什么。她用眼睛盯住瘸腿老五，冷冷地问："好像有什么事，你还瞒着我？"

瘸腿老五为难了。他知道除了那个军人的事，他什么都说了，可是大太太还是不相信！莫非，大太太是想知道那个军人的事？这是万万不能的，大老爷嘱咐过，有关军人的事不许他对任何人说，说了老爷决不会轻饶的。可是不说，大太太也不会放过啊？他顿时心慌意乱，支吾半天说不出一句话。

越是这样，叶儿娘越是怀疑。可是她不想逼老五，她想慢慢来，于是微微一笑，说："老五，你走吧，有什么事想起来了，再来告诉我，我等着！"

其实，她并非真等着，这是做主人控制下人的一个小手段。再说了，瘸腿老五能有什么事瞒着她？不就是叶儿爹与幽兰的那点事吗？

在叶儿爹这边，叶儿娘却是极尽温柔，她想使叶儿爹重新振作起来，可是不能。他的心仿佛丢失了，丢失在一个很遥远的地方了，现在剩下的只是一个皮囊，一个躯壳。没有办法，叶儿娘只好把回到身边的男人再往外推，她说："你去城里吧，找幽兰住几天，散散心……"

叶儿爹不解地看着她，不知道这是为什么。

叶儿娘越发恳切了："我愿意叫你去，你去吧，明天就去吧！要不，你再把她接回来住也行。只要你乐意，我什么都愿意！"

叶儿爹仍然无动于衷。

叶儿娘急了："你不相信啊？明天，我替你接她去！"

果然，第二天一早，叶儿娘就叫瘸腿老五套车。

叶儿爹上前拦住，不叫她去，怕她看见那个军人，他不想叫叶儿娘知道幽兰和那个军人的事！

为了表示诚意，叶儿娘非去不可。

万般无奈，叶儿爹只好答应去城里住几天。

走出家门，他就后悔了。去城里住几天？在城里的什么地方住几天？或许幽兰那里能住，可是万一遇上那个军人，还有类似瘸腿老五说的衣裳什么的，多尴尬。再把幽兰接回来？岂不是大白天说梦话，她还能回来吗？

走进城里，叶儿爹打发瘸腿老五把钱粮送到幽兰住的地方，然后驶车回去，过两天再来接他。待瘸腿老五走后，他低头钻进一条偏僻小巷，一边踽踽而行打发时光，一边定夺去处。

毒日头悄悄爬上头顶，噗噗地蒸出一团团热气，直往人脸上扑。小巷尽头是一个丁字路口，行人稀少，街面仿佛宽敞许多，空旷许多，墙壁、店铺、门窗都白花花的，令人炫目。

叶儿爹无心观光，只顾低头走路。正行走间，突然"嘎吱"一声，一辆汽车停在面前。叶儿爹吓了一跳，当是走错了路，才想躲开，从车上下来一个人。那人笑着说："哈哈！子鹏兄。过家门而不入，莫非还有更好的去处吗？"

定睛看时，原来是武拯局长。不知怎么三转两转的，就转到武拯局长家门口了。还不早不晚偏偏被他遇上了！不用说，刚才的狼狈样都一览无余地被他看见了！叶儿爹顿时窘得像个被人捉住的偷儿。

待小汽车开走后，武拯局长上前拉住叶儿爹的手，开玩笑说："先跟我走，喝杯酒，叙叙旧，然后再会你的小情人也不迟！"

叶儿爹支支吾吾："我……我……"

武拯局长说："还有什么不好意思的？男人嘛！"

走到武拯局长家，叶儿爹一身衣裳被汗水湿得只剩下四个角。

大白鹅依然很热情，赶紧打开电风扇。电风扇呼呼飞转，凉风宜人。叶儿爹的情绪渐渐稳下来，不再出汗了，只是一时找不到话头，不知从何说起。

很快，佣人把酒菜办好，摆上餐桌。武拯局长请叶儿爹坐上首，他和大白鹅分别左右相陪。

叶儿爹本不想喝酒，后来经不住武拯局长劝，就喝了，喝着喝着就醉了。

他说："我完了，全完了！"

然后呜呜地哭起来，上前抱住武拯局长，哀求说："武局长，请看在叶儿娘是您小姨子的情分上，救救我吧，救救我们全家吧！"

叶儿爹醉得一塌糊涂，不省人事，直到第二天上午方醒。想起醉汉那幅模样，叶儿爹自己都看不起自己了。他轻轻爬起来，想趁人不注意时偷偷溜走，谁知刚走出小房间的门，就被大白鹅看见了。

大白鹅热情地迎上来，说："大哥，我早就把莲子汤熬好了，在锅里给您热着呢，你先吃一点，解解酒。武拯出去办点事，一会儿就回来。"

叶儿爹尴尬地摆摆手："不，我不饿，不想吃！武局长忙，我就不打扰了……"

恰在这时，武拯局长回来了，一见面就向叶儿爹谦和地拱手，说："子鹏兄，多有得罪，请谅请谅！"

叶儿爹怔愣片刻，机械地抱拳回礼说："武局长，愚兄献丑了，海涵！海涵！"

武拯局长说："凭子鹏兄的海量，昨天喝不到一半。我想这都是因为心情不好所致，这不，我给您弄了个护身的家伙。有了它，我保证你的心情会马上好起来！"

说着亮出一把精致的小手枪。

叶儿爹又惊又喜，像迎接新生婴儿一样，激动得双手直抖。

武拯局长笑着说："您先洗把脸，吃点饭，待一会儿，我带您练习打枪去！"

果然，有了护身的家伙，叶儿爹的心情就渐渐好起来了。

从城里回来后，他就天天到村边小树林里练习打枪，渐渐地，却也掌握了一些打枪的技巧，有时也能打中树上的小鸟儿。

这天，叶儿爹备下一份厚礼，叫瘸腿老五套车进城，去向武拯局长表示谢意。同时，他还要向武拯局长报告，他们这一带丑鬼活动十分猖獗，杀人放火的事接连不断。

武拯局长收下礼物，然后"嘭嘭"拍着胸脯向叶儿爹保证："子鹏兄，您尽管放心，区区几个小匪，何足挂齿。待我派几个弟兄，剿灭了他们，保证您永远高枕无忧！"

恰在这时，有人敲门。大白鹅开门，放人进来。来人矮胖，大头，穿短裤短褂，背半截布袋，像赶集刚刚归来的屠夫。他看准门后一块空地，把布袋往地上一放，"叮当"发出一片悦耳的脆响。

叶儿爹不知来者何人，赶紧起身施礼，让座。

来人还真想坐，猥猥琐琐走近前来。

武拯局长把眼一瞪，冷冷地说："没看见我有客人吗？还不快走！"

来人一边往后退，一边讨好地说："武局长，就这些，我都送来了……"

待来人走后，武拯局长向叶儿爹解释说："他是局里的一个厨子，不时给我送点葱头鱼肉，惯了，不懂规矩。"

叶儿爹心里纳闷：葱头鱼肉，怎么还会发出金属般的响声呢？

二十

初秋的天气，已不似夏季那样炎热，阳光柔和多了。

叶儿爹一边在村头小树林里散步，一边兴致勃勃地练习打枪。这天，他命中率特别高，打了四枪，竟有三枪中标，而另一枪，若不是那只捕食的黄莺，在他扣动扳机时突然从天而降，惊动了枝头的小鸟，说不定也会打中的。可恶的黄莺！他真想回手给它一枪，可是那家伙随着一声枪响，早已飞得没有了踪影。他只好怀着一腔兴奋的惋惜，抑或惋惜的兴奋，继续寻找目标。

不知不觉中，黄昏来临了。树木、村庄、街道、房舍，都笼罩在梦幻般的景色中，偶有一二炷炊烟，直直地上升。很静，静得世间的一切仿佛凝固了。叶儿爹觉得哪里有些不对劲儿，看时，西天边上竟有一朵黑蘑菇似的恶云，张牙舞爪地扑过来了。在它的后边，滚动着如泣如诉似蹄似鼓的怪异之声。叶儿爹心里喊声不好，转身就往回走。

没走几步，恶云已经遮天盖地席卷而至。村民们无不灾难临头似的，从野外往家奔逃。满街鸡飞狗跳，哞咩牛羊。唯独村口一处高坡上，一个瞎眼女人双手拄着一根木棍，木雕泥塑般翘首远方，像是等待未归的亲人。

她是谁呢？

叶儿爹匆匆看她一眼，顾不上细想。钱大的雨点开始砸落下来，回家已经来不及了。前边一座高大门楼，是白大胖子的家，正好过去避雨。他暗暗加快脚步,向高大门楼走去。

正走间,忽然看见小胡同里,有个人影一闪,像是瘸腿老五,停下来看时,却又不见了。叶儿爹疑疑惑惑的,走进高大门楼,回头再看时,那个人从小胡同里出来了。

果然是瘸腿老五!

瘸腿老五像一只受伤的狐狸,仓皇而小心地跑出来,直奔村口高坡上的瞎眼女人去了。他也不打招呼,一把拖住瞎眼女人就走,却不往村里走,而往村外走。瞎眼女人很执拗的样子,努力反抗着,挣扎着,总想再回到原来的地方去……

狂风暴雨一倾而下,霎时把两个人淋成了落汤鸡。

叶儿爹顺着瘸腿老五带瞎眼女人去的方向,看到一片场院,场院边上有一口歪斜的草屋。小屋在烟海般的风雨中飘摇不定,眼看就要倒塌了。叶儿爹收回目光,不解地问白家一个守门人:"她是谁? 老五带她去干什么?"

守门人迟疑一会儿,支吾说:"大老爷,您不认识啦? 她就是大牛娘。眼下已是双目失明,一遇阴雨天气还疯疯癫癫的,说儿子就要回来了,非等儿子回来不可……"

正说着,守门人像意识到什么,突然把话停住了。

叶儿爹不由一愣,才想说什么,白大胖子在里边看见了。

白大胖子喊:"姐夫,在那里站着干什么? 快过来避雨吧。下雨天,留客天,喝酒天,我叫人弄几个菜,咱兄弟俩好好喝两盅,一会我派人送你回家!"

然后打着雨伞跑过来。

叶儿爹走进客厅,刚刚坐下,就有人送来一身干衣裳,叫他换下身上的湿衣裳,以免着了凉。其实他的衣裳并不湿,没淋多少雨,可是还是换下了。他知道这几年白家越来越讲究,姑爷上门是贵客,不能怠慢,自己如果不讲究,反倒被白家看轻了。衣裳显然是专门为他定做的,穿在身上很合适。大概还不止这一身,怕是一年四季的衣裳都准备了。尽管他来的次数并不多,换衣裳的机会更稀少,可是白家要的就是这讲究!

喝一杯茶的工夫,厨子就把酒菜端上来了,热气腾腾的摆满一桌子。酒香菜香顿时弥漫开来。白大胖子亲自把盏,先给上首的姐夫斟满酒,再把自己的酒盅斟满,两个人一对一,热热乎乎喝起来。几杯酒下肚,叶儿爹早把刚才遇到大牛娘的事给忘了。

翌日,雨过天晴。叶儿爹沿着甬道在院子里散步。昨日风雨摧残的花木已经修好,天井里的沟壑已经用新土垫平。一阵清风迎面吹来,带着淡淡的花香和泥土的气息,十分宜人。突然,一个新生婴儿的啼哭声传来,叶儿爹不由一振,轻轻敛住足步。

有个老太婆满脸堆笑地跑过来,说:“恭喜大老爷!贺喜大老爷!少奶奶生了,给您生了一个大胖孙子!”

柱子媳妇生了!生了一个大胖孙子!“哈哈哈哈!我有孙子了!”叶儿爹禁不住笑出声来,从未有过的尊严和豪气自心底陡然升起。他双手一背,迈开方步,摇摇摆摆走出家门,站在大街上,看见初升的太阳金灿灿的,照得整个大街也金灿灿的。忽然,他看见瘸腿老五担着两筲水,从苇坑那边吃力地走过来,心里不由一动,便说:“老五,歇会儿吧。”

瘸腿老五正担心昨天的事被主人看见了,不敢见主人,谁知偏偏就被主人遇到了,顿时吓得浑身一抖,一脚踩空,连人带筲“咣唧”摔在地上,沾得满身泥水。

叶儿爹说:“你担水不行,就找个人吧。”

瘸腿老五当是要辞退他了,慌忙扑地跪倒,恳求说:“大老爷,我能担水,请您不要辞退我。我……我去看那个瞎眼女人,都是在阴雨天,干完活去,从来没有耽误过活……”

叶儿爹沉吟一会儿,方才想起昨天傍晚在村口看到的那一幕。他迟疑片刻,上前拉起瘸腿老五,嗔怪地说:“老五,你想哪去了?你在我家做帮工这么多年,我都把你当成自家人了,怎么会辞退你呢?我说找个人担水,是看你行走不方便,一点没有辞退你的意思。对了,还有大牛娘的事,就是你的不对了,你应该早点告诉我。你知道,我这个人向来不记仇,也是个通情达理的人!无论苗大牛做过多少冒犯我的事,我都不会记恨他爹娘。要不是他爹给狗日的杀手拼命拼死了,我保证谁也不会动他一根毫毛!眼下大牛娘这样,真叫人心里难过。

今天我来找你,就是想告诉你,我去跟白家说说,把屋子还给她,叫她搬回家去住吧,别再住那破草屋了。今后,你要经常过去看看,她缺吃的用的,你给她送过去,咱家大业大,也不在乎她一个人。”

有了孙子的喜悦,使叶儿爹变得十分和善,说出的话十分动听。瘸腿老五简直听傻了,禁不住扑通又跪倒在叶儿爹脚下,磕头如捣蒜地说:“大老爷,您可真是大善人、大好人哪!”

过了几天,叶儿爹再去村边小树林练习打枪时,还真拐到了白大胖子家,劝说白大胖子把屋子还给大牛娘。

起初,白大胖子不同意,他说:“姐夫,你是不是着凉发烧了?把屋子还给她?你这不是胳膊往外拐吗?”

叶儿爹笑笑说:“听我的。到时候你就明白了!”

渐渐地,叶儿的产期要到了。

叶儿娘与赵婶商量,去哪里接生才好。

赵婶拊掌大笑说:“我的大太太,你还蒙在鼓里哪?大老爷待大牛娘那么好,村里人都传遍了,都说大老爷已经认下了这门亲!要说小姐去哪里生孩子好?当然是要去苗家喽——孩子是苗家的嘛!”

叶儿娘并不为“孩子是苗家的”而得意,反倒觉得很沉重。她说:“我也这样想过,前几天走娘家,还顺便看过那个地方,可是那地方,墙倒屋塌的,哪里还像个家啊?”

赵婶说:“可是,小姐只有在苗家生孩子,才名正言顺哪!无论换在哪个地方都堵嘴。墙倒屋塌怕什么?你出钱,我带人收拾去,要金銮殿我不敢许,要个平平安安生孩子的地方,我敢说还是一句话!”

叶儿娘害怕地抖抖手,颤声说:“又是钱?我哪里还有钱?几个体己钱早就花光了!”

赵婶说:“大太太,有钱能使鬼推磨,没钱我可不会吹气变屋子?”

叶儿娘无奈,只好说:“要不,我跟大老爷商量商量,看他能不能出点钱?”

赵婶思谋片刻,点头说:“这样也好!不过,在给大老爷说之前,你要想好了,哪些话该说,哪些话不该说!”

叶儿娘就一个人躲进屋子里，苦思冥想起来。她想了很多很多，觉得万无一失了，才趁叶儿爹高兴时，走到他面前，小心地说："她爹，有件事，我要和你商量呢？"

叶儿爹说："你说吧。"

叶儿娘说："叶儿眼看就生了，我想把她送到苗家去。"

叶儿爹笑着说："你都想好了？"

叶儿娘吃一惊，支吾半天才说："想好了。"

叶儿爹依然笑着说："既然想好了，你就去办吧。钱在柜子里。"

叶儿娘想好的话一句没用上。

赵婶听了，禁不住笑起来："我的天！咱还遮遮掩掩哪，原来大老爷心里早就明镜似的了！"

叶儿娘有些不放心："这……"

赵婶说："还这什么这？既然大老爷都糊涂官糊涂做了，咱为啥还不做个糊涂民呢？明天，你就拿钱，我带人收拾屋子去！"

二十一

这天，瘸腿老五去看大牛娘，回来得晚了，小角门已经关闭。他正不知如何是好，忽听"吱呀"一声，小角门轻轻裂开一道缝，接着从里边走出来两个人，样子鬼鬼祟祟的。他当是小偷，赶紧在黑影里藏起来，想跟在后边看究竟。

正是倒春寒的天气，晚风吹来，仿佛无数根针刺人的脸和耳，又仿佛无数只小猫咬人的手和脚。小月牙儿挂在西天边上一动不动，看上去像是谁家吃剩的一个扁食。星也稀疏，也遥远，也渺小。

那两个人从小角门走出来，停在门口不走了，都穿着厚厚的棉衣，围着宽宽的头巾，包得严严实实的，看不清面目。就听其中一个说："这一宗一件的事，我都替大少爷安排妥当了，等大少爷做了官，再娶一房官太太，外头一个家里一个，多好的福气哟！"

被称作大少爷的说:“多谢赵婶操劳了。”

赵婶说:“谢?怎么谢?总不能就这一句话吧?大少爷是个明白人,知道我老婆子做事多么不容易,先是冒着死罪救下小姐,又费尽心机保住小姐的身子和你们的孩子。即使大少爷不把我当恩人重谢,也得多赏几个喝酒钱吧?”

大少爷有些不耐烦了:“你这人真是贪得无厌!我二姑给你的钱还少吗?我给你的钱还少吗?”

赵婶的语气就强硬起来:“白家大少爷,你可不能这样说,你们田白两家的钱那么多,都多得没数了,可我老婆子的命却只有一个,要是当初大老爷不认这一套,叫人把我杀了,我找谁要命去?还有人家苗大牛,本来好好儿的,都是为了你们,我昧着良心把罪名强加到他头上,害得他爹死娘瞎,他小小年纪入伙做了丑鬼,无家可归。今天咱们就打开天窗说亮话吧,反正我这条老命也没有几年活头了,大少爷若是能给几个零花钱,我就再活几年,把那些七拐八绕的事永久藏在肚子里;若是不给零花钱,我就不活了,就把那些七拐八绕的事一秃噜一串的都给大家说出来,是杀是剐随你们的便吧!”

白家大少爷还真害怕了,慌忙说:“赵婶,你想要多少?我给!”

赵婶说:“先给五百吧,花完再说。”

白家大少爷答应说:“行,我明天送来。”

两个人就分手了。

一个走回小角门,一个沿街往前走。

瘸腿老五真想追上其中的一个,看看他们到底是人还是鬼,不然这一切怎么会如此离奇和不可思议呢?可是他站不起来了,身子僵挺挺的,如同一截朽木;想喊也喊不出声音,他的张不开嘴,上下牙咬得咯咯响……

不知过了多久,瘸腿老五才有了知觉,觉得身上的衣裳都被汗水湿透了,脊背如压着一块冰。好在赵婶忘了关闭小角门,他挣扎着爬回到牛棚里,躺倒在床上,身上热一阵冷一阵:冷时瑟瑟抖作一团,热时大汗淋漓。第二天,有人给他请来名医白先生,也没有诊断出得的什么病。

这样一躺,就是半个多月。瘸腿老五能下床时,春寒已经过去,正是万物萌动的时节。他拖着一副病恹恹的身子,走走停停,好半天才走到大牛家,他要把那天晚上遇到的事情告诉大牛娘,叫她不要再为叶儿去她家生孩子的事情高兴了,还是留口热气暖自己的肚子吧!

刚吃过早饭,大牛娘就把身上穿的一件汗衫脱下来,先撕得一片一片的,再用清水一遍一遍地洗,洗干净一片,就往绳子上晒一片。可是绳子昨天被赵婶带来的收拾屋子的人拿走了,她怎么也找不到绳子,搭不上布片。瘸腿老五一到,她就高兴地喊:“老五,你可来了,来得正好,快帮我找找绳子,把尿布晒上去,孩子说到就到了,我这当奶奶的,还没给孩子预备几块尿布呢!”

瘸腿老五冲上去,一把夺下布片,扬手扔到墙外去了,然后吼:“孩子个屁!”

大牛娘顿时如遭雷击,一下子愣在那里:“咋?人家不来生孩子啦?说好的来生咋又不来啦?俺原本想,只要有了孩子,这个家就有了生气,大牛也要回来了,谁知……老五,你快说说,到底是咋回事啊?”

这时,瘸腿老五又后悔了,他后悔自己不该如此冲动,不该把大牛娘仅有的一线希望给打破。隔了一会儿,他强迫自己笑起来,像蹩脚演员一样笑着说:“你……你真傻,我……我这是给你闹着玩呢?你……你就当真了,也……也不想想,人……人家田家,那……那么多东西,还……还没有,小……小孩的,尿……尿布吗?还……还用你,撕……撕衣裳,当……当尿布吗?”

大牛娘慢慢缓过劲儿来,同样结结巴巴地说:“这……这么说,人……人家,还……还来生孩子,生……生了孩子,还……还叫我奶奶?”

瘸腿老五说:“来……来生,还……还叫你奶奶!”

大牛娘不禁提高声音喊:“老五!你……你还愣着干啥?还……还不快拴上绳子,晒……晒尿布!东……东西再孬,也……也是我做奶奶的一片心意啊!”

瘸腿老五应一声,赶紧找来绳子,给她拴上。在系绳扣时,他仿佛看见一个人,一咬牙就把绳扣套进那人的脖子里了。

叶儿该生就生了,生了一个男孩。按照风俗,不出满月不能回娘家。赵婶就带领一干人送饭送水,日夜轮流伺候。洗尿布的事,自然就落到大牛娘身上了。她虽然看不见,却能把尿布洗得很干净,并且还能准确无误地晒到绳子上,再一块不少地收回来。

尿布晒在绳子上,风一刮"哗哗啦啦"地响,大牛娘就坐在下边听。尿布的响声和孩子的哭声都是一种昭示,一种希望,她常是听着听着就不由自主地笑起来。

有一天,叶儿看见了,感到很纳闷,她不知道这个瞎眼的老女人笑什么,就没话找话地问:"老人家,你一个人坐在院子里笑什么?"

大牛娘不知道是叶儿,还当是佣人呢,就高兴地说:"人活一辈子,就是盼了儿子盼孙子!我眼下,儿子、孙子都有了,还能不笑吗?"

叶儿便觉得这人很愚蠢,甚至不可思议:她儿子、孙子在哪里呢?

又是一个无月的夜晚。虽然这样的夜晚很多,可是瘸腿老五觉得,只有这个夜晚最好。

他先在小角门旁边的黑影里蹲下来,等田家该出的人都出去了,该进来的人都进来了,然后离开小角门,走到苇地旁边的枣树下。收了苇的水坑很空旷,水面结了冰,形状颇像一只面南而行的龟。

瘸腿老五在树后隐藏不大一会儿,目标就出现了。尽管天很黑,他也能准确无误地认出来。只要一看见那个支扎着两只手、一走一转的熊样儿,他就能认出来!他想等她走近后,就像那天在大牛家系绳扣一样,将绳子牢牢套进她脖子里……

赵婶肥胖的身体走起来很迟笨,一步走不了多少路,那样子与其说往前走,倒不如说借助身体的转动往前蹭。

瘸腿老五很有耐心地等待着,等她慢慢走近了,只有三四步远了,他忽一下跳起来,才想往上冲,却看见街那边又有人走来了。他赶紧停下来,可是看时却又没有人影了,只有一棵老树影影绰绰立在那里,而他自己,则完全暴露在赵婶面前了,是进是退都来不及了。

赵婶先是一惊,然后就笑了,笑声里充满得意和淫荡:"嘻嘻!瘸光棍,原来是你呀?半夜三更的在这里等谁呢?是等老娘吧?我早就看出来你对老娘有意思了!小傻瓜,想老娘的好事也不能这样啊?把老娘吓着怎么办?快过来,我教你,先笑笑,再甜甜地喊一声娘,我就一分钱不要地跟你睡觉去!"

瘸腿老五灵机一动,顺着赵婶的话音走过去,出其不意地将绳子套在她脖子上，然后用力一紧，再往肩上一背，像背死狗一样，将她背到枣树下。枣树已经没有多少枝桠，树干像驼背老人一样弯曲着。当年，苗大牛就是被捆绑在这棵枣树上的。瘸腿老五把赵婶放下来，不待她有反应，赶紧将绳子的另一端搭到枣树上，以备应对突如其来的反抗。然而，当他做完这些之后，才发现这一切都是多余的——赵婶已经不会反抗了，她像死狗一样瘫在那里不动了！

这样的结果，未免有些简单，有些不解恨！瘸腿老五甚是失望。可是人已经死了，人死不能复生。无奈之下，他只好把她吊在枣树上，脱光她全身的衣裳，用牙齿咬掉她一对大奶头，"呸呸"吐在地上，然后拾起来，再塞进她嘴里……

刚才，街那边还真是有人，是白羊。

白羊不能忍受赵婶的敲诈，看好了今晚动手，谁知恰巧遇到瘸腿老五。他不知道瘸腿老五为什么要这样，起初还真当他们要做那苟合之事呢。于是就躲在一边，一是想看风景，二是想等机会下手。

这边风景独好，使得白羊几次差点叫出声来。他十分庆幸，不用自己动手，就杀死了赵婶，解除了心腹之患，可是又十分纳闷：瘸腿老五为什么要杀死赵婶呢？而且还采用如此残忍的手段！

他把赵婶刚才说过的话，反反复复像梳头发似的梳理了几遍，却也没有得出一个满意的答案。他百思不得其解，最后只好决定去找二姑，他要把今晚发生的事告诉二姑，听一下二姑的分析……

二十二

那天晚上，刚一上路，苗大牛就有种预感，觉得有什么事情就要发生了。及至走到一个十字路口，丑鬼老大抛鞋定方向时，突然刮起一阵风，刮得鞋头不偏不倚，正好指向了田家庄。

终于指向了田家庄！

这是天意！

也就是说，田家的气数已尽，万贯家业今晚将易主他人，苗大牛为父报仇的夙愿今晚将要实现！

在鞋头着地的那一瞬，苗大牛心里訇然炸开一声巨响，震得他浑身颤抖，禁不住大声喊道："父亲，您看着吧，您的儿子今晚就要给您报仇啦！"

举目前方黑黝黝的村庄，苗大牛果然看见父亲站在半空中，冲天的血柱划破无边的黑暗，像火炬一样炫目。他明白了父亲的意思，父亲是想让田子鹏像他那样死！

苗大牛说："你放心吧，父亲！我会叫田子鹏那个老狗照着您的样子死，我已经跟老大学会了用刀，能一刀刺破他脖颈里的血脉，叫他的血喷得更高，更惨烈！还会叫他一动不动地站在他的院子里，亲眼目睹田家毁灭的全部过程！"

父亲微笑着飘然而去，却又看见母亲翘首伫立在村口。母亲已经很苍老了，蓬乱的灰发遮掩着半边憔悴的面容，双目黑洞洞的。苗大牛快步奔跑起来，恨不能立刻扑进母亲的怀里。

他一边跑一边喊："娘，您天天都是这样在村头等我归来吗？刮风下雨也是这样等待吗？"

一串凄楚的巨浪在苗大牛心中隆隆滚过，呛得他透不出气来，两眼迸出泪水。朦胧之中，竟然看见母亲身边还站着一个人，像是叶儿，拭目细看，果然是叶儿！叶儿还和从前一样，鲜鲜活活招人喜爱。他迟疑一下，试探地问："叶儿，你在这里干什么？也是等我的归来吗？你知道我今天来干什么吗？我要亲手杀死你的父亲啊！"

叶儿哭了，两行晶莹的泪珠在她鲜红的腮边潸潸滚下。

苗大牛叹息一声："说，叶儿，请你原谅，我身为五尺男儿，父亲不能被人白白杀死，我要为父亲报仇！再说，这是天意，我纵然不杀死你的父亲，丑鬼们也会杀死你的父亲。不留活口是丑鬼们的规矩。不过你不用怕，我会保护你的，你会没事的。再过两个月，我就还清了丑鬼老大的债，我就回家去，就和你一起过日子……"

这时候，丑鬼老大突然喊："慢！"

苗大牛看时，已经走到田家庄垓子墙下了。

丑鬼老大说："除了四门，还有没有别的路？"

顿了一会儿，苗大牛方醒悟问的是自己，于是赶紧说："从前，在北面垓子墙下有一个缺口，不知这会儿还有没有？"

丑鬼老大便不再说话了，他转身向北面的垓子墙下走去。苗大牛和丑鬼们赶紧跟上。到了北面垓子墙下，果然有一个缺口。从缺口钻进去，绕过一条胡同，田家大院就在眼前了。

苗大牛给丑鬼老大指点着说："小角门里是个大杂院，过去大杂院是田子鹏住的地方，不过，他住哪个屋我不知道……"

丑鬼老大忍不住笑起来："还跟人家闺女相好呢，连老丈人住哪个屋都不知道？"

大头说："你那位叶儿小姐住在哪个屋，你总该知道吧？去找她一问，不就清楚了！"

苗大牛说："她住哪个屋我也不知道，我只是在小角门见过她……"

恰在这时，身后突然"嘭通"一声，冲天大火腾空而起，照得半天通红。

丑鬼老大赶紧带人躲进暗处，回头再看那火，已经成势了，偌大一片青砖瓦舍陷入火海之中……

大火是瘸腿老五点燃的！

他杀死赵婶还不解恨，还要把白羊和叶儿这对狗男女杀死。他准备先去杀白羊，杀了白羊然后往苗家一拐，就把叶儿捎走了。谁知，白家的院墙和田家的一样高，他无法翻进去。正在为难，忽听前边的小门"吱呀"一声，当是有人来了，他慌忙躲藏起来，可是等了半天，也不见有人来，只有"吱呀吱呀"的小门响，于是恍然那门是虚掩着的，晚风吹的门动。

真是天意！

瘸腿老五走进小门，绕过山岸似的秫秸垛，走进白家大院。大院里死一般沉寂，到处黑咕隆咚。他又犯难了。他从未进过白家，不知道白羊住在何处。沿着回廊走过几个窗口，看看都像又都不像，也不敢贸然进去。他心想：要不先放他一马？等下个礼拜时，到路上去截他！

正欲转身离开，身边的窗口里忽然传出一声嬉笑，然后一个娇滴滴的声音说："老爷，您别累着了，意思到了就行啦……"

“不行！我还要……”

一个吁吁喘得说不出话的苍老声音，正是白大胖子的爹。

这个狗杂种！

瘸腿老五在心里大骂一声，忽然改变了主意：他不想走了！他要把这一群老杂种少杂种统统杀死再走！仿佛冥冥之中有人指点一样，叫他搬来秫秸，堆在回廊上。秫秸干了一冬，见火就燃。火苗顺风一吹，迅速爬上屋顶，顿时“呼呼”有声，“噼啪”作响，人喊畜叫就闹翻天了。

瘸腿老五不敢耽搁，匆匆离开白家，来到苗家。才想进屋，一声婴儿的啼哭在耳边响起，惊得他陡然止住足步，一颗心“咚咚”跳个不停，两条腿却再也无力向前迈动了。

大牛娘听到孩子的哭声，赶紧从厨屋跑出来。她摸摸趋趋的，走到窗台下，两手扒着窗棂喊：“小如意，小如意，你咋又不如意啦？”

孩子的名字叫如意。如意没答话，倒是如意的母亲搭话了。

叶儿说：“老人家，你睡吧，小孩子哭是玩呢！”

“臭小子！和他爹小时候一样，光知道自己玩，也不管娘辛苦。”大牛娘对着窗棂大声说。

瘸腿老五心里一动，忽然涌出一种如醉的感觉，他不想杀死叶儿了，起码现在不想杀死叶儿了。

眼下大火已经成势，不少邻居都被惊动了，纷纷跑到街上喊救火。

瘸腿老五匆匆离开苗家，抄近路直往田家跑。只要在田家的人被惊动之前，回到屋里往床上一躺，今夜发生的事情就永远成了谜，即便有人把田家庄的人怀疑遍，也不会有人怀疑到他头上！

眼看就到小角门了，还不见田家有动静。瘸腿老五暗暗加快脚步，他跑快时的样子一蹦一跳的，很像一匹脱缰的野马，既潇洒又英俊。离小角门只有七八步远了，只有三四步远了，只有……只有最后一步了！突然，他觉得胸口一热，双腿像是生了根，“咯噔”站住了。

就在瘸腿老五倒下的那一瞬，苗大牛清清楚楚看见他是谁了，可是一切都晚了！

大头带人走到小角门，正想破门而入，突然看见有人跑过来，于是一扬手就把刀子掷过去了。

苗大牛冲大头恶狠狠地骂一句然后扑向瘸腿老五，抱住他压低声音喊："五叔！你醒醒，你快醒醒啊！"

瘸腿老五吃力地睁开眼，见是苗大牛，不由惊喜万分地说："大牛，好孩子！你可回来了！你娘等……等你叶……叶儿……"

一句话没说完就死了。

苗大牛由此知道母亲还活着，正如他所想象的那样，母亲天天在村口等着他，只是不知道叶儿是什么意思？

这时候，田家已被冲天大火惊动了。

叶儿爹跑到院子里，躲在暗中观察良久，不见有动静，再看那火势，就觉得不可思议了。他认为，无论强盗劫财还是仇人复仇，都不可能去白家。田家是这一带遐迩闻名的首富，进田家庄劫财而不进田家则算是出师不名；白家是新兴暴发户，财路又是走的官道，很少直接树敌，复仇者怎么会去白家呢？莫不是有人在玩声东击西的鬼把戏？想把他的注意力吸引过去，然后在这边消消停停地下手，来个出其不意措手不及？

他不敢怠慢，赶紧把阖家老小全部集合在大厅里，把院子里的吊灯点燃，把大门、小门、粮仓、车库、马棚全部打开，然后令家丁在院子里喊话："无论远路近路的朋友，既然来了就进家吧！大门、小门、粮仓、车库、马棚都给你敞开了，要钱尽管拿，要粮尽管拉！"

其实，叶儿爹也不知道丑鬼老大就在墙外边，也不知道喊给谁听，喊了会有什么结果，只是叫人可着嗓子喊，一遍又一遍地喊。

丑鬼老大还从来没有遇到过这样的事。起初，觉得很好笑，还真想套上马车无论什么拉走一大车，哪怕拉出去扔进大坑里也好！可是听着听着，就不想进家了，这算什么抢劫呢？传出去岂不被人笑掉大牙！他沉吟一会儿，突然"嘎嘎"笑起来，笑完后叫大头背上瘸腿老五走，一边走一边喊："发财！发财！"

走到村前十字路口，丑鬼老大叫大家停下来，派人到邻村王吊眼棺材铺买来一口薄皮匣子，把瘸腿老五入殓后，置于大路中央，再押五块大洋请人代葬。

苗大牛见五叔能有这样一个归宿，也就放心了，只是没有替父亲报仇，也没有见到娘，是个天大的遗憾。

回到栖身的破庙里，丑鬼老大下令睡三天三夜，散散身上的晦气，谁知刚刚躺下不久，地线就送信来了。

地线说："老大，这一回您可走错门了，怎么放着那么多大门不进，单单进公安局长老丈人的家门呢？还给烧得鸡犬不留片瓦无存？武拯局长就要带人下来了，你快去找人打点求他网开一面吧！"

丑鬼老大气得大骂："日他娘！真是活见鬼了。哪个小舅子进他老丈人家了？连他小姨子家都没进，倒是白白给人搭了一口棺材！"

地线不信，坚持说："老大历来出手不凡，名震四方，昨晚又闹得沸沸扬扬，你说没发财谁信呢？"

丑鬼老大便不再说什么了，他从怀里摸出两块银元给地线："请你回去转告武拯局长，就说这一次真是见鬼了，我们没进他老丈人家，也没进他小姨子家，如若不信，他愿意剿就来剿吧！"

地线嫌钱少，缩着手不肯接。

丑鬼老大气恼地把钱往地上一扔，大声吼："不要就滚！不然老子杀人啦！"

地线慌忙拾起钱，灰溜溜地逃走了。

临近傍晚，地线又来了，他哭丧着脸颤声说："老大，您快收拾收拾逃走吧！武拯局长带着人马亲自下来了，说到就到了！"

丑鬼老大看地线一眼，不动声色地问："是你把他带来的？"

地线双腿一软就跪下了，磕头如捣蒜地说："老大，我也是没有办法，武拯局长逼我说出您的住处……"

丑鬼老大说："你就不怕我逼你要命吗？"

地线说："老大，我知道这一回说与不说都一样，都是死。不过我不说武拯局长就判我通匪罪，杀了我再杀我全家，末了还要剿你们。这一回他是真要剿你们，他叫我送信就是想收了钱再剿你们。我为了八旬老母和四岁小儿，就供出您了。我该千刀万剐，生蛆喂狗！老大您无论叫我怎样死都行，我只求您千万别杀我可怜的老母和小儿……"

丑鬼老大不耐烦地打断他:"你说,武拯带来多少人?"

地线说:"二三十人。"

丑鬼老大问:"围上了?"

地线点头说:"差不多。"

丑鬼老大一瞪眼:"什么叫差不多?"

地线慌忙解释说:"我……我是说,刚才还没有围上,这会儿差不多……"

丑鬼老大挥手说:"你走吧!我答应不杀你母亲和小儿。"

地线赶紧从地上爬起来,如脱网之鱼,转身就跑。刚跑到院子中央,身后突然飞来一镖,不知刺中他哪个穴位,人又蹦又跳,又喊又叫,却迟迟不肯倒下,引得院墙外剿匪的人,都从墙上探出头来看稀奇。

丑鬼老大看时,墙上已经黑压压围满了人,不由倒吸一口冷气……

二十三

武拯局长开始叫人喊话,命令丑鬼老大不要抵抗,放下武器出来投降,争取宽大处理,不然只有死路一条!

大头说:"老大,咱们投降吧,争取宽大。"

丑鬼老大说:"你懂个屁!"

大头说:"蹲几年大牢,总比被打死强!你不投降,我投降!"

然后问别的丑鬼:"哪个伙计不愿死,跟我去投降?"

还真有人想跟大头去投降。

丑鬼老大说:"我看谁他妈敢动,就叫他跟地线一样到院子里去做活尸!"

都知道做活尸求生不能求死不成是个什么滋味,如果没有人把刀子从活尸身上拔下来,放出一身的热血,活尸就像刚才的地线一样,一直蹦跳喊叫下去,直至自己耗干身上所有的血液为止。

喊话一次比一次急,后来干脆定下时间,再给十分钟考虑,如果不出去投降,就把小庙炸平。显然,武拯局长想在天黑之前结束战斗。

小庙不大，正中一座大殿，两边几间厢房，都很破旧了。神家的牌位上落着一层灰，供桌东倒西歪，香炉摔在地上，有一只香炉的腿摔断了。不知何故，小庙竟然破落成这样。

丑鬼们就在大殿里。

外边的人接着喊："还有八分钟，还有七分钟，还有六分钟……"

随着时间的逼近，枪声开始响起来，而且越来越急。

还有一分钟时，外边开始打炮了，"咣咣"地震得耳朵疼。大殿左右摇晃，尘土上下飞扬。突然，一颗炮弹落在大殿门口，"咣"一声把前墙炸塌半边，大头像挨刀似的，忽一下跳起来，哭着喊："别打啦！我投降！别打啦！我……"

连喊三遍，枪炮果然稀疏下来。

大头惊喜地转向老大："他们停止了，我们出去投降吧！"

丑鬼老大依然端坐不动，甚至看大头一眼都没有。

大头迟疑片刻，自己向外跑去。

须臾，外边响起大头的喊话："伙计们，都出来投降吧，武局长说啦，保证给咱们宽大！"

丑鬼们都把目光投向老大。

丑鬼老大向大家解释说："我何尝不想宽大呢？可是他们根本不会给宽大，他们的话都是骗人的！这样的亏我已经吃过不止一次了，还能再吃吗？更何况这一次，又是武局长给他老丈人报仇，就更不会宽大了！"

有人说："我们只有等死了？"

丑鬼老大说："碰运气吧。要是能拖到天黑，我就带领大家突围，跑出去的算命大，跑不出去的只好等来世了！"

苗大牛听这么说，料定是完了：外边那么多人，围得水泄不通，别说跑，即便生出双翅，恐怕也难飞了！

仿佛老天爷故意做对似的，迟迟不肯将夜幕拉开。夕阳的余辉刚刚褪尽，一轮明月又争先恐后地悬挂在天上了。

大头又在外边喊："伙计们！武局长说啦，再给大家五分钟考虑，如果还不出来投降，又开炮啦！"

然后可着嗓子喊:“五、四、三、二、一!”喊声未落,小炮打响了,“咣咣”的直往大殿近前打。先是打塌大殿一角,然后把大殿山墙打倒了……

丑鬼老大说:“大家看到了吗？他们是想抓活的！要不,为什么不往大殿打?”

然后叫一个丑鬼喊话,问怎么宽大?

那个丑鬼不解地说:“你不是说,他们不给宽大吗?”

丑鬼老大笑笑说:“给他磨时间。”

那个丑鬼会意,大声问:“武局长,要是我们出去投降,你到底给不给宽大啊?”

回话的却是大头。大头说:“给！一定给!”

那个丑鬼问:“怎么个给法啊?”

大头说:“武局长说了,咱们都一样!”

那个丑鬼问:“都一样是什么样?”

大头说:“蹲半年监狱就放人。”

那个丑鬼问:“蹲监狱打人不?”

大头说:“不打!”

又问:“给饭吃不?”

大头说:“给!”

再问:“说话算数不?”

回话的就不是大头了,换成了武拯局长。武拯局长说:“你们都听着,我武某说话算数,保证你们蹲半年监狱就放人。想投降的就赶快出来投降吧,这是最后的机会了,不然我又开炮啦!”

丑鬼老大叫那人说:“武局长,你的话我们信,可是你要是升迁了呢,我们找谁去？武局长给我们写个条子吧,写了条子我们就出去投降!”

外边没有回话,却也没有开炮。顿了一会儿,大头忽然喊:“伙计们！武局长把条子写好啦,在我手里呢,你们都出来投降吧!”

那个丑鬼说:“写好就送过来吧,我们见到条子才出去投降!”

武拯局长还真派人送来了。

三个人，一个人在前边拿着条子，两个人在后边持枪保卫着。走到大殿门前三四步远的地方，三个人停下来，喊大殿里的人出去接条子。

其实，丑鬼老大也没有料到武拯局长真会写条子，更没有料到他还会派人送过来。既然来了，就不能放过这次机会。他叫丑鬼们做好突围的准备，自已一个人走出去。他伸手接条子时，突然一扬手，三只飞镖齐刷刷地打出去，正中三个人的咽喉，人还直挺挺地站着，三支枪却落进丑鬼老大手里了。动作干净利索，整个过程只在瞬息之间。

待武拯局长明白怎么回事儿，丑鬼老大已经回到大殿里了。顿时，武拯局长气得火冒三丈，立即下令："给我开炮，狠狠地打！"

一颗颗炮弹打在大殿上，大殿顷刻之间化为一片废墟。

待炮声停止下来，大殿后边的荒野上，却骤然响起一片枪声。

原来，在炮弹击倒大殿后墙的那一瞬，丑鬼老大带人杀开一条血路，突围出去了。

武拯局长赶紧调集兵力，穷追不舍。

偌大的荒野上，除了一道一道的黄土岗子，连一片掩身的草棵都没有。子弹在耳边飞鸣，有的丑鬼跑着跑着就栽倒了，就再也起不来了，像秋天的草捆一样横七竖八地躺在地上了。

苗大牛累得一步也跑不动了，双腿像坠上千斤大石，绊上无数绳索，抬不动也迈不开，几次差点栽倒，眼看就要被人捉住。这时，突然从旁边伸出来一只手，插在他腋下，他的身子立即悬起来，飘飘地跟着跑出一段路。待后边的枪声渐渐稀落下来，那人才在一道黄土岗子后边停下来。他回头看时，救他的不是别人，正是丑鬼老大！

丑鬼老大受了伤，鲜血洇湿半截裤腿……

苗大牛惊讶又感激，半天说不出一句话。

丑鬼老大丢下苗大牛，把裤腿卷到膝盖上，露出还在流血的伤口。子弹从他腿肚子下边进去，又从他腿肚子上边钻出来，一枪两个血窟窿，幸好没有伤到骨头。

他问苗大牛："你有唾沫吗？有唾沫就给我往上吐一点。"

苗大牛趴过去，很努力地往上吐几口，却没有一点唾沫吐出来。

丑鬼老大说："算了。你用绑腿带子给我缠上吧，缠紧就没有事了。"

顿一顿，他又说："你小子也是个大命的，伙计们都死了，就你和我活下来了！"

苗大牛吃一惊："都死了？十几个人都死了？"

丑鬼老大说："要是再有几条枪就好了！"

然后一把抓住苗大牛，十分恳切地说："要是有了枪，你干不干？"

苗大牛说："我再干俩月，我还欠你俩月。"

丑鬼老大慢慢松开手，叹口气说："俩月你也不用干了，现在就走吧！"

苗大牛却固执地说："不，说好的干一年，我就干一年！再说，你伤成这样，我也不能撒手不管……"

丑鬼老大"嘎"一声笑起来，笑完了骂："去你娘的！还不能撒手不管？我用你管？刚才要不是怕你小子被人抓住，我早就跑没影了，枪子都追不上我！"

苗大牛动情地说："我知道，你救我两回了。等你岁数大了，我养你！"

丑鬼老大盯住苗大牛，像没听清似的，问："你说什么？你小子刚才说什么？"

苗大牛重复说："等你岁数大了，我养您！"

丑鬼老大就盯住苗大牛，看了良久良久，突然仰面"嘎嘎"笑起来："我说呢？我为什么一回一回地要救你？原来你小子很像一个人……"

苗大牛问："我像谁？"

丑鬼老大说："其实，我也不知道他长得什么样，我是说年龄……"

苗大牛似乎明白了，往前靠近一些，轻声问："他也是属小龙的？"

丑鬼老大点点头："嗯，是属小龙的。"

苗大牛问："他也是被人杀死的？"

丑鬼老大依然点点头："嗯，是被人杀死的。"

顿一顿，他又补一句："是在他娘肚子里，被人杀死的。"

苗大牛便不再问了，丑鬼老大也不再说了，两个人相互依靠着，像是睡着了。

四周很静，唯轻风吹得夜幕徐徐飘动。

忽然，丑鬼老大说："你不想和我随便说说话？"

苗大牛试探地问："想怎么说就怎么说？"

丑鬼老大说："对，想怎么说就怎么说。"

苗大牛问："说错了，你也不生气？"

丑鬼老大说："不生气。"

苗大牛想了一会儿，说："你是一个很有本事的人，我从小时候就知道你是一个很有本事的人！可是，你为什么偏偏要当丑鬼老大呢？你如果不当丑鬼老大，无论干什么，我都愿意跟着你，跟你一辈子！"

丑鬼老大叹口气，轻声说："其实，我什么本事都没有，除了会死里逃生，和做丑鬼老大外，我什么本事都没有！天下七十二行，行行都有饭吃。我为什么偏偏要干这一行呢？说实话，我也不想干。干这一行，就等于把自己的命切成碎片，双手捧着一片一片去喂当官的，等把当官的喂肥了，自己也该死了。"

苗大牛建议说："你做买卖吧，你心眼灵活，准能挣大钱！"

丑鬼老大摇摇头，不说话。

苗大牛又说："要不，你下关外吧，上山打猎，挖参找宝，你胆大，准能发财！"

丑鬼老大依然摇摇头，不说话。

苗大牛犯难了，不知说什么好了。

丑鬼老大拍一下苗大牛的肩，说："别说了，躺下歇会吧，天一亮还要赶路呢。"

苗大牛和他一顺头躺在地上，却没有一点睡意。

过了一会儿，他睁眼看丑鬼老大，丑鬼老大正瞪着眼看天呢！

见苗大牛看他，丑鬼老大说："你看今天的月亮多圆！"

苗大牛说："星星不多。"

丑鬼老大说："月明星稀。"

苗大牛不懂这句话，不知道说什么好。

住了一会儿，丑鬼老大问："你还想叶儿吗？"

苗大牛有些难为情，支吾说："有时想……"

丑鬼老大说："依我说，还是把她忘了吧。她爹要杀你，一时半载你回不了家，等过几年能回家时，她早嫁人了。刚才，说到关外，我忽然想起一个人来，我告诉你地址，你去找他吧。过三年五载，在那里娶个媳妇，把你娘接过去，好好过日子。要是我能活下来，老了也有个落脚的地方。"

苗大牛说："行，我听你的。等你伤好了，我就走。"

丑鬼老大一下把苗大牛搂得紧紧的，说："好小子！有你这片孝心就行了，我就知足了。你不用担心我的伤，比起上几次，这点伤还不及蚂蚁咬一口呢！"

说着，他从怀里掏出一个小布包，交与苗大牛，说："这点钱，你拿着路上当盘缠，快走吧。我睡一觉，天亮了好赶路！"

然后闭上眼，把脸扭向一边，须臾发出很响的鼾声。

苗大牛走几步又停下来，躺在不远的一道黄土岗子下，睁眼看着丑鬼老大。丑鬼老大受伤了，他不能丢下他不管！

不知过了多久，苗大牛睡着了，梦见自己和丑鬼老大一起来到关外，挖宝发财了。丑鬼老大给他张罗了一门亲事，迎亲的场面十分热烈。闹喜的人把他和新娘推到一起，新娘顶着红盖头，看不到模样儿，看身架却是很熟悉，很像叶儿。他禁不住伸出一只手，悄悄掀开红盖头，一看果然是叶儿！

这时候，有鞭炮响起来"咚——咚——"十分清脆，十分尖利，仿佛在半空撕裂的绸缎。苗大牛顾不得理会，只是看着叶儿高兴。紧接着，就有鞭炮在他头顶上炸响了"咚——咚——"

他被惊醒了！

此时，天刚蒙蒙亮，幽蓝的晨曦泼洒在大地上，一片冷清，一片神秘。不远处，丑鬼老大已经醒了，正发狠地盯着他，见他醒来，他压低声音吼："你怎么没走？"

然后扑上来，拉起苗大牛撒腿就跑。

刚跑几步，就被武拯局长带的人发现了。

武拯局长一边当当地对天鸣枪，一边带领警察迅速收缩包围圈，同时还"嗷嗷"地喊："他们跑不了啦！抓活的，给我抓活的！"

丑鬼老大十分纳闷，不知道武拯局长怎么会喊出这样的话？抬头一看，前面突然横亘一道长堤，汩汩的水声充耳可闻，心里不由咯噔一沉，知道跑到绝路上来了！

武拯局长带领警察们迅速包围上来，黑洞洞的枪口近在咫尺。

丑鬼老大拉着苗大牛登上堤顶，面对宽阔的河面，湍急的流水，稍稍迟疑片刻，突然扬起一只手，对着苗大牛的脖颈狠狠一击，用力推下河去。紧接着，他自己纵身一跃，跃入急流之中……

武拯局长带人追出几里远，也没有找到两个人的踪影，只好收兵回城。

二十四

春的气息已经很浓了。河滩上新生的绿草，像一群群情窦初开的少女，盘坐在阳光下，笑眯眯地说着悄悄话儿；垂柳还没有抽芽，燕子已经穿梭其间，呢喃欢唱了。

一条渔船由远及近轻轻滑来，船头站立一位渔翁。渔翁一边收拾渔网，一边扯开他沙哑的嗓子唱：

哎——
浪尖上来呀，
浪尖上往呀，
一杆杆大篙量短长啊！
…………

接着是渔姑清脆的歌声：

哎——
升起桅杆呀，
张开白帆呀，
一只只银梭来撞网呀！
…………

渔船行至一片宽阔的水域，渐渐缓慢下来。渔翁张网下去，就有几条大鱼收获。一连张了几网，持篙的渔姑说话了："爷爷，您又犯规啦！"

渔翁收住网，回头"哈哈"笑着说："爷爷犯规，还不是想多张几网鱼，给孙女置嫁妆吗！"

渔姑害羞地撅起嘴："爷爷尽瞎说！"

渔翁说："爷爷没瞎说，爷爷早就看见孙女长大喽！"

渔姑说："孙女不大，还是个小黄毛丫头呢！"

渔翁佯装不解："谁说我孙女是个小黄毛丫头啦？"

渔姑说："谁知他是谁呢？一个白胡子老头！"

渔翁佯装回忆一会儿，忽然醒悟地说："哦！我想起来了，在太阳升起一树梢高的时候，他还去掀过一个懒丫头的被窝呢！你说的是不是他啊？"

渔姑撒娇地喊："谁是懒丫头？谁是懒丫头？"

渔翁说："爷爷才不管谁是懒丫头呢，反正我孙女小雨不是！"

然后爷孙俩都笑。

"哈哈哈哈！"

"咯咯咯咯！"

笑声经过水面的扶摇和微风的荡漾，十分动听。

在一个水湾处，渔船停下来。渔翁张网下去，忽然觉得有些不对劲了，有一种力沿着网纲沉甸甸地爬上来，像蛇一样叫人心颤。

渔姑好奇地问："爷爷，怎么啦？"

渔翁不说话，一边叫孙女把船撑稳，一边小心翼翼地收网。渔网渐渐露出水面，沉甸甸的东西也渐渐露出水面——原来是一个人。渔翁赶紧弓下身子，把网收紧，然后一用力，连网带人一起拖上船。

那人十几岁的年龄，说起来还是个孩子，赤条条的，一丝不挂，衣裳都被河神脱走了。而他的肚子却是瘪瘪的，不像是被水淹死的。

渔翁说："不好，他是一个饿死鬼。"

渔姑的眼睛望着一片金灿灿的水面，嘴里却央求爷爷说："爷爷，你不是说，凡是从水里捞上来的人，你都能救活吗？"

渔翁说："可是，他不是在水里淹死的……"

渔姑说："那也是从水里捞上来的呀？"

渔翁就不说话了，拿起落水者的胳膊往上抬，胳膊是软的，再摸他的胸口，还有一丝余热尚存，轻轻一按，便有一股气息从鼻孔里喷出来。渔翁感到惊奇，不知他胸腔里怎么会有一股气息？再一按，人就慢慢睁开眼了，像刚睡醒似的，迷迷糊糊地问："我怎么在这里？"

他才想坐起来，却又昏过去了。他毕竟闭气太久，又在水下浸泡的时间太长，生命的耐力已经所剩无几。

渔翁脱下褂子，盖在他身上，然后抱起他一只脚，用自己锉刀一样的手掌心使劲地揉搓他被河水泡胀的脚掌心，待揉搓得发软发热了，再换另一只，反反复复直到他有了感觉，脚趾尖随着揉搓而抖动，才停下来。

渔翁轻轻舒口气，说："没事了！"

渔姑仔细地端详了一会儿，见他一动也不动，有些不放心地问："他怎么不动啊？"

渔翁抬起头来看天，太阳刚到中午，便说："待到明天这时候，他就醒来了。"

果然，第二天临近中午，他苏醒过来了。当时，渔姑正在旁边做针线，忽然看见他睁开眼，惊恐地打量着四周，不知如何是好，便赶紧跑出去喊："爷爷，爷爷！他醒了，你快去看看吧！"

渔翁走近去，向他笑笑说："孩子，你别怕，家里就我和孙女两个人，没有人伤害你，安心养病吧。"

然后转向渔姑："把鱼汤温一下，趁热给他吃。"

渔姑说："在锅里温着呢。"

渔翁说："先给他吃半碗，过半晌再给他吃半碗。刚醒，别给他吃太多。"

说罢，他扛起篙，一边往船上走，一边高兴地说："今天咱自由喽！"

渔姑在后边喊："爷爷，你走了怎么行啊，他还没穿衣裳呢！"

渔翁说："你不是在给他做吗？做好叫他穿上就行了！"

话音未落，人已跳上船，一篙撑离河岸，扯开嗓子唱起来：

哎——

浪尖上来呀，

浪尖上往呀，

…………

傍晚，渔翁打渔回来，渔姑一边帮爷爷收拾鱼，晾渔网，一边兴致勃勃地说：“爷爷，你知道他叫什么吗？”

渔翁摇头说：“不知道。”

渔姑说：“他叫大牛。”

渔翁说：“这名字好！”

渔姑心里高兴，嘴上却说：“名字有什么好不好的？不就是个记号吗？”

顿一顿，她又问：“爷爷，你知道田家庄在哪里吗？”

渔翁认真地想了一会儿，说：“是在南边吧？向阳好种田！”

渔姑摇头说：“不是。”

渔翁说：“要不就是在东边，临海好浇园！”

渔姑摇头说：“不是。”

渔翁犯难了，说：“爷爷猜不出来了。不过，他姓什么我能猜出来！“

渔姑好奇地盯着爷爷问：“你猜吧，他姓什么？”

渔翁眯起眼，一边扳着指头算，一边口中念念有词，逗得孙女几次差点笑出来。末了，他一字一顿地说：“他——姓——田！”

渔姑终于忍不住了，咯咯笑起来，笑得上气不接下气的，一连说了三个：“错，错，错！”

渔翁失望地问：“他住田家庄，不姓田姓什么？”

渔姑神气地说：“谁规定的啊？家住田家庄就姓田？告诉你吧，他姓苗！”

渔翁便叹口气说：“唉，一定是个穷家的孩子！”

渔姑问：“为什么？”

渔翁说：“你想啊，小苗长在人家田里，还不穷吗？”

渐渐地，苗大牛恢复了健康，穿着渔姑做的一身新衣裳，身材方方正正的，胸脯宽宽厚厚的，看上去很结实。他从小干活干惯了，有力气又勤快，只两天，就把河滩里一方田地翻了一遍。翻地时，渔姑就在他旁边纳鞋底，陪他说话儿。

渔姑说：“我叫小雨。听爷爷说，生我那天下着小雨，就给我取名叫小雨了。”

顿一顿，她问苗大牛：“你家是不是有一头大牛啊？”

苗大牛说：“我家没有牛。我叫大牛，是觉得有劲，长大好干活！”

渔姑便“咯咯”笑起来，笑完了说：“还真叫爷爷说准了。看你的样子，真像一头大牛呢！”

恰巧渔翁打渔回来，见他们这样，心里高兴，晚上便特意炒了两个菜，拿出一瓶平时舍不得喝的老烧酒，先给自己满满斟上一杯，再给苗大牛满满斟上一杯，说：“今天，咱爷儿俩痛痛快快喝两盅，给你压压惊！”

苗大牛本来不会喝酒，却听话地端起来喝了，只抿一小口，就呛得脸通红。

渔翁很满意，说：“好！实在！”

苗大牛低着头，不说话。忽然，觉得有人扯他的衣襟，看时，却是小雨向他示意给爷爷斟酒呢！他赶紧提起壶，给爷爷斟满酒。

渔翁越发高兴了，端起酒杯一饮而尽。然后轻轻捋着白胡子，看看孙女，再看看苗大牛，不由笑眯了眼。酒至半酣，渔翁说：“爷爷还没问你，家里都有什么人呀？”

苗大牛说：“家里只有母亲……”

渔翁便不再多问了，他轻轻叹口气，说：“唉！小雨比你还命苦，刚几个月，她娘就被湖匪杀害了；她爹找湖匪去报仇，至今一点音讯也没有……”

随着爷爷的讲述，小雨伏在桌子上，肩头一耸一耸地哭起来。

苗大牛的心，就被小雨的哭声撕扯着，回想起自己惨死的父亲、孤苦的母亲和连日来遭受的苦难，鼻尖一酸一酸的，后来忍不住，干脆也往桌边上一趴，“呜呜”哭起来。

小雨伸手拉住他，劝他说：“大牛哥，别哭了……”

她自己，却是哭得更痛了。

苗大牛止住哭，才想劝小雨，谁知用手轻轻一碰，小雨就一下扑进他怀里了。

两个人就这样相互拥抱着，高一声低一声地哭了很久。

渔翁也不劝，任凭他们哭……

第二天，爷爷打渔走后，小雨不好意思地说："大牛哥，我有一件东西，你想看吗？"

苗大牛说："想看。"

小雨便从箱子里翻出一个花布包，在苗大牛面前展开了：布包里包的是一对银耳环。小雨说："这是母亲出嫁时戴的，她留给我了。"

她小心地拿起一只，往自己耳朵上戴，可是怎么也戴不上，于是撒娇地喊："大牛哥，你快帮帮戴上呀！"

苗大牛接过耳环，却不敢往小雨耳朵上戴，生怕把她的耳朵弄疼了。费了半天劲，才给她戴上去。

小雨炫耀地说："好看吗？"

苗大牛说："好看。"

小雨问："怎么好看？"

苗大牛说："怎么都好看。"

小雨便摘下来，用花布重新包好，交与苗大牛，郑重其事地说："好看你就拿着吧，什么时候想看了，就看看！"

苗大牛却怕烫似的不敢接，他说："这么贵重的东西，我怎么能要呢！"

小雨说："是我愿意给你的。"

苗大牛说："我天天流浪，身上不能带这么贵重的东西。"

小雨说："我不想叫你流浪，想叫你住在这里。"

苗大牛说："这里又不是我的家！"

小雨说："你住下，就是你的家！"

苗大牛说："我住下，就更不用带在身上了……"

小雨说服不了苗大牛，只好一个人坐到一边去生气。外面有人喊，她也不答应。

苗大牛见是两个鱼贩子，便走出来，拿鱼卖。

其中一个傻乎乎的人，看见苗大牛，顿时把两眼瞪直了。

苗大牛觉得那人有些面熟，仔细一看，原来是刺猬！

天哪！刺猬怎么成了鱼贩子？

苗大牛害怕了。刺猬又傻又财迷，我万一被他认出来，自己危险不说，还要连累小雨和爷爷。他不想连累小雨和爷爷！

待两个鱼贩子走后，趁小雨不注意，沿着河堤偷偷溜走了。

谁知，刚走不远，前边的河道里，突然响起渔翁苍老的歌声：

哎——

…………

他不敢再走，看准堤脚一个水洞，猫腰钻进去。待渔船滑过去，才想出洞再走，后边却传来了小雨凄切的哭喊声："大牛哥——大牛哥——"

紧接着，爷爷也在后边追来了。

爷爷一边追，一边颤声喊："小雨，我苦命的孩子！"

离水洞不远，小雨跑不动了，脚下一绊摔倒了，摔倒了还嘶哑着嗓子喊："大牛哥——"

爷爷追上来，抱住小雨。

小雨一边挣扎，一边哭诉："大牛哥啊！俺可是真心对你好呀！你不该这样对俺呀！"

凄切的哭诉，有如千万根钢针扎在苗大牛心上，他的心在流血，在疼痛。终于，他忍不住了，"呜呜"哭着从水洞里爬出来，爬到爷爷和小雨脚下，像一只受伤的小兽，深深伏在地上，浑身痉挛着，却说不出一句话。

爷爷料定是有事情发生了，他上前拉起苗大牛，轻声说："孩子，这里不是说话的地方，咱们回家说吧！"

回到家，苗大牛就把认识刺猬的经过说了一遍。

渔翁沉思良久，然后开导说："孩子，别怕！待爷爷好好想想，会有办法的……"

二十五

第二天，天刚蒙蒙亮，那两个鱼贩子又来了。

渔翁迎上去，沉着地说："二位昨天刚把鱼买走，今天一早又来了，我还没有上船打渔呢！"

为首的鱼贩子说:"我们今天来不是买鱼的!"

渔翁故作不解:"咋?莫非昨天丢下什么东西了?要不就是把账算错了?"

为首的鱼贩子说:"都不是!我伙计认识你家小伙计,今天是来会会他!"

渔翁说:"他不是我家小伙计,是我孙女婿,刚从湖里来。"

为首的鱼贩子冷笑着说:"孙女婿?可不是在河里捞出来的丑鬼吧?前两天我们进城卖鱼时,听说一伙丑鬼被警察剿了窝子,十几个丑鬼都被乱枪打死了,只有丑鬼老大带着一个小丑鬼跳河逃跑了……"

渔翁哈哈一笑,说:"难道二位没听说?那两个丑鬼都被淹死了,尸体还在下游河滩上晒着呢!"

为首的鱼贩子说:"下游河滩上天天有死人,是不是他们还不知道呢。我们既然来了,最好还是叫你家小伙计——哦,你家孙女婿出来,叫我伙计认一认,免得我们报错了案,警察白跑一趟!"

渔翁知道躲是不行了,就说:"叫你伙计认一认可以,不过人命关天的事,可不能昧着良心随他说!"

为首的鱼贩子说:"当然,当然!"

渔翁就叫来苗大牛出来。

刺猬两眼直盯着苗大牛看一会儿,突然伸手一指,大声说:"就是他!"

为首的鱼贩子得意地笑起来:"嘿嘿嘿!老人家,我们相识多年,我知道你是个实在人,所以才想劝你一句:千万别舍了孙女,再吃官司啊!"

然后伏在渔翁耳朵上,轻声说:"老人家,把他捆起来送警察局吧,得了奖金咱们仨均分,怎么样?"

渔翁狠狠地往地上吐口口水,大声说:"你们这些人,除了钱,还有一点良心吗?"

小雨听见爷爷吼,知道苗大牛被鱼贩子认出来了,急忙从屋里跑出来,拿一把鱼叉给爷爷,自己手里却举着一把剪刀和菜刀。

为首的鱼贩子害怕了,贼眼一骨碌,满脸堆笑地说:"老人家,别生气!可能是我伙计认错了……"

刺猬却硬生生地反驳说:"没错,就是他!"

为首的鱼贩子一瞪眼，狠狠地骂："姘种！"

然后向渔翁告辞说："老人家，没事了，我们走啦！"

两个人刚转身要走，渔翁突然喊："等一等！"

为首的鱼贩子胆怯地停下来，回头说："老人家，我……"

渔翁不等他说下去，直截了当地说："你说吧，想要多少钱？"

为首的鱼贩子缓过劲儿来，仔细盘算一会儿，认真地说："看在咱们多年相识的情面上，你就拿三百吧。"

渔翁说："三百忒多，我没有！"

为首的鱼贩子说："二百五不能再少了，再少我们就不要了，就到警察局报案领赏去！"

渔翁无奈，只好从屋里携出一只小木箱，底朝天往地上"哗啦"一倒，倒出一些花花绿绿的钱票，对为首的鱼贩子说："你数数吧，差多少，以后用鱼补！不过，你得保证我一条，这事不许对任何人说出去！"

为首的鱼贩子说："我保证！我保证！"

送走鱼贩子，渔翁思来想去，觉得还是不妥，于是说："咱们搬家吧。"

小雨不解："你把钱给他们了，怎么还搬家？"

渔翁说："我这是花钱买保险呢！要不他们报了案，明天警察来了，咱们想搬家也来不及了。"

小雨还是不解地看着爷爷说："咱们是打渔的，他们是贩鱼的，想躲也躲不开啊？除非从此不打渔了，可是不打渔吃什么呀？"

渔翁说："爷爷就是不想打渔了，爷爷老了，想休息了。两天前，爷爷就在下游看好一片滩，那里远离人烟，长满芦苇和野草，咱们就搬到那里去。在那里开一片地，种庄稼，等过去这个风头，叫大牛把他娘接过来，咱们一家人一起过日子！"

很快，在爷爷的指挥下，苗大牛和小雨弄来搭建茅屋的木材和干草，趁天黑没人之际，一船一船运到下游的荒滩上。眼看就要运完了，谁知，从来不得病的爷爷却突然病倒了。

起初，爷爷认为是累的，说歇一天就好了。谁知，歇了一天又一天，非但没有好，反而加重了。

苗大牛要到附近村里给爷爷请先生，小雨不叫去，怕他路上被人遇见了，非要自己去。她小时候出疹子，爷爷曾带她去村里看过病，知道路。很快，她就把先生请来了。

先生是个中年人，祖上传下来的医道，治病还可以，就是有点拈花惹草的坏毛病。他给渔翁诊断后，在回去取药的路上，就开始不安分起来，看着小雨淫笑说："看见你爷爷，我就想起来了，那年你出疹子，出了一身，我把你全身都看遍了！嘻嘻，要是现在看看有多好？"

小雨又气又羞，但也不敢得罪他。

先生又说："叫我看看吧？只看一眼，你爷爷治病无论花多少钱，我都不要了。"

说着把身子靠过来，动手动脚的。

小雨吓得惊叫一声，转身就跑，跑出老远一颗心还"咚咚"跳个不停。可是，为了给爷爷治病，她还得硬着头皮在后边跟着先生走。临进村的时候，明明看见先生走进药房了，谁知到了药房，先生却不在，问谁都说不知道。她只好坐在门口等，等到太阳落山，先生才回来。

先生冲着小雨"嘻嘻"一笑说："你不是很刚烈吗？怎么又这样温顺了？今天你先把药拿走吧，下次再来，心眼可要灵活点！"

小雨始终不说一句话，付了钱拿药走人。

走到半路，天就黑了！虽然她从小跟着爷爷在河边长大，对黑暗不陌生，可是一个人摸黑走路，还是第一次。在路上走着，老是听得后边有"咚咚"的脚步声，像是有人追上来了，可是还不敢回头看，生怕一回头看见鬼怪什么的，直吓得出了一身汗。

这时，苗大牛在前边喊起来："小雨！"

小雨想回答，才一张嘴，竟然"哇哇"哭起来。

苗大牛紧跑几步迎上来，问："怎么了？"

小雨说："我怕。"

苗大牛问："怎么回来这么晚？"

小雨怕苗大牛生气，不敢说先生骚扰她的事，就说一味药没有了，先生翻箱倒柜地找了大半天。

苗大牛担心地问："找到了没有？"

小雨说："找到了。"

苗大牛放心了，说："找到就好！"

三服药吃下，爷爷的病虽然没见轻，却也没加重。

苗大牛说："不加重就是对症了。请先生调调方，接着再吃吧？"

再去抓药时，小雨却迟疑着不敢去了。

苗大牛说："我去吧，哪里就被人遇上呢？"

小雨不放心，嘱咐说："要是有人问你从哪里来，就说从湖里来。"

苗大牛说："记住啦！"

到了药店，先生没问苗大牛从哪里来，却问："上次抓药的人呢？"

苗大牛说："在家侍候爷爷呢。"

先生马上不悦了，把药方退给苗大牛，说："药不全，方子不能用了。"

苗大牛说："请先生给调调方子吧。"

先生冷冷地说："不见人，怎么调？"

苗大牛只好空手回来了。离老远，就看见小雨站在一道土岗上，焦急地张望着，他猜想爷爷的病一定加重了，走近一问，果然是加重了。

爷爷浑身热得像炭火，开始说起胡话来。

小雨急得直哭，还不敢出声哭，生怕被爷爷听见了。

苗大牛劝小雨："你别哭，咱再想想办法……"

小雨说："爷爷病成这样，先生不给治，还能有什么办法？"

苗大牛思谋一会儿，说："要不我回家一趟！看母亲还在不在？要在，就把爷爷接过去，田家庄有个白先生，治病可高明了！"

也只有这样了！小雨点点头，可是她又不放心苗大牛走，她恋恋不舍地抓住苗大牛的手，说："我怕……"

苗大牛说："你放心，我等到天黑时再进家，不会被人看见的。"

小雨说："我怕你丢下我和爷爷……"

苗大牛说:“放心吧。你和爷爷是我的救命恩人,救命之恩没报,我怎能丢下你们呢?”

小雨拉着苗大牛跑到河堤上,拔下三根草,一起捧在手里,然后和他面对面跪在一起,信誓旦旦地说:“大牛哥,我就爷爷和你两个亲人了,到了家,无论母亲在不在,你都要回来,小雨等着你!现在,咱们手里捧着的就是三炷香,我请你对天发誓,保证回来!”

苗大牛说:“我发誓,只要不死,保证回来!”

小雨一边用手堵住苗大牛的嘴,一边嗔怪地说:“谁用你发这样的誓?只要你心里有俺就行了!”

第二天一早,苗大牛带上小雨给他准备的干粮上路了。他不知道回家的路,就沿着河堤往上游走,反正是从上游下来的。走到太阳偏西,在堤上遇到一位拾柴的老人,老人耳聋,大声问了几遍他才听清。

老人说:“你去哪个田家庄?”

苗大牛说:“还能有几个田家庄?”

老人说:“田家庄多了,方圆十几里,就有善人田家庄,文武双举田家庄……只要姓田的人住的村庄,差不多都叫田家庄。”

苗大牛灵机一动,赶紧提醒说:“我去有白先生的那个田家庄。”

老人沉思一会儿,忽然一拍脑门说:“你是说那个会用树叶给人治病的白先生?”

苗大牛点头说:“就是!”

老人马上得意起来:“你问我算是问着了!十年前俺小孩他娘得了一种稀罕病,这一带的先生都请遍了,就是治不好,后来打听到白先生,我用土车子推着她走了一天才走到。果然,吃了他的树叶就好了。你也是请白先生治病的?”

苗大牛说:“是。”

老人伸手往前指一下,很有把握地说:“你就沿着那条官道一直往前走,走到一个十字路口往西拐,再一直走就到了!”

苗大牛看见那条官道离开河堤,向另一边去了,就有些不放心,小心说:“不是说,有一条近路,是沿着河堤走的吗?”

老人生气了:“你也不看看,河堤是往哪去的?白先生的田家庄是往哪去的?”

苗大牛只好辞别老人,弃河堤踏上官道,一路匆匆而行。走了半天,前边果然出现一个十字路口,他几乎想都没有想,就踏上向西的路。

一阵急走,行至一个村庄,看见一位驼背老女人正在井边汲水,便走过去,一边帮老女人把水汲上来,一边问田家庄的路怎么走,还有多远?

然后补一句:“有白先生的那个田家庄!”

驼背老女人不解地看着苗大牛,反问说:“天下还能有几个田家庄?不就白先生那一个田家庄吗!白先生是俺表哥,他看病没有比的,十里八乡没有不知道他的!不远了,十二里,吃顿饭工夫就到了!”

苗大牛心里顿时一块石头落了地:十二里!天啊,再走十二里,就到家了!再看那村、那路,顿时觉得很熟悉,很亲切!

太阳还有一树梢子高,天色尚早,不用急着赶路了。苗大牛捧起驼背老女人的瓦罐,咕咕喝了个饱,把剩下的水倒掉,重新再给她汲满一罐。然后坐在井台上,拿出干粮吃起来……

突然,村里一声枪响,紧接着又一声,一群人便从村里跑出来了。

前边是穿着杂乱衣服的村民,后边是穿着黄色制服的大兵。

那群人跑出村,大兵就不追了。前边一个瘦高个儿,对准一个跑在最前边的村民“当”就是一枪。那人往上跳一下,然后身子一挺倒下了。剩下的人,立即像木桩一样站在那里不动了。

苗大牛站起来,才想走,瘦高个儿冲着他喊:“快过来,集合!”

他不敢违抗,只好走过去,和村民们站在一起。

瘦高个儿胸脯一挺一挺的,样子很神气,他看大家站好了,才开始扯着破锣似的嗓子喊:“都听着:立——正!向右——转!齐步——走!”

刚走几步远,一个中年村民不走了,哭着喊:“老总,我求求你,放我回家吧!我家里老母亲生病了,没人伺候!”

瘦高个儿挥挥手:“你走吧!”

待中年村民转身跑到街口,瘦高个儿从腰里抽出枪,斜着眼瞄了一会儿,然后扣动枪机,“当”一枪,不知打在中年村民什么地方了,他顿时像杀鸡似的,在地上又蹦又跳,“嗷嗷”怪叫。

瘦高个儿得意地问:“谁还想回家?”

没有一个敢说回家的。

苗大牛这才恍然,他遇上抓兵的了。

第三章

二十六

傍晚时分，苗大牛和那些村民被押进一座大院。大院很空旷，墙很高，寨门两边排列着许多兵，都端着枪，表情木然而复杂。正面一排平房，房顶上架着两挺机枪，黑洞洞的枪口如是两只发怒的兽眼，盯视着大院里的每一个人。

大院里已经聚集了很多的人，却还在一拨一拨往里押送着。每一拨，差不多都是同乡或熟人。他们走进大院，都坐在一起，靠得紧紧的，用不安的眼神打量着四周，间或窃窃私语。

苗大牛没有同乡，也没有熟人，他一个人孤零零地坐在一边，满脑子想着事情，想了很多很多，却什么也没有想好。

不知过了多久，夜色渐渐浓了，从外边开进来一辆绿色大卡车，轰隆轰隆开到院子中央，停在那里。先从车上下来两个护兵模样的人，又从车上下来一个矮胖子。矮胖子神气十足傲气活现地高昂着头，根本不正眼看人。

大院里几个军官模样的人赶紧迎上去，很巴结地一边行礼一边喊："报告连长!"

矮胖子气恼地一挥手："老子不是连长啦！老子已经荣升为团长啦!"

几个军官又惊又喜，马上立正站好，一齐喊："是，团长!"

矮胖子说："老子荣升为团长，你们也没有亏吃，都跟着高升一级吧!"

高升了一级的军官们，越发高兴起来，这个感谢团长栽培，那个发誓愿为团长效劳。

矮胖子说："好啦好啦！赶快集合新兵，换衣裳吃饭！"

军官们马上散开，像撵羊群一样把大院里的人撵起来，一拨排成一队，到卡车前先领一身军装，再领一份饭。军装有新的有旧的，前边领的都是新的。苗大牛排在前边，领到一身新军装。饭是两个馍馍外加一块腌咸菜。

领完回来，依然一拨一拨坐好，待命令吃饭。一拨是一排，苗大牛所在的一拨是二排。二排长即是那个抓兵的瘦高个儿，刚跟着高升了一级，由二班长高升为二排长了。

苗大牛这才看清，瘦高个儿的嘴歪眼斜，一说话嘴角老往一边耳根上扯；眼睛一只大一只小，看人时小的老往那只大的靠。

此时，二排长不无得意地向大家介绍说："我姓刁，今后大家都要叫我刁二排长，不许再叫我刁二班长啦！当然喽，今后兵多了，老子还要荣升为刁二连长，刁二团长……"

一个大胡子老兵忍不住叫起来："刁二排长，你老是想着升官，还叫我们吃饭不?"

刁二排长不管这些，只顾自己往下说："当然喽！老子升了官，发了财，也没有你们的亏吃……"

大胡子老兵问："你给我们什么好处啊?"

刁二排长发誓般地说："到了城里，带你们下馆子！"

苗大牛发现，刁二排长想升官都想疯了。他天天带人抓兵，扩充队伍，一有空闲还清点人数，计算再升一级还差几人。别的排也是这样，仿佛一道命令下来的，谁抓的兵越多，谁升的官越大。因此，都发疯地抓兵，无论呆残，无论年龄大小，只要会走路会扛枪的男人他们都要。常常是这一拨抓兵的刚走，那一拨抓兵的又进村了。有时两拨三拨的同时闯进一个村庄，来来往往像梳洗头发似的，把个村庄梳洗一遍又一遍。

然而，抓兵难，留兵更难。天天抓兵，天天都有兵跑——主要是晚上跑。有时白天抓一天，还不够晚上跑的，甚至连老本都保不住。如果这一天驻扎在有门窗的屋子里，刁二排长还敢睡个安稳觉，如果驻扎在野外或四面透风的牛棚里，刁二排长就不敢合眼了，眼睛像熬鹰似的熬得通红。

起初，刁二排长想叫几个班长替他值勤，可是又不放心，谁知道班长想不想跑呢？若是班长也想跑，老天爷，还要不要命了？思来想去，只有他自己看守最放心！

渐渐地，刁二排长想出一些防范措施：最初的办法就是在睡觉时把人的手脚捆起来。可是不知道谁想跑谁不想跑，要捆都得捆，一下子惹起众怒，嗷嗷地要造反，吓得刁二排长赶快放人；接下来的办法是在睡觉时叫人紧紧挤在一个墙角里，无论地方多么宽敞，都要紧紧挤在一个墙角里，向一边侧棱着身子，把双腿蜷曲着抵在墙上，如同馍房里刚出笼的馍馍挤得紧紧的，谁想翻身都不能。刁二排长睡在边上，里边的人一动他就醒了。几天下来，兵们的身子都木了，腿脚也不灵便了，走路一瘸一拐的，显然还不是长久之计。

后来，他到别的排取经，还真学到一些好经验。其中一个最有效的办法就是暗中监视。即晚上不和兵们睡在一起，偷偷找一个谁也不知道，但能把兵们看得清清楚楚的地方藏起来，一旦有人逃跑就开枪，将其击毙。这办法还真灵，因为想跑的人不知道枪口在哪里，谁也不敢贸然往枪口上撞，小心来小心去，就把这一夜的大好时机错过了。然而，刁二排长说不定就在什么地方美美地睡觉呢。当然也有跑脱的，那就是凭胆量和运气了！

苗大牛也想跑，但他不敢跑。每一次看见逃跑不成而被打死的人，他都先自吓出一身冷汗，仿佛死的人差不多就是自己了。这时候，他就灰了心，不想再跑了，甚至什么都不想了。可是当某天一觉醒来，发现身边的人又少了，便如一石击水，心里顿时涌起万顷波涛……

他不能忘记小雨和爷爷。爷爷的病还等他请先生，小雨还等他回去。当着小雨的面，他对天发过誓，一定要回去！有几次做梦，都梦见小雨站在高高的黄土岗子上，满眼含泪地翘首遥望；梦见爷爷躺在病榻上，昏花的眸子里跳动着一丝希望之光。还有几次，他梦见爷爷死了，小雨一个人流浪，经常受坏人的欺负，被逼无奈，她投进滚滚的河水，临死还大声地呼喊：“大牛哥——”

他几乎每晚都重复类似的梦，沉浸在梦境中不能自拔。

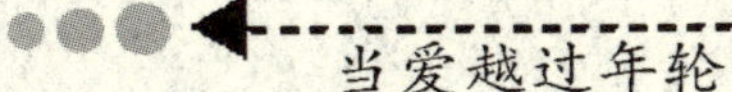

大胡子挨着苗大牛睡，有一次听见喊，就将他推醒了，小声问："小雨是谁?"

苗大牛搪塞说："一个邻居。"

大胡子嘿嘿一笑，说："是一个姑娘?"

苗大牛点点头："嗯。"

大胡子叹口气，便不说话了。

苗大牛觉得大胡子不是坏人，便有意接近他。大胡子是老兵，苗大牛接近他，倒不是想背靠大树好乘凉，而是想逃跑时能给他网开一面视而不见。谁知恰恰相反，越是巴结，大胡子越是把他看得更紧了，无论行军、抓兵，还是晚上睡觉，都形影不离，仿佛一个忠于职守的保姆，照看着一个令人担忧的孩子，生怕不小心出现点什么闪失。

一天晚上，苗大牛早早睡了，准备夜深人静时逃跑，谁知大胡子却像个幽灵似的，忽然把身子探过来，伏在他耳边轻声说："死心吧，跑不了。"

后来，苗大牛想出一个主意，故意在大胡子面前做出要跑的样子，而实际上是小便，想以此麻痹大胡子，谁知大胡子根本不上当……

二十七

部队继续北上，继续抓兵，一路像撵羊群似的，把老百姓撵得不安生。

过了黄河，天气开始变暖，大兵们像长虫脱皮似的，把衣裳一层一层脱下来。苗大牛和一些新兵脱下衣裳舍不得扔，用绳子捆起来，和水壶、饭盆、枪什么的背在一起，丁零当啷，叽里咣当，一走路累得浑身淌臭汗。

大胡子那些老兵则不然，他们随脱随扔，一件不留，除了吃饭用的盆子、喝水用的壶，还有打仗用的枪，什么都不要，连被子都扔了。

后来，苗大牛才明白，这是出关去打仗，小命都挂在狗尾巴尖上，不知什么时候就被甩掉了，谁还顾得一件衣裳呢？他也像大胡子那样，把不用的东西都扔了。恰巧在一个路口，遇上八路军游击队的埋伏，苗大牛跟着大胡子，身轻如燕回头就跑，没伤着一根毫毛。几个背着沉重东西的家伙可惨了，一出汗衣裳在身上缠得紧紧的，比绳索拴得还结实，被八路军游击队不费吹灰之力活捉了。

渐渐地，打仗开始频繁起来，不是打大仗，尽是些你一枪他一枪的小仗。多是八路军游击队所为，是为了干扰国军行军。几乎每天都要打一仗，多时一天要打两三仗，如是遍地布满荆棘处处挖下陷阱，使得寸步难行。就像小孩子捉迷藏，你追他就跑你停他就扰，转来转去一天走不了多少路。

这倒没什么，最叫刁二排长感到头痛的，是抓兵越来越难。村民们都学精了，远远看见大兵从村庄那头进来了，马上就从村庄这头跑光了。大兵们进了村，连个人影都找不到，甚至想抓只鸡吃都没有。可是一场小仗，少说也要损失一两个兵；一夜不慎胡乱打个盹儿，又有一两个兵逃跑了。眼看升官的路一步步远他而去，刁二排长急得如是输红眼的赌徒，只好把满腹怒火往逃兵身上发。

现在，他采用的仍是暗中监视法，所不同的则是惩罚逃兵的手段更加残忍了。一旦发现逃兵，如果不是下手有误的话，绝不会一枪将其击毙，而是先打断逃兵的腿，然后将其捉回来，绑在树干上，叫新兵当靶子练枪法；或者将其肚子打穿，把肠子拉出来往树上绕……

尽管如此，还是有人逃。刁二排长一个人，怎么也熬不过那么多人，老虎还有打盹的时候呢！因此，一个红红的圆圆的希望，就时常闪现在苗大牛脑际。

那是一个细雨迷蒙的夜晚，部队驻扎在临河的沙滩上，淅沥的风雨使人昏昏欲睡。远处偶有稀疏而单调的枪声响起，久久滞留在凝重的夜空，仿佛在等待着什么，抑或在召唤着什么。

一阵夜风，吊在帐篷门口的小马灯熄灭了。帐篷里黑得伸手不见五指，偶有一丝喘息或梦呓，仿佛从十八层地狱传来，令人毛骨悚然；门口一方灰暗的薄明，如是通往冥府的隧洞，等待着寻找归宿的人步入。

夜渐渐深了，帐篷里先是一阵轻微的响动，接着一团湿漉漉的冷风钻进来。苗大牛心里一动，也把手伸向帐篷，慢慢扯开帐篷的一角。

帐篷外边，除了淅沥的风雨什么动静都没有。苗大牛屏住呼吸，运足力气，正想往外钻，黑暗中突然伸过来一只手，将他用力按住。他知道那是谁的手，他恨死了那只手！

如果不是那只手，苗大牛就钻出去了，就和那个幸运儿一样获得自由了，就能回家见到母亲、接了爷爷去治病了……

这时候，外边“当当”两枪，紧接着响起一阵凄厉的惨叫。

苗大牛顿时僵住了。

待凄厉的叫声停息下来，小马灯点燃了。

刁二排长出现在帐篷门口，因气愤而扭曲的脸和歪斜的嘴，构成一副狰狞恐怖的面孔，在青幽幽的灯光下，仿佛一个原形毕露的鬼怪。他用阴森的目光在帐篷里搜索了一遍，然后盯住苗大牛，用枪指着他喊：“你出来！你不是也想逃跑吗？你出来跑个样给老子看看！”

苗大牛脑海里一片空白，一动不动地躺在那里。

刁二排长越发恼怒了，大声喊：“好小子！你敢给老子装晕？老子就叫你在帐篷里脑袋开花吧！”

大胡子突然跳起来，双手像阻挡什么似的飞快地摇摆着，惊恐万状地说：“刁二连长！你不能叫我脑袋开花啊，我还要留着它吃饭呢！”

刁二排长被一声“连长”喊得愣住了。

大胡子会相面，而且相得十分准。

有一次，刁二排长请大胡子相面，他在刁二排长脸上端详片刻，然后略一掐算，慢慢说道：“观你眉心一面相，二十岁前有灾殃——也就是说，你二十岁前，身体不太好，有过病灾。”刁二排长信以为真，赶紧说：“对，对！我十二岁时出疹子，五六天滴水未进，差点没要命；十六岁时上树偷杏吃，从树上掉下来，摔断了两根肋巴骨……”大胡子再看他一眼，又说：“观你两耳一支撒，婚姻不顺有偏差——特别是初婚。”刁二排长差点惊叫起来，他就是因为求婚不成，一怒之下将人家姑娘杀死，才离家当兵的。他不敢叫大胡子再相了，生怕老底都被大胡子知道了。

现在，大胡子一声“连长”，他不由又惊又喜，急忙问：“这……这话是从何说起？”

大胡子说：“还用说吗，都明摆着了，这几天你印堂发亮了！”

刁二排长伸手摸一下脑门儿，认真地问：“你真看见我印堂发亮了？”

大胡子发誓般地说：“谁骗你叫他来世不得好死！”

刁二排长笑了，说：“谁叫你发这样的誓？老哥的话我还能不信吗？”

然后挥手说：“老哥，我不是叫你出来，我是叫你身边那小子出来！”

大胡子指着苗大牛，不解地问：“你叫他？”

刁二排长说：“他小子不是想跑吗，我叫他出来跑个样看看！”

大胡子便“嘿嘿”笑着说：“连长，你搞错了，他才不想逃跑哩！他从小讨饭，挨饿挨打挨骂，现在跟着国军吃皇粮，你赶他他都不走哩！”

然后用力拍一下苗大牛的头：“你说是吗？傻小子！”

苗大牛赶紧点点头，说：“是，是！”

刁二排长不相信，反问说：“他不想跑，他拉开帐篷干什么？”

大胡子吸一下鼻子喊：“哎呀！我说臊味这么大呢？原来是他小子又尿了。刁二连长，你闻闻，熏死人！”

刁二排长无奈，只好作罢。

苗大牛从心里感激大胡子，可是一时又不知道说什么好，支吾一会儿，竟然抱住大胡子喊一声：“大叔！”

大胡子还真像个大叔样，他安慰苗大牛说：“睡吧，以后听话。”

苗大牛睡不着，说：“大叔，我想家。”

大胡子说：“我也想。”

苗大牛说：“你怎么不跑啊？”

大胡子说：“从前跑过，跑过很多回，都没有跑成。有时当场被抓回来，狠狠打一顿，有时从这个部队跑出去，又被那个部队抓回来，根本跑不了。所以后来就不想跑了，跑够了！”

苗大牛便明白大胡子为什么盯着他了，心里越发感激了。

部队开到沧州地面时，已经是秋天了。沧州盛产金丝小枣，因地处运河西岸，当地人叫西河红枣。村头、丘陵，到处都是一树一树的，绿的若翡翠，红的似玛瑙，如火如荼，全部披上灿烂的装束，亮出晶莹的光彩，喷着浓郁的芳香。大兵每到一地，就像刮风似的扑进枣行，把枣“哗哗”打落一地。

那天，大兵们刚刚扑进一片枣行，“哗哗”地才开始打枣，上峰突然传下令来，叫部队停止北上，立即调头南征，说是蒋委员长已经放弃了东北战场，要在江苏地面重新布阵……

二十八

这次行军和往日截然不同：往日只顾抓兵，一天走多少路并不重要，这次恰恰相反，主要是赶路，如果没有人自己跑到队伍里来，即便有人在路边上站着，也没谁顾得上去抓他。仿佛这样还不够，还要时不时地跑步走，晚上摸黑走。四路或六路纵队满满地挤在乡间小路上，一个接一个，首尾望不到头，像是急匆匆地赶去抢东西。甚至吃饭都顾不上了，有时一天只吃一顿饭，常是到了吃饭的时候上峰突然传下令来，说跑步到某某某地吃饭，殊不知，此处离某某某地还有几十里甚至上百里呢！

两天下来，苗大牛脚上就磨出一层泡，一走路就像踩在炭火上，或是刀尖上，疼得站不住；眼窝发青，嘴唇干裂。相比之下，当兵还不如当丑鬼好呢！

到了晚上，部队驻扎下来，大胡子找来一块炮弹皮，把苗大牛脚上的水泡血泡都穿了，然后摘下小马灯，说一声：“忍着点。”就把煤油倒在脚上，用手搓。

苗大牛疼得“啊呀”一声，禁不住喊，“你这是给我揭皮啊?”

大胡子“哈哈”大笑：“我这是给你打一双铁脚板！”

直到搓得苗大牛脚上的肉皮发干了，大胡子才拍拍手说：“好了！明天保你跑二百里。”

果然，第二天不疼了。

苗大牛跟着大胡子，正跑得起劲，突然前边“咕咚咕咚”几声炮响，听上去像是离很远，震得脚下的地面直颤。紧接着枪声骤起，像赶年集炮仗炸市一样，“嘎啦啦”响成一片。

此时天刚拂晓，大自然正准备诞生一个新日子。地上还是黑的，天上却完全白了。原野微微颤动着，四处笼罩在神秘的薄明中。可是谁也顾不得欣赏这样的美景，前边的枪炮声仿佛一个正在施展魔法的鬼怪，既令人胆怯，又充满诱惑。

苗大牛问：“大叔，咱怎么办啊?”

大胡子说：“等着吧。”

等到日上三竿，上峰才传下令来，叫部队向西绕行。原来前边不远就是黄河，黄河上的一座浮桥被八路军拆掉了，先头部队已经与八路军接上火。

向西绕行也不行，也有八路军埋伏！国军是奉蒋委员长之命赶往江苏布阵的，本来无心打仗，可是不打不行了，不打过不了河，于是赶紧选地形挖堑壕修工事，准备决一胜负。谁知这一切刚刚准备就绪，正待开火，八路军却没有踪影了，气得矮胖子团长像个泼妇，腆着肚子大骂半天，只好收摊子开拔。

傍晚，部队行至黄河岸边。滔滔河水自天而降，一泻千里向东奔流，夕阳的余辉泼洒在水面上，金灿灿的耀眼。上峰有令，部队必须在天黑之前渡过黄河，赶往水浒名城——郓城吃饭。

大胡子吐着舌头说：“我的乖乖！过去黄河还有六七十里呢……”

苗大牛说：“一天没吃饭，肠子早就拧劲了！”

大胡子便从怀里摸出一块烧饼，掰一块放进自己嘴里，剩下的塞给苗大牛。苗大牛也掰一块放进嘴里，将剩下的还给大胡子。大胡子舍不得吃，重新揣进怀里，说：“留着急用吧。”

部队开始过河，先过一部分，准备到对岸接应辎重和后续部队。苗大牛和大胡子就在先过的那一部分里。人下到水里，身子轻飘飘的，水一冲就想倒。大胡子更是站不住，刚走几步就倒下起不来了。苗大牛去拉他，拉也拉不起来。快的人都渡到河心了，他们还在河边乱扑腾。

苗大牛纳闷地问：“上一回，你不是会水吗?”

大胡子说："这一回不如那一回。"

话音未落，对岸枪炮齐鸣，吓得前边的大兵回头就跑，像一群受惊的鸭子。大胡子忽一下爬起来，很快跑回岸上去了。

苗大牛奇怪地问："你怎么知道对面有人？"

大胡子说："不知道也得小心，枪打露头鸟。"

这一回，刁二排长没有回来，他沉入河底喂鱼去了。

经过多次反冲，总算渡过黄河，再经过两天急行军，到了徐州境内，驻扎下来。老百姓早已逃光了，一座座村庄都是空的。村头、田野、山坡，到处驻满了兵，乱哄哄的，闹嚷嚷的，都忙着挖堑壕修工事。

大胡子说："看来真要打大仗了。"

苗大牛不知道大仗怎么打，便问："大叔，大仗怎么打？"

大胡子还是那句话："等着看吧！"

等了几天，大仗还没有打起来。大兵们闲极无聊，就一天到晚在堑壕里赌钱玩；没钱赌耳光，赢家在输家脸上打。或者抢军粮，远远看见一辆运米的军车来了，就从四面八方扑上去，疯狗似的争抢，很好玩，很刺激。

大胡子经常拉着苗大牛混入抢粮的人群中。有时候，看见有人为一袋米争抢起来，就冷不防从旁边推一把，"咚！"二人相撞，头起青包；或者看见有人跑过来，突然伸腿一绊，"噗！"那人四扑着地，口鼻流血。待人家恼羞成怒地丢下米袋打起来，他们或在一旁窥而窃笑，或乘人不备得米而归。

苗大牛只是跟着看，从来不敢下手，他怕人家识破了联手反击。

那天，大胡子又如法炮制，看准一个瘦青年用力一推，"咚！"瘦青年撞上一个壮莽汉。壮莽汉额上青包顿起，气得瞪圆一对鸡蛋大的眼睛，冲瘦青年大骂："狗日的！没长眼啊？"紧接着一拳过去，将瘦青年打出丈远。然后扑上去，骑在瘦青年身上，抡圆双拳，左右开弓，"噼噼啪啪"打得有板有眼，壮如景阳冈上的武松打虎，只可怜瘦青年不是猛虎，而是一只弱羊，重拳之下苦苦挣扎，连连求饶。

围观者虽众，却无一人出面劝阻。眼看弱羊被打得鼻青脸肿，奄奄一息，苗大牛突然惊叫起来："啊呀！他，他是白羊！"

大胡子不解："什么白羊黑羊的？扛着米快走！"

苗大牛说："白羊是我同乡。"

大胡子渐渐醒悟了："你怎么不早说？"

苗大牛说："早没认出来。"

大胡子看莽汉正打得起劲，知道劝不住，便煞有介事地大声喊："哎呀，当官的来啦！"

壮莽汉不知有诈，赶紧收住手，待知道上当后，一下跳起来，冲着大胡子斗架公鸡似的，伸长脖子喊："你吃饱撑的？没事找事！"

大胡子不慌不忙，用手向围观的人群一划拉，说："伙计，见好就收吧，我们这些同乡看着兄弟挨打，早就吃不住劲了；你若不罢手，别怪这些哥们不讲义气！"

有人跟着帮腔："是啊，得饶人处且饶人！"

壮莽汉不知对方有多少同乡，不敢恋战，只好灰溜溜地走了。

显然，白羊被打怕了，苗大牛去拉他，他双手抱住头，苦苦哀求说："大叔，我不是有意的，请你高抬贵手，饶我这次吧！"

苗大牛说："我不是大叔，是大牛！"

白羊看大牛半天，才认出他来，不由又羞又窘地说："啊呀！还真是你？这么巧……"

苗大牛指着大胡子，介绍说："多亏这位大叔救你。"

白羊忙说："谢谢大叔，请大叔多关照！"

大胡子反倒不好意思了，受之有愧地摆着双手说："不用谢，不用谢！今后咱们在一起，互相关照，互相关照！"

苗大牛问起白羊何时当兵的事，白羊戚戚哀哀地说："春节不久，我家突然遭受了一场大火，全家除我之外无一人幸免，所有家产化为灰烬。我在进城投靠大姑的路上，被抓了兵……"

如此算来，白羊当兵的时间比苗大牛还要早一些，差不多就在苗大牛和丑鬼老大被追得无路可走的时候，他就当兵了。

二十九

终于，前方开始打仗了。

密集的枪炮声仿佛刮起一阵古怪的风，“呜呜”地叫人心惊胆战，不寒而栗。战争如是一匹凶猛的野兽，身形未露，淫威已经侵袭过来了，摄取人的魂魄，把人置于末日的恐惧之中！

天气更是助纣为虐，大肆渲染着惨绝与毁灭的气氛。几场西北风刮过，阴阴沉沉下起雪来，而且不是通常的雪花，是一种颗粒状的雪霰，落到地上久久不化，随风遍地乱走。

天热时，苗大牛为了行军方便，把棉衣都扔了，现在蒋委员长只想跟八路军决一死战，根本顾不上给士兵送棉衣了。苗大牛穿着一身单衣，北风一刮就透了，雪粒顺着堑壕飞过来，打在他身上，比刀子割肉还疼。

大胡子也只有一身单衣，冻得受不了，便在堑壕里挖一个洞，和苗大牛、白羊一起蹲在小洞里，互相借着体温取暖。

那天，白羊被壮莽汉打得确实不轻，身上青一块紫一块，两眼肿成一道缝。从第二天起，就开始发高烧，一直不退，老是喊冷。

苗大牛没有衣服给白羊穿，就把白羊揽在怀里，用身体给他取暖。白羊很感激，拉着苗大牛的手，一遍又一遍地说：“大牛哥，要不是遇上你，我就没命了。”

这时候，前方的枪炮声越发猛烈起来，也离得更近了。国军的阵地在不断缩小，八路军的步伐正迅速逼近。子弹落在堑壕边上，炸飞的泥土“扑棱扑棱”如蝗虫一样满地乱飞。

后来，担架队来了，抬担架的人弓着腰，匆匆忙忙像倒垃圾一样，将伤员往堑壕前的空地上一倒，就走了。雪粒儿把大地覆出一层洁白，伤员们就在那层洁白上滚来滚去，有的像杀猪般嚎叫，有的似蚊蝇样低鸣。

苗大牛起初纳闷，怎么没人给伤员包扎呢？后来伤员渐渐多起来，才恍然明白不包扎是因为伤员多得包扎不过来了。那些伤员，在雪地上，很快就不动了，像是睡着了。雪落在他们身上，慢慢隆起一堆白。

苗大牛问大胡子："大叔，这仗还能打多久啊？"

大胡子说："快了，到我们出击的时候就快了。"

苗大牛担心地说："我们负了伤，也是这样吗？"

大胡子说："都一样。"

苗大牛便低下头，再也不敢看那些伤员了，也不说话了。

白羊在一旁边插话说："赶快出击吧，我早就等够了。叫八路军打死，也比在这里冻死好，打死还能入英名录呢！"

苗大牛心里烦躁躁的，没好气地说："都到这步田地了，你还想入英名录呢？"

白羊分辩说："我不是想入英名录，我是说打死也比冻死好……"

苗大牛说："打死冻死都一样，都是死！"

大胡子见两个人吵起来，赶紧劝解说："好了，好了。别尽说些丧气话，咱们说点高兴的。哎，大牛，你经常在梦里喊的小雨姑娘是谁啊？快说说，你和小雨姑娘到底是怎么一回事儿？"

苗大牛支支吾吾地不肯说。

大胡子问白羊："你们是一个村的，你说说，大牛和小雨姑娘到底是怎么一回事儿？"

白羊不知道小雨姑娘的事，猜想一定是苗大牛把叶儿叫成小雨了，便故意问："大牛哥，小雨姑娘是谁啊？我怎么从来没有听说过？不会是张冠李戴故意杜撰的一个名字吧？"

苗大牛没好气地说："小雨就是小雨，我何必杜撰一个名字呢？"

白羊见他这样，越发认为是把叶儿叫成小雨了，不然他不会如此心虚，只有作假的人才会心虚。他也不争辩，任凭苗大牛随便说，有些话他是不能和苗大牛争辩的。

临近傍晚，又下雪了。北风卷着雪霰，直往人的脖子里钻，恣意吸取人身上仅有的热量。苗大牛、大胡子、白羊三个人紧紧蜷缩在堑壕的小洞里，一句话都不说，生怕一张嘴热气就跑了。

忽然，白羊嘤嘤地哭起来。

苗大牛本来不想理他，后来见他哭得怪可怜，还是问了一句："你怎么了？"

白羊惊恐地说："大牛哥，我怕是不行了。刚才我梦见父母都来接我了。"

苗大牛生气地说："咋？你又睡着了？不是说不能睡吗？睡着会冻坏的！"

白羊声音很微弱，断断续续地说："我……我困，想……想睡……"

说着又要睡着了。

苗大牛吃惊地喊："大叔，你看！白羊，他……他这是怎么了？"

大胡子叫苗大牛把白羊揽在怀里，催促说："快喊，别叫他睡！"

苗大牛赶紧喊："白羊，白羊！你睁开眼，不能睡！"

白羊在苗大牛的喊声中，慢慢睁开眼，可是愈发显得无神了，惨白的脸上反映着奄奄一息和行将远离的神色，一双飘忽不定的眸子躲闪在眼窝深处，有种类似幽灵和黑夜的意味；嘴唇裂开一圈血口子，不少地方结着痂……连日的高烧、寒冷和饥饿，狂风暴雨般袭击着他，他真要支持不住了。

苗大牛提高声音喊："白羊，白羊！你精神点，不能睡……"

白羊痛苦地摇着头，有气无力地说："大牛哥，你叫我睡吧，我实在撑不住了。"

才想闭上眼，忽然又像想起什么，看着苗大牛说："大牛哥，你是好人，老天爷会保佑你平安无事的。有一件事，我要告诉你——等打完仗，你就回家吧，家里没事了。现在，叶儿和你母亲住在一起，住在你家。叶儿生了一个孩子，是个男孩，是你的儿子……"

不等白羊把话说完，苗大牛吃惊地抬起头，看着大胡子，说："大叔，怎么办啊？他……他开始说胡话了。"

可是，白羊却反驳说："我没有说胡话，我说的都是实话。你离家不久，我二姑夫就叫我爹把屋子还给你娘了，还派人给你家收拾了屋子，叶儿生孩子也是在你家生的。村里人都说，我二姑夫已经认下这门亲事了……"

于是，苗大牛又想起那个真实而惨烈的夜晚，想起他和叶儿发生的事情，想起瘸腿老五临死前没说完的那句话……尽管有些细节他已经记不清了，但他和叶儿发生的事情肯定都是真实的，叶儿生了一个男孩，是他的儿子，现在就和他母亲住在一起……

大胡子冲着苗大牛嘿嘿笑起来："好啊，你小子！看着蔫儿巴唧的，又是小雨又是叶儿，还有了儿子，洪福不浅啊你？"

苗大牛生怕大胡子再说出什么来，赶紧岔开话题说："大叔，你看白羊这会儿好像好些了！"

白羊在苗大牛怀里暖和一会儿，确实比刚才好多了。

大胡子抬头看一会儿天，然后小心地爬出堑壕，向那一堆一堆的洁白爬过去。

苗大牛不知道他要干什么，只见他弓着腰，在那一堆一堆的洁白之间，像挑选什么似的，挑一个拉回来，放进堑壕里，再爬出去，再挑一个拉回来，一连拉回来三个。

三个都是死人，尸体僵挺着。

苗大牛心里纳闷：他这是寻找同乡吗？如若寻找同乡，为什么单单寻找死人呢？难道他只想掩埋同乡的尸体，而不想搭救同乡生命吗？于是问："他们是你同乡？"

大胡子没听清，不由愣愣地说："你认识？"

苗大牛说："我是问你呢！"

大胡子恍然了，也不说什么，上前按住一个尸体，像剥猪皮似的往下剥衣裳。尸体冻得硬邦邦的，衣裳很难脱，尤其是伤口处，血水结了冰，衣裳和肉皮冻在一起，脱不下来，大胡子就用刺刀割。前线的士兵条件好一些，还有一身棉衣穿。

脱下一身，扔给苗大牛，叫他先给白羊穿上。

苗大牛接过棉衣，给白羊穿时，看见后背上还有一块紫色的肉皮连着呢，只好咬着牙揪下来扔了。

第二身是给苗大牛的，背上虽然没有紫色的肉皮连着，却有许多血糊糊硬邦邦像蜂窝一样的洞。苗大牛顾不得那么多，赶紧穿上了。

大胡子把属于自己的那一身脱下后，并不急于穿，叫苗大牛和白羊从洞里钻出来，他把三具尸体放进去，用土埋掩上。他一边埋一边说："伙计，你给我一身衣裳，我把你埋起来，咱们扯平了，谁也不欠谁了！"

穿上棉衣就暖和多了！

三个人趴在堑壕沿上，看见有人也在干大胡子刚才干过的事。一个人不知是为了省力气，还是为了抢时间，竟在那一堆一堆中翻滚着脱起棉衣来，脱着脱着，他身子突然一软，趴在那里不动了；还有一个人拖着死尸都快回到堑壕边上了，不知是想直腰舒口气，还是想站起来走快些，刚一起身就像断木一样栽倒了……

大胡子也看到了这一幕，可是他不但没有后怕，反而得意地向苗大牛炫耀说："一会儿咱再挖个洞，晚上暖暖和和睡一觉！"

黎明时分，堑壕里忽然一阵骚乱，说是被八路军包围了。

苗大牛吃惊地问："大叔，咱还没有出击呢，怎么就被包围了？"

大胡子也不知道怎么回事儿，支吾说："等等看吧。"

枪炮声渐渐稀落下来，远处传来杂沓的脚步声。大胡子才想探头看个究竟，迎面冲上来两个和苗大牛年龄差不多的解放军小战士，黑洞洞的枪口指着他的脑门大声喊："举起手来，缴枪不杀！"

大胡子慌忙举起手，同时叫苗大牛和白羊："快举手，快举手！"

两个解放军小战士又喊："把手放在头上，到那边集合！"

白羊身体虚弱极了，怎么也爬不出堑壕。大胡子看着两个小战士，讨好地说："报……报告老总！他有病，走不动了。"

一个小战士严肃地说："不要叫老总，叫老乡！"

另一个小战士吩咐说："你们两个负责把他抬过去吧！"

苗大牛和大胡子抬着白羊刚走不远，忽听一个声音喊："老乡，等一下！"

喊声未落，一个背药箱的小女兵跑过来。小女兵很年轻，两根辫子俏皮地从帽檐后边探出来。她眼睛不大，样子总是笑眯眯的。

苗大牛觉得很新奇，八路军里怎么还有女兵呢？

小女兵给白羊检查完，拿一些药片给白羊服下，然后又包一包，交给苗大牛，嘱咐说："过半天再给他服一次。"

苗大牛很感动，想立正站好，行个军礼，说声谢谢。可是又冷又饿，站立不稳，脚下一滑仰面摔倒了。

小女兵忍俊不禁，"咯咯"笑起来。

走到集合的地点，正赶上老乡抬着筐篮给俘虏分馍馍，一人俩。苗大牛他们三人都领到一份。热气腾腾的白馍一到手，顾不得离开就吃起来，"啊呜"一大口，顿时噎得伸长脖子瞪大眼，半天才缓出一口气。

待大家吃完，一个被称作赵营长的军官登上高坡，声音洪亮地喊："老乡们，你们都解放啦！"

接着，赵营长滔滔不绝地讲起来。有些话苗大牛听不懂，也没有记住，只记得赵营长说："全国解放后，要建设新中国，国家需要大量人，不想回家的就留下来当工人吧！"

苗大牛问大胡子："大叔，咱是回家，还是留下来当工人？"

大胡子说："听话音，好像仗还没打完，地面还不太平，咱先留下来当工人，等地面太平了再回家。"

三十

苗大牛做梦也没想到，当工人如此好！他原以为，俘虏当工人，就是没日没夜地出苦力，谁知一天只上八小时的班，而且工作也不累。苗大牛的工作是用小推车往锅炉车间推煤，三个人，你一车我一车，说说笑笑很消停。吃的也好，不但一日三餐按钟点开饭，而且还吃白馍加菜，还三天一小改善，一周一大改善——吃油炸丸子和肥猪肉。

没过多久，苗大牛浑身就有了用不完的劲，推煤时生怕推少了，恨不得三个人的工作他一个人干。可是别人也都不甘落后，谁也不肯眼睁睁地让他多推几车去。万般无奈，他只好下劲地打扫卫生，打扫完车间再打扫推煤的路，一遍又一遍，直打扫得车间一尘不染，推煤的路上光洁如镜。还怕扫帚被人抢走了，用完就藏起来。

最难奈的是八小时之外，那么长时间无事可做，简直折磨人哩！苗大牛在床上翻来覆去地躺过几天后，就到外边找事做。先是在生活区捡拾碎砖头烂瓦片，送到远处不碍眼的地方。后来就扩展到生产区，并且在一道颓垣下发现一堆山岸似的炉渣和垃圾，里面有没烧尽的煤和废螺栓、废螺帽、破钢筋、烂管头，看样子已经堆积多年了，上边有不少鸟兽的粪便和枯萎的野草。

起初，苗大牛也没想把这些东西挑捡出来会有什么用，只是挑捡的过程很好玩，能打发他难耐的休闲时光和挥洒他浑身用不完的力气。他有暇就往那里跑，像鼹鼠一样翻掘，把废螺栓、废螺帽、破钢筋、烂管头和没有烧尽的煤，一一分门别类地挑捡出来，堆成一堆一堆。过了些日子，竟也挑出几大堆。

一天，新任市长到工厂视察，远远看见那一堆一堆，便产生了极大的兴趣，及至问清那一堆一堆，知道原系苗大牛一人在工作之余所为时，竟上前握住苗大牛一双黑糊糊脏兮兮的手，摇了又摇晃了又晃，连连称赞说："好同志啊，好同志啊！"

待有人汇报了苗大牛在车间上班的情况后，新任市长越发激动了，不无感慨地说："大家看到吗？这就是我们新中国的主人翁啊！"

苗大牛不知道这位高高大大富富态态的人即是本市市长，也不知道新中国的主人翁是什么意思，只知道大家对他做的事情很满意。

第二天下班后，苗大牛正在那一堆一堆之间干得起劲儿，忽然来了一男一女两个记者。男的大高个，腮帮子刮得黢青，脖子上挂一架照相机，一到就对着苗大牛"咔嚓咔嚓"照了两下子；女的扎短辫，很年轻，一双杏子眼又亮又水灵，她手里拿着一支笔和一个笔记本，走近前来，含笑地说："请问，您就是苗大牛同志吗？"

苗大牛点头说："嗯。"

杏子眼说："我们是市报记者，今天奉市长之命前来采访您。"

然后盯住苗大牛赤裸的前胸和满脸流淌的汗水，竟激动得声音都有些颤抖了。她说："苗大牛同志，我能占用您一点时间，和您谈几个问题吗？"

这时候，照相机又“咔嚓”响了一下。苗大牛猜想，这一下一定把他和杏子眼姑娘照在一起了。他想问一问照相的人，可是又不好意思问。恰在这时，厂长带领几个人赶来了，离老远就响起他热情洋溢的喊声：“哎呀呀！二位大记者已经大驾光临了，我还在客厅里恭候呢！有失远迎，有失远迎啊！”

二位记者赶紧迎上去，与厂长握手，互做一些介绍。显然，他们从前不认识。厂长近五十的年纪，矮胖。

厂长说：“刚才，我接到贵报社长打来的电话，说二位大记者要来敝厂采访，可是左等右等也不见二位的影子……”

杏子眼姑娘解释说：“本来，我们是想先去拜见厂长的，可是一走进工厂，看到工人们热火朝天的劳动景象，就情不自禁地跑到这里来了。”

厂长说：“不必客气。二位大记者能来敝厂采访，是苗大牛同志的荣耀，也是敝厂的荣耀啊！首先，让我代表苗大牛同志和全厂员工，向二位大记者表示热烈的欢迎！”

这时候，照相机又“咔嚓咔嚓”响了几下。不用说，也把厂长和杏子眼姑娘照在一起了。大概记者就兴这样，和谁说话就和谁照在一起，苗大牛渐渐释然了。

第二天，报纸下来了。写苗大牛的文章占了大半版，还配着一张照片。苗大牛不识字，不知道写的是什么，只一遍又一遍地看照片。照片上的他，正在奋力铲炉渣，衣襟被风掀起来，裸露着他宽大的前胸……

苗大牛不解，怎么只登一张呢？不是“咔嚓”过好几次吗？还和杏子眼记者在一起“咔嚓”过，厂长也和杏子眼记者在一起“咔嚓”过，怎么都没有登上呢？

这时候，大胡子来了，离老远他就喊：“好小子！看你蔫儿巴唧的还真行啊，都上报纸啦！”

大胡子和苗大牛不在一个车间，他和白羊在一个车间。

苗大牛嘿嘿地笑着说：“谁知道呢？咋就上报纸了？”

然后搬凳子给大胡子坐，大胡子不坐，说：“咱也不能擅离岗位。我是路过，给你道个喜，往后还要向你学习呢！”

苗大牛不好意思地说:“大叔,看你说的,向我学习什么?”

大胡子摆手说:“往后不能再喊大叔了,喊同志,这是规矩。刚才大家都传开了,往后你就是学习的榜样,大家都要向你学习呢!”

几天后,刚吃过早饭,苗大牛正准备去上班,厂长办公室郑主任走来,叫住苗大牛说:“苗大牛同志,你今天不要上班了,你被评上市里劳模了,今天召开表彰大会,你要去出席表彰大会。厂长在办公室等你哩,他陪你一起去!”

苗大牛担心地问:“参加大会的人多不?”

郑主任说:“当然多了!”

苗大牛说:“我不去。”

郑主任问:“为什么?”

苗大牛说:“那么多人,多不好意思啊?”

郑主任“哈哈”笑起来,说:“怕什么?说不定还有哪个姑娘看上你呢!”

厂长亲自开着小汽车,送苗大牛去参加表彰会。

苗大牛第一次坐这样的小汽车,原以为那么小,坐在里边一定窝憋得很难受,谁知坐进去很舒服,胳膊腿怎么放都合适,走起来也轻快,飘飘的像在路上飞。

表彰大会在市中心广场召开,人山人海。十位劳模都戴大红花,坐在前排。苗大牛起初有些紧张,身上像长满刺,动一下都不敢。后来觉得口渴了,就学着旁边的人端起水杯轻轻抿一口。再后来,台上台下响起一片热烈的掌声,苗大牛看见旁边的人鼓掌,也跟着胡乱地鼓起掌来。

掌声中,市长沉稳地走上前台,坐在主席台上,开始讲话。他每讲一个劳模,便如数家珍似的列举一番劳模的事迹。苗大牛的事迹是勤俭爱厂,利用休息时间为工厂捡拾多少多少吨钢铁,多少多少吨煤炭,价值共计多少多少元。苗大牛不懂多少多少吨是多少,只知道那钱多得很吓人。

接下来是发奖,一位劳模发一个玻璃镜框大奖状,由市长亲自发。发到苗大牛时,苗大牛忽然想起来了,原来市长就是那天在工厂拉着他的手喊好同志并称赞他是什么翁的人。天啊！曾经拉着他的手喊他好同志并称赞他是什么翁的人原来是市长！

如此算来，苗大牛已经和市长握过两次手了，一次是在劳动现场，一次是在领奖大会上。这是何等的荣耀啊！他慢慢举起那双手，举到自己眼前看得最清楚的地方，仔细审视着。他的手厚厚的，手掌呈四方形，手指粗而短，而且结满茧。然而就是这双手，已经和市长握过两次了，两次了！

苗大牛在心里狂呼着，一股自豪的巨浪轰轰滚过，使他有些飘飘然，以至大会结束很长时间，台上台下的人都走尽了，他还愣着没有动。

一个瘦小的人走过来，在后边拍了他一下。

苗大牛看见他，不由大吃一惊："老……"

那人嘘一声，压低声音说："我已经不是丑鬼老大了，我是解放军一名连长，杀敌英雄！现在就在市立医院疗养……"

苗大牛惊疑地看着这位连长，不知他当年跳进河里，是怎么活过来的，又是怎么当上连长的。

丑鬼老大拍拍苗大牛的肩，夸奖说："好小子，你真行啊。刚来俩月，就成市里劳模了，有前途，有前途啊！"

苗大牛不解地问："你怎么知道我刚来俩月？"

丑鬼老大说："我也是刚来俩月。"

苗大牛顿时恍然了，轻声说："原来，你就在我们对面？"

丑鬼老大笑着说："我们现在是一面了！"

厂长急得什么似的跑过来，离老远就喊："小苗，小苗！我在车前等你，你怎么不走啊？"

看见苗大牛正与一位军官模样的人说话，而且军官伤痕累累，满脸沧桑，猜想一定是个屡立战功的人，赶紧上前说："你认识我们小苗？"

丑鬼老大说："我是他表叔。姓仇，仇连长！"

厂长赶紧握住仇连长的手，并且自我介绍说："我是小苗同志的厂长，今天是专程陪小苗同志来领奖的！"

丑鬼老大也热情地与厂长寒暄，说一些幸会之类的话。

刚回到工厂，大胡子就来了，他说："我们在广播里都听到了，你小子隔着窗棂吹喇叭——鸣（名）声在外了！得庆贺庆贺！刚才我跟白羊说了，等下了班，上街喝两盅！"

苗大牛也高兴，爽快地说："我请客！"

大胡子说："谁敢叫你请客啊？想巴结还怕巴结不上呢！"

苗大牛说："看你说的，我是那种人吗？"

下班后，苗大牛就在路口等候大胡子和白羊，以示自己主动和诚意。有人从他身边过，看见了都指指点点，议论纷纷，神情中充满赞许和敬意。有几个姑娘，不知说些什么，忽然像炸窝的鸟儿"唧唧喳喳"嬉笑着追逐起来，还不时地回过头来看苗大牛一眼。一个剪短发的圆圆脸，目光与苗大牛相遇时，她不但不躲避，反而意味深长地笑起来。

等了好大一会儿，大胡子才过来，他不无失望说："别等啦，今天不行了！"

苗大牛问："出什么事了？"

大胡子解释说："出事倒是没有，只是临下班时，班长要找一个会写字的人，把你的事迹抄录在车间黑板上，我推举了白羊。谁知他的字写得那么好呢？谁知这时候厂长就来了呢？厂长看见白羊写的字，就不走了，单等他写完车间的黑板报再去写办公室门口的黑板报！你看，把这事给搅的！"

苗大牛轻轻舒出一口气："我当怎么了，原来是白羊被厂长看中了，好事啊！"

大胡子说："白羊是好了，可你呢？好事都图个吉利，一顺才能百顺啊！"

苗大牛说："我算什么好事？压根儿我就没想当劳模！"

大胡子说："只要你不介意，我就放心了。"

顿一顿，他又说："不过你放心，我提议的事，我保证能办好，你等着吧！"

谁知，等了一天又一天，却也不见大胡子办好他提议的事。倒不是苗大牛惦记着庆贺什么的，而是想和他们一起谈谈心。苗大牛很想和他们一起谈谈心，尤其是大胡子，他觉得自己能有今天，多亏了大胡子。

一天下班时，苗大牛看见大胡子一个人走过来，便试探地问："白羊呢？他怎么没和你一起下班啊？"

大胡子生气地说："你是真不知道还是假不知道啊？"

苗大牛顿时愣住了："我知道什么呀？"

大胡子看苗大牛很认真的样子，就说："你们是同乡，我当你早就知道了呢？原来你是真不知道啊！告诉你吧，白羊不在车间上班了，听说他被提拔到办公室当宣传干事了！"

苗大牛说："他提拔了？怎么也不告诉我们一声啊？"

一时又气又恨，便拉上大胡子，说："走，找他去！看他当上官，还认得咱们不？"

走到办公室门口，又停下来，他们不敢贸然闯入。倒是白羊在里边看见了，主动走出来了，他不失热情地握一握苗大牛和大胡子的手，然后解释说："我调得实在太突然了，没来得及向二位告别。这不，等忙过这一阵子，我正准备去找二位谢罪呢！"说着向前一指，苗大牛的目光便被牵引到一块黑板上。黑板上文图并茂，布局恰到好处。其中一幅人物画，苗大牛认得，正是报纸上印的那幅照片……

原来，白羊都在为他忙碌了！

苗大牛十分感激，慌忙走上前去，想握住白羊的手说点什么，可是伸出来的手竟是那么黑、那么脏，在身上擦几下，也不见有多少起色，最后只好停下来。

白羊反倒不悦了，责怪说："你这是干什么？难道我刚提一个小干事你就生分了？我能握你的手你就不能握我的手了？"

苗大牛清楚记得，白羊刚才确实握过他的手，那种触摸和温热似乎还在，他越发显得羞愧难当无地自容了，"我……我"的支吾大半天，也没有说出一句话。

在回宿舍的路上，大胡子忽然仰面"哈哈"笑起来。

苗大牛纳闷地问："你笑什么？"

大胡子说："我笑人的这张嘴，怎么这么会长呢？两张皮一动，想怎么说就怎么说，而且说得滴水不漏！”

苗大牛知道大胡子还在记恨白羊不辞而别的事，便替白羊辩解说：“白羊不辞而别是不对，不过刚才咱都看到了，他说的也是事实。”

大胡子嗤鼻说：“你认为他真是为了你？”

三十一

苗大牛发现，八小时之外参加义务劳动的人越来越多了。无论生活区还是生产区，随处可见三三两两的人，不是持锹平整一段路面，就是用扫帚清理一堆垃圾，或者拿一块抹布，端一盆清水，擦洗门窗和栏杆。挑捡废螺栓、废螺帽、破钢筋、烂管头和没有烧尽的煤的人就更多了，从天明到天黑，总有一些人围着偌大一堆炉渣蚂蚁啃骨头似的忙碌着。

后来，有人干脆推倒一截断墙，用推车往外推炉渣。外边是一片开阔的低洼地，正好用炉渣填平为将来扩建厂房打基础。也不知人们从哪里弄来那么多小推车，仿佛忽然从地下冒出来似的，一下子有了七八辆。人们推炉渣填洼地的热情很高涨，三五个人围住一辆小推车，推的推拉的拉，有说有笑，不知不觉就奔跑起来。那么多辆小推车来来往往，穿梭不断，欢声笑语连成一片，其热闹场面正如杏子眼记者在报纸上所描述的那样：生龙活虎，热火朝天！

苗大牛自然也在其中。更有趣的是，那个曾经向他回眸一笑的圆圆脸姑娘，也带领四五个姐妹们弄来一辆小推车，可是她们不会推，一推就翻车。有人提议将其分散到别的推车上，让她们专管装车，或者专管拉车，她们那辆小推车，就由男工来推。圆圆脸不同意，她宁肯让一位男工为她们驾车，也不愿将姐妹们分开，更不愿把小推车拱手让给男工们。

“谁跟你们搀和在一起！”圆圆脸傲慢地说。

有不少男工“嗷嗷”地起哄，表示愿意和她们搀和在一起，甚至有人毛遂自荐给她们驾车，都被圆圆脸回绝了。

结果，她选中了苗大牛。

这是谁也没有料到的。所有在场的人，甚至包括苗大牛自己，对这样的选择都感到意外。她怎么会选中蔫头蔫脑的苗大牛呢？

苗大牛既荣幸又羞怯地和圆圆脸她们搀和到一起不久，即发现这是一个既诱人又危险的圈套。

圆圆脸不但请苗大牛驾车，还请苗大牛送车。劳动结束后，圆圆脸说："苗大牛同志，请你帮我们把推车送回去好吗？"

苗大牛爽快地答应说："好。"

把推车送到一间屋子里，圆圆脸问："苗大牛同志，明天你还去义务劳动吗？"

苗大牛几乎想都没想地点点头，说："去。"

圆圆脸很满意，说："那好！明天我在这里等你，你来推车好吗？"

第二天，苗大牛去推车时，圆圆脸已经倒好两杯水，在那里等他了。苗大牛一到，圆圆脸先自端起一杯递给苗大牛，然后再端起一杯自己喝。

苗大牛还真渴了，接过去就喝了。水里加了糖，喝下去甜滋滋的，暖乎乎的，有种微醉的感觉。

圆圆脸满意地笑着说："我就知道你渴，你们男人都不会照顾自己。我爸爸就是这样！"

说着又要给苗大牛倒水，苗大牛赶紧用手护住杯子说："不喝了，不喝了！"

圆圆脸很大方，说："喝吧、喝吧，喝足水才有劲推车！"

苗大牛拿开手，但无论如何也不叫她加糖了。争夺时，苗大牛不小心碰到她的手，吓得慌忙躲开了。

圆圆脸红红的，轻声说："大牛，咱们在一个班上班，往后就是自己人了，有什么事，比如有针线活什么的，你尽管拿来，不要客气。"

苗大牛说："我没有针线活，再说缝缝补补的我也会。"

圆圆脸指住苗大牛缝的一条裤缝说："你那也叫会？针脚大的大小的小，像个草鞋底！"

苗大牛的针线活确实很蹩脚，它不但针脚大小不均匀，而且用线颜色也不一样。他一时有些不好意思，便掩饰地打量起屋子来。

这是一间收拾得很干净,但并不豪华的卧室。屋里除了一张单人床,一张抽屉桌,一对皮沙发,一只木茶几,两把暖瓶,几只杯子,再就是昨天放在门后边的那辆小推车了。

苗大牛不知道谁在这里住,但他可以断定,住在这里的人一定非同一般。同时他又纳闷,圆圆脸怎么会有这里的钥匙呢?而且还像主人一样,给他倒水又加糖……

圆圆脸仿佛看了穿他的心思,含笑地问:“你知道这是谁住的地方吗?”

苗大牛摇头说:“不知道。”

圆圆脸提示地向自己指一下:“你猜猜?”

苗大牛越发纳闷了:“你?你怎么能住在这里呢?”

圆圆脸忍不住“咯咯”笑着说:“这是我爸住的地方!准确地说,这是我爸中午休息的地方!”

苗大牛已经猜出她爸是谁了。在工厂里,能有这样一个地方休息的人,不是厂长还能有谁呢?可是他无法相信这样的事实,他宁肯相信这是一个荒诞不经的梦,或者民间幻想故事的翻版,也不肯相信面前的圆圆脸就是厂长的女儿。于是问:“你爸?你爸是谁?”

圆圆脸越发笑得合不拢嘴了,她一边盯着苗大牛,一边卖关子说:“不告诉你!”

接下来的事情更是不可思议了!

有一次,当苗大牛推着车子走到炉渣前,圆圆脸和她的姐妹们正准备装车时,白羊不知从什么地方走来了。他穿着一身笔挺的蓝制服,上衣口袋里别着两只笔,戴一副白手套,突然出现在脏兮兮的炉渣前,十分醒目。可是圆圆脸和她的姐妹们却视而不见,只顾说说笑笑地装车,扬起的灰尘弥漫半空。

白羊一边躲闪一边讨好地说:“我也来参加义务劳动好吗?”

圆圆脸不无讥讽地说:“白干事是要笔杆子的人,怎么能干这种脏活呢!”

白羊的脸一红,赶紧说:“我怎么不能干?咱们都是工人阶级嘛!”

说着,他走到推车前,想取代苗大牛的工作。他不想叫苗大牛和圆圆脸在一起。可是他从未推过车,不得推车的技巧和要领,怕驾不住,迟疑良久不敢推。

圆圆脸一看就明白了，于是挑衅地说："白干事是不是想和我们的劳模比赛推车啊？"

不等白羊作出反应，她突然夸张地大声喊起来："都来看哪，白干事要和我们的劳模比赛推车啦！"

在场的人呼啦一下围过来，"嗷嗷"地跟着起哄。

"都来看哪！有人比赛推车了！"

白羊万万没有料到圆圆脸会来这一手，一时十分羞窘。他知道苗大牛自幼在田里劳作，练就一身力气，而且在工厂又是干推车的工作，推车对他来说早已是得心应手；而自己，从小在城里读书，肩不能挑手不能提，更从未掌握过推车的要领和技巧，与他比赛推车，岂不是猪八戒照镜子自找难看吗？再说了，为什么要与他比赛推车呢？靠出傻力与人争强斗胜，岂不是太笨、太愚蠢了吗？

在众目睽睽之下，白羊渐渐由窘促变得冷静下来。他微微一笑，待起哄的声浪渐渐平息下来，便洒脱地挥挥手，朗声说："大家请回吧！刚才我是开玩笑呢，我怎么敢与市里的劳模比赛推车呢？"

一场难堪就这样化解了。

然而圆圆脸与白羊之间的那种难以名状的敌对情绪却没有化解，仿佛依然停留在剑拔弩张的氛围之中，甚至由于白羊的回避或说临阵逃脱更加激怒了圆圆脸，使她充满对白羊的轻蔑。当装满一车炉渣，推的推拉的拉从白羊身边经过时，圆圆脸连看他一眼都没有。

苗大牛把这一切看在眼里，越发觉得不可思议，他和白羊在圆圆脸眼里的反差越大，他越是觉得不可思议。白羊英俊潇洒，写得一手好字，他苗大牛会什么呢？只会出力推炉渣。

然而男女之情，却是如此的微妙和难以琢磨！苗大牛越是躲躲闪闪，不敢越雷池一步，圆圆脸越是像遇到俊马一样穷追不舍，唯恐出现一丝一毫的偏差或疏漏，使其一闪而逝铸成大错。

圆圆脸先后采取了一系列诸如关心照顾、渗透感化等措施，试图以其无微不至的关怀在苗大牛心上烙下深刻的爱痕，使其一直爱到永远！

可是苗大牛却始终处于爱情的混沌之中,对扑面而来的关爱不但疑虑重重,而且排斥拒收。就在圆圆脸为此伤尽脑筋不知所措的时候,突然发生了一次设备事故,意外地给她制造了难得的良机……

三十二

那是一个薄云如飞的下午,苗大牛推完最后一车煤正准备下班,刚走到车间门口,身后突然"砰"一声,紧接着"呼"一下如飓风骤起。锅炉工用煤和水精心制造的水蒸气冲破一截年久失修的钢管,顿时有如一只冲出牢笼的困兽,狂放不羁地奔突怒号起来。强大的气流冲击得管壁簧片一般猎猎颤抖,发出的声音尖利而刺耳。三个锅炉工慌乱中找来一块油毡纸和两片草苫子做防身盾牌轮番去关一个阀门,可是强大的气流和滚烫的热浪使他们根本无法靠近。

苗大牛顿时像有什么附体似的,深深吸足一口气,对着那个无人降服的阀门猛扑过去,三下两下就关上了。这似乎太容易了,容易得叫人难以置信。他才想看个究竟,只觉得头皮一紧,整个身子麻木了,脚跟如同打了洞,一根又粗又硬的棍子捅进来,一直捅到他后脑勺,他想动一下都不能了。

三个锅炉工"嗷嗷"地不知喊了些什么,苗大牛也没有反应。闻声赶来的厂长、车间主任、班长和一些工人,看见阀门下边的积水已经漫过苗大牛的脚面了,那水都是随着蒸汽喷流出来的,热得很,大家都惊叫起来,喊苗大牛赶快出来。然而苗大牛却没有一点反应。人们这才知道不好了,马上找来木板和砖块垫在脚下,把苗大牛抬出来,送到厂部卫生室。经过一番紧张抢救,人是苏醒了,手却像鸡爪一样蜷曲着伸不开了,鞋是用剪刀一块一块剪掉的,皮肉粘掉几大块,脚趾仿佛烧猪蹄,一扯就能扯下来……

圆圆脸下班赶到时,医生已经给苗大牛包扎完了,洁白的纱布只缠着苗大牛的手和脚,别处并无伤痕,看上去不像人们传说的那样严重和可怕。圆圆脸心里一块石头落了地,但仍然不失关心地问:"你伤得怎么样?很疼吗?"

苗大牛胡乱地摇摇头,又点点头。他现在不知道是疼还是什么,只觉得手和脚都没有了,身子也不属于自己了,只有头还在,木木的、酸酸的,涨得像油篓。

圆圆脸问:“你想吃什么?”

苗大牛想了一会儿,说:“喝水。”

苗大牛是市里劳模,又因工负伤,就破例住进一间高级病房。起初几天,厂里领导和工人们不断来探视,圆圆脸像打游击似的,人来她走,人走她来,常是一句话没说完、一杯水没喝尽,人便匆匆撤离,或是来时蹑手蹑脚,先侦察而后入,像老鼠见猫似的。

后来好了,探视的人越来越少,有时一天两天没人来,圆圆脸便如鱼得水,恨不能一下把洁白的病房变成培育爱情的温室,马上开出爱情的花朵。她像变戏法似的,经常给苗大牛带来一些好吃的,有苹果、橘子、香蕉,还有一些苗大牛叫不出名的东西。她把苹果削了皮,切成色子大小的块,用牙签一块一块挑着给苗大牛吃。

圆圆脸专心致志削苹果的样子很恬静,很好看,她能把一个苹果削完而皮连在一起不断。苗大牛经常看得入了神。

有几次,圆圆脸问苗大牛想吃什么时,他竟然脱口说:“削苹果!”

圆圆脸笑着问:“只削不吃吗?”

苗大牛说:“不吃也行。”

圆圆脸问:“为什么?”

苗大牛说:“好看。”

圆圆脸便羞得脸上通红,嗔怪说:“你坏,偷看人!”

不知从什么时候起,苗大牛确实喜欢偷看圆圆脸了,常是不知不觉盯着她,看得出了神。有时甚至产生幻觉,圆圆脸变成一只鲜艳的红苹果,他真想扑上去咬一口。

渐渐地,苗大牛能在屋里走动了。圆圆脸在一旁扶着他,叫他不要太用力,以免挣破伤口引起发炎什么的。这时候,就有一股类似杏子熟透或者什么花儿的香味从圆圆脸身上散发出来,扑进苗大牛鼻子里,使苗大牛产生许多好奇与联想。

有一次，苗大牛竟然寻着那香味，看见圆圆脸一截粉白如玉的脖颈儿，还有脖颈下若隐若现的红内衣。他简直惊呆了，她的脖颈粉白圆润，仿佛脂膏凝成……

圆圆脸生气地说："你只会看，就不会说点什么吗？"

苗大牛赶紧收回目光，不好意思地说："还……还用说吗？你天天来看我，还给我买这么多好吃的，我心里都有数！"

圆圆脸不由一阵惊喜，料定爱情的闸门就要向她打开了，她甚至做好了迎接激情冲击的准备，于是紧追着问："快说，你心里有什么数？"

苗大牛不好意思地低下头，支吾着说："你……你想呗，人心都是肉长的……"

圆圆脸不想再问了，她知道让苗大牛这样的人山盟海誓地说出爱有多深的话，一定比赶着鸭子上架还要难。他能说出这些就够了！

一天，圆圆脸正扶着苗大牛在屋里走，忽然有人敲门，轻轻的，"砰砰砰砰"显示着来人的尊贵与修养。圆圆脸一边扶苗大牛坐在床上，一边试探地问："谁呀？"

敲门的人说："请问，苗大牛是住在这个病房吗？"

声音很陌生。圆圆脸看一眼苗大牛，苗大牛摇摇头，也不知道来者是谁。圆圆脸只好去开门，放人进来。

来人是丑鬼老大！他煞有介事似的，拎着一包礼品，一进门就关切地问："大牛，你伤得怎么样？好些了吗？"然后解释说："这些天，我只顾忙工作安排了，没顾得来看你，也不知道你受伤。要不是昨天开会时遇到你们厂长，我还不知道呢！"

苗大牛给圆圆脸介绍说："他是我表叔。"

圆圆脸赶紧搬凳子，说："表叔，请坐。"

丑鬼老大坐下来，回头责怪地看着苗大牛："也不给表叔介绍一下，这么漂亮的姑娘是谁呀？"

苗大牛支吾半天才说："我们是一个班里的。"

丑鬼老大说："一个班里的？如果我没猜错的话，还是一对恋人吧？"

然后转向圆圆脸:“你说对吗？漂亮姑娘!”

圆圆脸不好意思地低下头,才想说什么,厂长推门进来了。圆圆脸立即变得像个偷儿,直往门后躲,恨不能找个地缝钻进去。

刚才,她只顾和丑鬼老大说话了,没有注意窗子上的瞭望口,一向顺利进行的秘密幽会,今天竟被父亲发现了。

厂长也拎着一包礼品,进门就向丑鬼老大讨好地说:“仇局长,说好的一起来,您怎么自己来了?”

丑鬼老大却端着个局长架子说:“我不想叫你破费,你看你还是破费了。”

厂长把礼品放在桌子上,与丑鬼老大的放在一起,笑着说:“小苗同志是市里劳模,为我们工厂创造了财富、争得了荣誉,我作为厂长表示一下关心也是应该的嘛！从前有做得不到的地方,还请仇局长您多多批评呢!”

他忽然看见圆圆脸,不由一下子愣住了:“你你怎么在这里?”

圆圆脸知道躲是躲不过了,于是干脆迎上来,俏皮地学着父亲的话说:“小苗同志是市里的劳模,为我们工厂创造了财富、争得了荣誉,我作为一名工人,表示一下关心也是应该的嘛!”

然后张罗着搬凳子请父亲坐,俨然像个女主人,或者拉开架式要摊牌。

厂长一看便知道女儿爱上了苗大牛,心想与其棒打鸳鸯丢人现眼,还不如顺水推舟送仇局长个人情。他一边借坡下驴往凳子上坐,一边夸张地冲着丑鬼老大摊手说:“你看你看,现在的年轻人……”

丑鬼老大冷眼旁观这一幕,觉得比看戏都热闹,他心里想笑,面上却说:“这是怎么回事啊？我都被他们搞糊涂了!”

其实他比谁都明白,如果没有他这个当工业局局长的表叔起作用,今天厂长的态度恐怕就不是这样子了!

厂长开心地笑起来:“我就知道仇局长给蒙在鼓里了!”

然后向丑鬼老大靠近些,压低声音说:“仇局长,您还没看出来？我的女儿圆圆和您的侄子大牛已经相爱了!”

丑鬼老大故作恍然大悟地笑着说:“她是你女儿？好啊！往后咱们就是亲家啦!”

厂长立即受宠若惊地说："是啊！往后……咱们就是亲家啦！"

好像生怕亲家插翅飞走似的，他紧紧抓住丑鬼老大的手，恳切地说："仇局长，您就给两个孩子保媒吧！什么时候给他们办喜事儿，我听您的！"

丑鬼老大自然当仁不让，他满口应承说："好，我保媒！等大牛的伤一好，就把喜事给他们办了！"

三十三

连日来，苗大牛一直处于极度的兴奋和困惑之中。他和众多青年男子一样，对异性的神秘充满幻想和渴望，无法摆脱不能自拔。每当圆圆脸与其耳鬓厮磨亲昵爱抚时，那种防不胜防的诱惑便迎面而来，迅速渗透到他身体的每一个部位，使其产生如是晕眩和窒息的感觉，仿佛整个人一下子消失了，灵魂远离肉体扶摇直上。恍惚之间，有几次竟在不知不觉中把手臂搂在圆圆脸的腰上……

待苗大牛清醒后，他又常常惊出一身冷汗，一种从未有过的罪恶感油然而生。他一边仓皇地抽回手，一边语无伦次地解释说："我……我……"

起初，圆圆脸只当苗大牛腼腆，不敢轻举妄动，每每失望地从五彩缤纷的天空跌落到孤冷的现实之后，便在哀怨的叹息中宽容并谅解了苗大牛，总以为他会慢慢好起来。谁知，日复一日，苗大牛非但没有丝毫的起色和进步，反而更像躲避什么似的开始躲避起她来。

有几次，圆圆脸来看苗大牛，苗大牛都不在安静的病房里休养，却在嘈杂的门厅里与病友麇集。她叫他回病房休息，他总是说："这边很好，我想和大家一起待会儿。"好歹等他回到病房了，他却又像累极似的，颓然躺倒不动也不说话了，把圆圆脸一个人孤零零地晾在一边，晾得心灰意冷。她不知道苗大牛这是为什么，只是感到十分的委屈和不解。

在家里，圆圆脸是父母的掌上明珠，本来可以深闺待字安享清福，可是当她跟着读师范的哥哥去过几次学校之后，新思潮便在她头脑中扎根发芽开花结果了，她非要走向社会自强自立不可。父亲无奈，只好答应她进工厂当工人。在工厂，姑娘们又像众星捧月似的捧着她，依靠她撑腰壮胆不吃亏不受气；追她的小伙子虽然数不胜数，然而谁也不敢贸然出击或者甘心作罢，生怕这朵带刺的玫瑰花儿扎手，或者坐失良机遗憾终生。后来，圆圆脸为什么选中苗大牛，非但别人不能理解，而且她自己也无法说清，就像爱山的人面对大山，说不清是爱山的石、树，还是爱山的谷、泉一样。

爱是一个难解之谜！

那是一个阴雨连绵槐花飘香的傍晚，圆圆脸正准备去看苗大牛，却看见大胡子走进病房。大胡子和苗大牛是好朋友，无话不谈。圆圆脸悄悄跟在后边，躲在病房门口，想听他们说些什么。

苗大牛热情地接待了大胡子，拿这拿那给大胡子吃。

大胡子问："最近和她进行得怎样了？"

苗大牛说："没进行。"

大胡子说："其实，她还真不错！"

苗大牛说："是不错！她人好，心眼也好。"

住了一会儿，苗大牛忽然问："你说，那天白羊说的都是真的吗？"

大胡子问："哪天？"

苗大牛提醒说："就是在堑壕里那天。"

大胡子问："是真是假，你还不知道？"

苗大牛回忆着说："那天晚上肯定是真的，不然她爹不会杀我，只是从前的几回，都记不清了……"

大胡子嘿嘿地笑着说："你小子！一回一回的，艳福不浅啊？"

苗大牛不搭大胡子的话，只顾自己说："我想找白羊问一问，可是他们是亲戚，我又不好开口。"

大胡子出主意说："要不，我把白羊叫来，帮你问？"

见苗大牛点点头，大胡子就起身向外走。

圆圆脸赶紧找地方藏起来。刚才的话她都听到了，只是不明白苗大牛说她好为什么还要躲着她？更不明白苗大牛为什么还要问白羊？记得有一次，她去办公室找父亲，白羊缠着她要说苗大牛一些事，她没听，更没往心里去。她讨厌白羊，不想听白羊说什么。可是现在，一个个谜团包围着她，如煎如熬地折磨着她，使她本来痛苦不堪的心越发变得像薄膜一样经不起刺激了，哪怕一点细微的波动都会使她的心因应和而发抖。她觉得自己仿佛一个夜半迷途的人，又孤独又恐惧，多么希望有人——哪怕一只小猫小狗——帮她走出黑暗、踏上坦途啊！

急切的心情在不知不觉中悄悄地改变着她的信念，销蚀着她的清高，使她不但忘情而且失态，甚至有些可怜巴巴地在那里等待着、等待着白羊的到来。她认为，只有白羊解答了苗大牛的问题，她的问题才能迎刃而解！

可是大胡子去了很久，也没有找到白羊，只好一个人回来了。

回来陪苗大牛说闲话。

大胡子说："听说，国军又败啦，都退到江南了。"

苗大牛知道这件事，这些天广播里天天讲，人人都知道。可是此时一经大胡子用这样的神情语气说出来，还是免不了有些惊诧和紧张。

大胡子又说："我已经想好了，等打完仗，地面一太平，就回老家去！"

苗大牛说："我也是……"

圆圆脸没有心思听他们说闲说话，一个人如断线的风筝，跌跌撞撞地离开病房，漫无目的的向外走了……

大胡子走时，苗大牛送他，走到医务值班室门口，房门忽然开了。白羊像喝醉酒似的满脸通红地从里边跑出来，恰巧与苗大牛撞个满怀。

苗大牛吃惊地躲开一些，脱口说："你怎么在这里？"

白羊掩饰地笑着说："这么巧，我正想去看你，在这里遇上了。"

苗大牛说："我也正好有事要找你。"

于是，他们三个人一起回到了病房。

苗大牛问："那天你说的话都是真的吗？"

白羊不解："哪天？什么话？"

苗大牛说："就是在堑壕里那天。"

白羊当然记得他说过的话，只是在说那些话时，是出于良心发现？还是想把叶儿母子托付给苗大牛照管？他现在已经记不清了，只记得当时病得很重，苗大牛无微不至地关心他、照顾他，他心里不知怎么一激动就说出了那些话。

后来到了工厂，白羊看上圆圆脸，决定与苗大牛竞争时，也曾不止一次地想过旧话重提，用叶儿母子要挟苗大牛放弃圆圆脸，因担心苗大牛不相信，怕闹翻了难以收场，没敢实施。倒是圆圆脸与苗大牛的恋情一日九捷取得可喜进展，仿佛百年秦晋一夜之间已成定局，快得叫人连喘口气的工夫都没有。万般无奈，他只好忍痛割爱，匆匆收拾起嫉妒和仇恨，强打精神去泡一个小护士。对于叶儿母子，他认为那已是一段往事，一个难圆的梦境。他承认了冷酷无情的现实——不能娶叶儿为妻，也不能相认自己的儿子。他与她们之间的鸿沟，早已被那场血腥杀戮挖掘得很深很深，永远不能逾越了。那可怜的母子，只有按照当年赵婶的安排，假戏真做了此残生了。

大概这就是天意！

谁知，苗大牛这个傻瓜，今天却又旧话重提！

白羊并不急于回答，他走到窗前，面对淅沥的风雨沉思良久，然后转回身来，怒视着苗大牛，气愤地质问道："你还问这些干什么？你不是已经把叶儿母子忘记了吗？你不是马上就要做厂长的乘龙快婿飞黄腾达了吗？你这个忘恩负义的小人！"

这一手果然厉害，面对如此怒骂，苗大牛顿时像违背了教义的信徒，无地自容地低下头，一迭声地忏悔说："我错了，我错了！"

三十四

是日，苗大牛知道圆圆脸又要来了，正准备到门厅人多的地方去，谁知病房的门却忽然被人推开了，这一次进来的不是圆圆脸，而是圆圆脸的父亲——厂长。厂长和上次一样拎着一包礼品，进门就关心地问："大牛，你的伤好些了吗？"

然后一边往桌上放东西，一边含笑地解释说："这些天，我只顾忙厂里的事

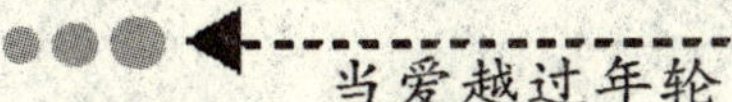

了，没空来看你，你不介意吧？”

苗大牛自从决定离开圆圆脸那天起，就料定厂长迟早要来找他的，他已经做好了一切准备：无论厂长怎么说，甚至打他骂他，他都认了。

厂长自己找地方坐下来，像什么都不知道一样，很随便地和苗大牛拉起家常来。他说：“昨天，在市里开会时我又见到你表叔了，他很关心你，问你的伤好了没有，还让我给你捎话，叫你安心养伤，他有时间就来看你。”

顿一顿又说：“本来，有件事我不想现在告诉你，想等你养好伤之后再说。不过，早说了让你思想上有个准备也好——最近，市里举办一个文化补习班，要求担任领导职务或在重要工作岗位上的人参加，你是市里劳模，当然可以破例了。我已经给你把名报上去了，你的伤好了就可以到市里去学习，学习回来也不在车间上班了，我准备调你到仓库去上班，你忠于职守，到仓库工作或许更合适。”

苗大牛知道厂长说这些话的意思是什么，他能体会到一个做父亲的苦心。然而他要回家，他不能接受如此丰厚的待遇，于是固执地说：“我不想去市里学习，也不想到仓库工作，我想回家——”

他把家字拖出很长的哭腔。

然而，厂长对这种坦率的回答并不感到意外，反而表现得十分欣赏和特别同情。他赞赏地向苗大牛笑了笑，然后关切地说：“我能理解你的心情，离开家的人谁不想家呢？我年轻的时候也是这样。那年，我九岁，父亲有病死了，母亲远走他乡，奶奶带着我和一个六岁的妹妹生活，她无力养活我们兄妹俩，要把妹妹卖给人家当童养媳。我不同意，我说我是男子汉，就一个人出来闯荡了。起初，我靠给人家擦皮鞋挣钱糊口，后来长到十四岁，才到一家工厂当小学徒。小学徒只给饭吃不给工钱，还要替师傅洗衣裳、打洗脚水。那样的日子一过就是五年。每到晚上睡不着的时候，我就想家，想家里的亲人。”

苗大牛插上一句：“后来呢？”

“后来……”厂长迟疑着，显然不想说得太多，于是轻描淡写地说：“那是一个偶然的机会，我在一条废水沟里救了一位麻风女。谁知，麻风女经过工业废水的浸泡，竟然奇迹般地好了。因此，我的生活开始有了重大转机……”

苗大牛不难猜出，那个麻风女是谁了，然而他关心的却是那个破碎而苦难的家。他问："你回过家吗？"

厂长说："回过，是我结婚的第二年。她家里很有钱，她父亲开着几个大工厂，是用小汽车送我们回家的。哪里还有什么家？只有几块破砖烂瓦和一堆长满杂草的屋土。奶奶早已离开人世，妹妹为了埋葬奶奶，自卖自身，至今没有下落……"

苗大牛吃惊地抬起头，像要寻找什么似的盯视着厂长的脸，然而他看到的却是一张肉嘟嘟红通通的脸，今天的幸福早已把昔日的苦难滋润得没有了一点痕迹。可是，他还是相信并深深地被那个故事打动了，他单纯而诚挚的心像触电一样颤抖不止。

朦胧之中，他仿佛看见一间老屋在风雨中倒塌，尘埃落处忽忽长满青草，风吹草低露出一堆一堆黑褐色的干屎橛，大腹便便的厂长从废墟上走过来，用三接头皮鞋的顶尖轻轻指点着那一堆一堆的干屎橛，不无讥讽地笑着说："这样的家，还值得我留恋吗？"

然后指着前边一片高楼，不无炫耀地说："哈哈，这才是我的家！苗大牛，如果你想要的话，也是你的家！你想要吗？"

苗大牛说："我当然想要，可是我不能要，因为我有自己的家，我家里有母亲，还有妻儿。"

厂长说："你可以把母亲接来一起住。"

苗大牛说："我也能把妻儿接来一起住吗？"

厂长说："不能！这个家是我为女儿准备的，没有女儿就没有这个家！"

苗大牛固执地说："我还是回家吧。"

厂长显然很失望，"哼"一声拂袖而去。

苗大牛感到很奇怪，明明都是在心里想的事，厂长怎么会知道的呢？难道一个人的心事别人也会知道并且也能对话吗？他忽然想起厂长来时拎的一包东西，想用它证实刚才发生的一切是否真实。东西就在床头柜上，正散发出诱人的香味。显然刚才发生的一切都是真实的！

他一个人在屋里呆愣一会儿，然后起身往外走去。正是槐花飘香的季节，空气里到处弥漫着如是蜂蜜的香甜。日光融融，使人慵困无力。一夜春风将槐花吹得遍地缤纷，一个小护士正在前边清扫甬道，柔细的腰肢一扭一扭，十分好看。

忽然有人喊："小于——"

苗大牛却听得是喊"小雨"，心里怦然一动：小雨？是谁在喊小雨？这里怎么会有小雨呢？

小护士停下扫动，慢慢直起腰，回过头来。

苗大牛看见一张清沌而熟悉的面孔，顿时惊得呆了：天啊！果然是小雨。小雨怎么会在这里？我从前怎么没有见过她？才想上前问个清楚，白羊先他几步走过去了。白羊走到小护士面前，手里扬着两张电影票，说："小于，我托人买来两张电影票，今晚咱们一起去看电影怎么样？"

小护士发现有人在看她，便用眼神告诉白羊，叫他收敛一些，免得被人说闲话。

白羊回头看一眼苗大牛，生气地说："你在这里干什么？"

苗大牛支吾说："我……我找小雨。"

然后觉得不妥，忙又改口说："我……我送厂长。"

白羊冷笑着说："苗大牛，你可真会撒谎！我看见厂长一早就去市里了，你却说在这里送厂长？"

苗大牛分辩说："我没撒谎，厂长刚走不久……"

然后求助地看着小护士："你一定看见了。厂长刚从我病房里走出来是不是？"

小护士鄙夷地"哼"一声，什么也不说，转身和白羊一起走了。

苗大牛觉得小护士的那声"哼"就像满满一盆脏水，一下泼在他头上了。他不知道这是为什么，想发火也不知道对谁发、怎么发？只好重新回到病房，躺在床上蒙头大睡。

不知过了多久，床前响起脚步声。苗大牛一动也不动，在那里装睡。被子"呼"一下被人掀起来了，一个声音凶凶地说："都什么时候了，还睡？"

是丑鬼老大！

苗大牛猜想，丑鬼老大一定知道了他躲避圆圆脸的事，这是找他算账来了。他不敢正面交锋，只好“呼呼”装睡。

丑鬼老大不再叫他，拉凳子坐在床前，点一支烟慢慢吸起来，吸完后把烟蒂在苗大牛赤裸的脚心里一按一拧。苗大牛立即“嗷”一声跳起来。丑鬼老大“嘿嘿”笑着说：“装呀？你小子装呀？”

苗大牛自知不是对手，赶紧坐直身子赔笑说：“表叔，你来了？”

丑鬼老大骂：“熊样！还不穿上衣裳！”

苗大牛这才看清自己光着身子。他记得从院里回来后没有脱衣裳，就躺在床上睡了，现在怎么光着身子呢？他迟迟疑疑的，一边穿衣裳，一边回想刚才的事，却怎么也记不清楚了。

丑鬼老大生气地说：“你脑子没有毛病吧？”

苗大牛越发觉得委屈了，鼻尖一酸，竟像个不懂事的孩子抽抽搭搭地哭起来，一边哭一边说：“我脑子有什么毛病？我不就是想回家吗？我不就是想家里的亲人吗？反正我主意已经定了，我就是要回家，我不想做那种忘恩负义的小人！”

说：“我为什么要管你？我为什么要给你说这些话？还记得那天晚上我说的一句话吗？”

苗大牛点头说：“记得，我很像一个人……”

丑鬼老大说：“所以，我要把我大半辈子明白的道理都告诉你。”

也不管对方是否同意，丑鬼老大丢下一句：“记住，下个礼拜六结婚！”

然后起身走了。

“不！我……我……”

苗大牛追至门口，哪里还有丑鬼老大的身影？

三十五

苗大牛还是困，想继续睡下去，甚至想永远睡下去，可是一想起丑鬼老大临走时丢下的那句话，想起给他定下的婚期，他就不敢再睡了。

他不能丢下叶儿母子与圆圆脸在工厂结婚，如果那样，他的良心会遭受谴责，一辈子都不得安宁。他想找圆圆脸说清楚，圆圆脸热情、善良，只要把话跟她说清楚，她一定会谅解。

外面依然下着小雨。小雨已经下了很久很久，都把大地和大地上的一切淋烂了，到处充斥着风雨的腥味和腐烂的气息。每走一步，都有踩空和落入陷阱的感觉。

苗大牛刚刚走出病房，步入雨地，就有一个小护士从后边追上来，上前拦住他说："你干什么去?"

苗大牛支吾说："我……我有事……"

小护士说："你的伤还没有痊愈，不能到处乱走；尤其阴雨天气，更不能到处乱走。"

苗大牛只好回到病房。等小护士走后，他悄悄从后窗爬出去，像灰鼠一样沿着墙根往前走。这一次，果然没有人发现了，只是墙根太难走，不是破砖烂瓦绊脚，就是杂草藤蔓拦路，还有屋檐滴水，不一会儿，他身上的衣裳全湿透了。

好不容易走到生活区。可是，从前热热闹闹的工人宿舍，此时却变得冷冷清清，除了淅沥的风雨别无声息。

尤其是女工宿舍，全都关闭着门窗。

苗大牛觉得异常，不知发生了什么事儿。正在迟疑，身后忽然一声门响，一个女工打着雨伞跑出来。苗大牛认识这个女工，她和圆圆脸一起义务劳动过。他赶紧迎上几步，才想开口说话，女工却向宿舍尽头的厕所里跑去了。

从前，苗大牛只跟圆圆脸去过她爸爸休息的地方，还从未来过她的宿舍，不知道她住在哪里，不敢贸然敲门。

女工从厕所回来，看见苗大牛还在雨地里站着，不好意思地笑笑说："你怎么还站在外边，衣裳都淋湿了。"

苗大牛说："我找圆圆，她宿舍在哪里?"

女工仿佛意识到什么，不无惋惜地说："晚了，你找她也晚了。"

苗大牛十分纳闷，不知她这话从何说起，迟疑一会儿，仍不甘心地问："圆圆住在哪个宿舍？我有事找她。"

女工说："她就住这个宿舍，和我在一起——昨天回家了！"

说着把门推开，往里一指，仿佛在说：“不相信你自己看吧！”

苗大牛看见一个床头上，果然有圆圆的衣物，便离开女工宿舍，往男工宿舍走。他想去找大胡子，请大胡子给他出主意。

经过班长门口时，班长看见他，大声喊：“小苗，小苗！过来，过来！”

苗大牛不知道班长有什么事，看样子挺急的。

班长想叫苗大牛到里边坐，见他满身泥水，又改变了主意，在门口站着说：“昨天晚上，大胡子和谁一起喝酒了？”

苗大牛摇头说：“不知道。”

班长又问：“他在什么地方喝的酒？”

苗大牛说：“不知道。”

班长就有些不高兴了，提高声音说：“你什么都不知道，还下着雨去女工宿舍找圆圆？找圆圆还不是想给大胡子讲情吗？告诉你，讲情也晚了，一大早他就被公安局的人带走了！”

苗大牛不禁吃惊地问：“大胡子怎么了？我还有事找他商量呢！”

班长看苗大牛的样子不像在撒谎，便缓和些语气说：“昨天，全国解放庆祝大会结束后，大胡子不见了，上班时才回来，不知他在哪里喝那么多的酒，上班时睡着了，出了重大事故，造成全厂停产，一人死亡三人重伤。”

苗大牛听了，差点背过气去！

大胡子天天盼望着全国解放，全国解放了好回家与亲人团聚，没想到全国解放了，他却是这样一个结局！

苗大牛无人商量，思来想去，觉得只有一条可走路了，那就是逃之夭夭！不然，丑鬼老大真会逼他跟圆圆结婚。圆圆是一位好姑娘，如果家里没有叶儿和孩子，他肯定会娶圆圆的，可是家里既然有了叶儿和孩子，他就不能和圆圆结婚了，他必须回家去！

那是一个阴雨初霁的上午，苗大牛看见白羊又来了，知道他是去医务值班室找那个小护士，便急忙迎上去，半扑半抱地拉住白羊说：“白羊，我想回家，你能帮我找到圆圆吗？”

白羊故作不解地问：“你回家，找她干什么？”

苗大牛说:“我想跟她道个别。”

白羊说:“你是真想回家还是假想回家?”

苗大牛说:“当然是真想回家!”

白羊说:“你要是真想回家,就别跟她道别了!你想啊,她能叫你走吗?”

苗大牛想想也是,就辞别白羊,回宿舍收拾东西准备走了。

其实,他也没有什么东西,就随身穿的一身衣裳,已经穿在身上了,还有几个月存的一点钱,也都带在身上了。

走出工厂的大门,面前出现两条道路:一条是通往市区的宽阔大道,一条是走向田间的阡陌小路。苗大牛不敢走大道,便迈上阡陌小路。小路弯弯曲曲,坎坎坷坷,他又走得慌张,突然一脚踩空摔了出去……

第四章

三十六

这天上午，苗大牛行至一个集镇。赶集的人大都是当地村民，不大的街面上拥拥挤挤，人喊畜叫乱哄哄一片。

往里不远，坐北朝南敞开两扇大门，门口竖一块白地红字的大牌子。站岗的是一位年轻人，身背长枪，十分威武。

从门口看过去，院里全用新土垫过，平平展展，十分光洁，一根横草没有；一排正房和两排厢房，也都修整过，不少门旁挂着牌子，上边写着字。

苗大牛不识字，不知道牌子上写的是什么，只见进进出出的人都神气活现志得意满，不似等闲之辈。正看得出神，忽听“咯咯”响起一串清脆的笑声，一位肩背药箱的漂亮姑娘，与一位斜挎匣枪的英武男子，边说边笑地从街那端走过来了。

两个人走进大院就分开了，漂亮姑娘走进厢房，英武男子走进正屋。

苗大牛心里忽然一动，觉得这地方有些面熟，只是一时想不起什么时候来过了。对面墙根下，有一个剃头的老头儿。苗大牛走过去，想一边剃头一边打听点事情。

刚坐下，老头儿便认出他来，轻声说：“这不是苗家的大牛吗？”

苗大牛吃惊地回头看，原来是田家的看门人。他怕老头儿说出什么来，赶紧岔开话题说：“老大爷。这个庄，我怎么看着面熟啊？”

老头儿“嘿嘿”笑着说：“你赶过大庄集不？你看过龚家的红枪会练武不？

对面的大院就是从前龚家的老宅院，眼下改作镇政府办公地了。"

大庄、龚家！这些字眼有如一串开道锣响，"咣咣"，一直把苗大牛带进那个惨绝的夜晚。天啊！原来走到大庄了。早知道离家这么近，昨天晚上就不在村边的一个场屋里过夜了，就紧走几步赶到家与母亲、妻儿团聚了。

苗大牛不敢在此久留，那个夜晚使他不寒而栗，心惊肉跳。他像逃离什么似的，向老头儿草草告别，起身要走。

老头儿伸手拉住他，把他按在凳子上，笑着说："你放心剃头吧，剃得干干净净的，回去好见家里的人！"

顿一顿又说："眼下世道变了，你知道不？咱们穷人翻身了，地主老财都被打倒了，田地也平分了。"

不等老头儿说完，苗大牛禁不住问："田家庄也变了吗？"

老头儿说："变了，都变了！田家庄就归大庄镇政府管，往后有什么事儿，尽管找镇政府，赵镇长可好了——喏，就是刚才进去的那位！"

苗大牛又问："大爷，你见过俺娘吗？她老人家还在不？"

老头儿肯定地说："在！在！分田地那会儿，我还和她说过话呢！"

苗大牛又问："田家大小姐，就是那个叫叶儿的，她……"

老头儿见苗大牛吞吞吐吐的，就笑了说："她不是你媳妇吗？还有你的孩子，都在。分田地的时候，她们和你娘都有一份呢！"

苗大牛心里顿时一块石头落了地，剃完头，匆匆告别一声，就上路了。他要马上回家，去见母亲和妻儿！

集市上有卖布匹成衣针头线脑的，有卖青菜蛋肉黄河鲤鱼的，有卖煎包壮馍烧饼丸子汤的，有卖条编苇编鸡鸭猪羊的……无论是买是卖，仿佛所有的人都很快乐，讨价还价脸上都带着笑容。

正走着，苗大牛忽然看见人群中有一个熟悉的背影，微驼的脊背和稍垂的发髻很像他娘，而且越看越像。啊，她就是娘！顿时，内心深处情不自禁地爆发出一声呼喊："娘！"然后奔跑过去，才想开口喊一声："娘！"却又觉得不对了，一个年龄和他相仿的年轻人已经先他一步，亲亲热热地将她搀住了。

苗大牛失望地停下来，眼看着那母子俩渐渐走远，融入人海之中。可是那位母亲头上戴的一块蓝色印花方巾，却一直没有消失，还在人头堆儿上晃动。他心里不由一动，觉得那样的印花方巾很好看，也想给母亲买一块，还有叶儿和孩子，也应该为他们买点什么带回去——他有当工人挣的钱，不能不带一点见面礼！

杂货摊主是个老生意人，很会做生意，老远就热情地打招呼："来啦？想要什么？"

苗大牛说："我想买一块印花方巾。"

卖主问："给你娘的？"

苗大牛点头说："嗯。"

卖主就竖起大拇指，夸张说："好！凭兄弟这份孝心，三块钱的货我两块钱卖了！"

其实只值一块五，苗大牛却觉得捡了个大便宜。

卖主又兜出一些花色鲜艳的货物来，怂恿说："兄弟再看看这几件，还有想要的吗？"

苗大牛看着花花绿绿的，多是些女人和孩子用的东西，就有些不好意思，于是说："你捡合适的，给我选两件：一件大人用，一件孩子用。"

卖主应一声，麻利地拿出一大一小两件东西来，用纸包好，交与苗大牛，大大方方地说："该六块钱，只收你五块吧！"

转过一个街口，是卖绿豆丸子汤的，老字号了，很多人都围在那里吃。苗大牛小时候跟父亲赶集，曾经吃过一次，很好吃，那绿豆丸子煮得绒绒球似的，到嘴里就散。昨天晚上没吃饭，早就饿了，他很想吃一碗再走，可是年轻轻的，怕在外边吃东西被人笑话，于是心想，还不如买些好吃的带回家，和全家人一起吃呢！

就在这时，前边的饭桌上突然响起一个吼声："滚远点！"

就见一个红鼻头的男人，用力一挥手，把个讨饭的疯子挥开了。疯子趔趄几步，摔倒在地上。对面的瓦刀脸男人看着红鼻头，嬉笑说："咋？夜里没伺候好你?"

红鼻头气哼哼地说:"昨天夜里,谁知她跟哪个龟孙王八蛋了!"

瓦刀脸迟疑片刻,丢下红鼻头,走过去踢一下疯子说:"起来,起来!我有半碗汤给你吃了吧。"

疯子趴着没有动。

瓦刀脸在脚尖上加些力,一边踢一边说:"再不去吃,我就把汤喂狗啦!"

疯子到底还是经不住丸子汤的诱惑,赶紧爬起来,接过瓦刀脸吃剩的半碗丸子汤吃起来。她的吃相很贪婪,像一条饿疯的狗。

瓦刀脸捏一下疯子的下巴儿,淫笑着说:"跟我走吧,到家管你吃个饱!"

疯子迟疑着,还是跟瓦刀脸慢慢移动起脚步来。

卖丸子汤的掌柜拦住说:"老二,还是积点德吧!"

瓦刀脸气恼地说:"刘掌柜,你这话什么意思?我是看她饿得可怜,才想给她碗饭吃!"

刘掌柜鄙夷地"哼"一声,也不与瓦刀脸争辩,转身盛了半碗丸子汤,端过来给疯子。

疯子接过去就吃了。

或许是半碗丸子汤起了作用,疯子的神色渐渐有了些活泛。

苗大牛看见她一张脸,原来还很年轻,或许还很漂亮,只是饥饿和苦难,吞食了她的灵魂和肉体,剩下的只是一具活尸了。她的脸色如同晒过的白菜叶子萎缩苍白,她的眼睛如同被烟熏过暗淡无光,她的头发如同刨翻的谷茬乱蓬蓬沾满脏土,她的衣裳分不出是什么颜色,袖口和裤腿都被利物撕碎了,半掩半裸着两截枯树枝般的手臂和脚脖……

疯子仿佛意识到有人在看她,她慢慢地抬起头来,也开始慢慢地看起人来。她看人的样子很特别,那双发直而空洞的眼睛已不似人间所有的眼睛,有如一对远古遗留的万丈深渊,里边容纳的东西现在根本无法描绘;苦难和狂愤,期待和幻灭,都被时间的巨轮辗轧成仇恨的碎片,融化成屈辱的血水,最后凝成两缕如是严冬的井口散发出来的淡淡气体。

啊！她眼睛里流露出来的已经不是光芒，而是一种令人不寒而栗、心胆俱裂的淡淡气体！

苗大牛没有勇气再看下去，抑或没有勇气再被看下去，他惶恐不安地转身走开了。刚走两步，又禁不住回过头去，仿佛疯子身上有什么东西在吸引他！

在那一瞬间，他恍惚看见一个人影儿，可是定睛细看时，那个人影儿又倏忽不见了……

大庄距田家庄九里路。

九里路走下来，还不到晌午，村民们正在田间劳作，村街上没有人。村街显得空荡荡的，街道、房屋依旧，看不出有多少变化，倒是自己的家有些不像了，院墙和房屋都已经修缮过，给人一种似是而非、恍若隔世的感觉。

家门口蹲着一个小男孩，正在看蚂蚁搬家，小小年纪竟凶残地给小生灵设置了一道又一道障碍，以小生灵的不幸而取乐。

他大概就是儿子了？

苗大牛在心里这样想，可是面对如此现实，却又感到十分不适。他小心翼翼地走过去，轻声问："孩子，这是你家吗？"

小男孩不耐烦地说："不是我家，还能是你家？"

苗大牛吃一惊，赶紧把手里的东西往前送一下，讨好地说："我是你爹。"

不料小男孩竟然把眼一瞪，大声反驳说："你胡说！我没有爹，我爹早死了！"

苗大牛想解释，这时院子里却响起一个女人的声音："如意，你在跟谁说话啊？"

小男孩说："一个骗子！他说是我爹。"

院子里走出来一位少妇，娉娉婷婷站立在门口，惊惊愣愣打量着来者。

苗大牛也打量着她，已经不认识了。他怀疑走错了地方，回头看看左邻右舍，没有错儿，这里就是他的家！于是，他试探地说："我，我是大牛，你……"

她就是叶儿，可是她也不认识他了！

那时候匆匆一面，无情的岁月早已使一切淡忘成过眼云烟。不过，苗大牛这个名字，她还记得。这个名字，就像那场血腥杀戮一样，使她永远不能忘记！她害怕那场杀戮，也害怕这个名字！因此，当来人这样奇突地说出它时，她大感惊骇，浑身不由自主地颤抖起来，仿佛头顶压来满天乌云，雷电即将交作！

苗大牛已经猜出，眼前这位就是叶儿，只是与他记忆中的叶儿相差甚远，在她那不太讲究的衣饰和变得稍微丰满的母亲型身上，已经很难找到那个苗条秀丽、纯洁迷人的掐花儿姑娘的身影了。这个人与他太陌生了，他们之间仿佛从来就没有过任何关系。

沉默一会儿，还是苗大牛率先打破了尴尬的僵局，他尽力在脸上收拾出一些笑容，他说："叶儿，我回来了，咱们回家说话吧。"

他一边往家走，一边问："娘呢？娘在家吗？"

叶儿迟疑一会儿，回答说："过年时，她死了。"

三十七

苗大牛明显地感觉到，这个家与他已经产生了很厚的隔膜，他不能再像过去那样无拘无束地融入其中了。它失去了一种氛围，一种感觉，一种像核一样的东西。它已经变成一个空壳，一个神去之后的空壳！

同样，陌生感也使他与叶儿拉开很远的距离，记忆中的叶儿已经不复存在，那个曾经使他迷恋，看一眼便铭记在心，甚至不惜为其牺牲一切的女孩，现在正战战兢兢、如临大敌地面对着他，眼里充满惊奇与绝望……

小男孩更是与他水火不容！小家伙始终像一头没有经过任何驯养的初生之犊，瞪着一对仇恨的眼睛，警惕地注视着这个侵入到他领地的不速之客。

苗大牛试图打破僵局，缓和一下气氛，他把在集上买来的东西一遍又一遍地兜给小男孩，可是小家伙根本不屑一顾。他只好把给叶儿买的东西拿出来，说："这是给你的。"

叶儿小心翼翼地接过去。在接东西时，她审慎地看着苗大牛，大概没有看出他要动手的样子，才稍稍放心下来，试探地说："你还没有吃饭吧？"

苗大牛说："有现成的，吃一点就行。"

叶儿也不说什么，转身向厨房走去了。

小男孩寸步不离地跟在她后边。

在厨房里，小男孩好奇地问："娘，这个人是谁呀？"

叶儿说："奶奶的儿子。"

小男孩说："奶奶死了，他还来干什么？"

叶儿说："这是他的家。"

小男孩说："怎么会是他的家？这是我们的家！"

叶儿没回答。停了一会儿，她说："你先到姥娘家里去吧，等他吃完饭，我也去。"

小男孩说："我和你一起去！"

…………

苗大牛听清楚了，他们所说的奶奶，就是他母亲，小男孩曾经叫他母亲为奶奶，心里便有一团热乎乎的东西轰然滚过。

吃完饭，叶儿说："俺娘病了，我过去看看，晚了就不回来了。"

苗大牛说："我也去，回来了，总得打个照面。"

叶儿说："改日吧，我先回去说一声。"

苗大牛便拿出在集上买的一包猪头肉和羊杂碎，交与叶儿说："我回家也没买东西，这点东西本想和我娘一起吃的，我娘不在了，你就带走吧——多少是一点儿心意。"

叶儿也不推辞，带上那包猪头肉和羊杂碎就走了。

苗大牛一个人在屋里坐了一会儿，觉得冷冷清清的，便走到院子里，他看见小时候栽的一棵石榴树已经抽出新枝，柳长的叶子葱茏墨绿，花骨朵儿鲜红，顶端一个凹腰儿，像个宝葫芦；那棵楝子树也长高了、长粗了；墙根下一蓬小草，嫩绿得十分可爱。

忽然，有个声音问："是大牛回来了吗？"

声音十分微弱。

苗大牛环顾四周，却没有看见人，心里正自疑惑是不是听错了，那个声音又说："我在这里呢。"

寻声看去，墙那边露出一蓬灰白的头发，和半张核桃皮样的面孔；一双昏暗的老眼，正一眨不眨地注视着这边。苗大牛认出来了，她是邻居二大娘，就赶紧走过去，与其寒暄。

二大娘亲热地说："大牛啊，你可回来了！你娘天天盼你回来，你要早回来几个月，就能见到你娘了。"

苗大牛问："二大娘，俺娘是怎么老的？她得的什么病？"

二大娘凄凄哀哀地说："她哪里是有病？她是想你啊！起初，村里人都知道你和丑鬼老大被打死在河里了，就你娘不知道，我们都瞒着她，谁知分田地的时候，你娘非要分你那一份，说你很快就回来了，不知是谁说漏了嘴，说你死了，她就一下子塌了架，躺在床上再也起不来了。"

如此算来，母亲去世的时候，正是苗大牛在工厂上报纸当劳模并与圆圆脸卿卿我我的时候！他后悔极了，如果当初不进工厂，解放后就直接回家，正好能与母亲相见。

夜幕一道道拉开，世界开始变得模糊不清了。叶儿和孩子还没有回来，大概是不回来了。苗大牛一个人在院子里站着，不想回到屋里去。他害怕这样的黑暗和冷清。记得小时候，父母回家晚了，他就这样在院子里站着，那时候他等父母回来，现在他还能等谁呢？

天上没有月亮，只有远星在穹隆中闪烁。村人的说话声，器物的撞击声，牲畜虫鸟的鸣叫声，仿佛都在另一个世界里，既缥缈又遥远。

渐渐地，苗大牛听见一个声音，那声音喧腾而热烈，是从一座富丽堂皇的大厅里传出来的。在珠光宝气、簇簇拥拥的舞池中，他看见自己正和圆圆搂在一起，随着舞曲的节拍翩翩起舞。丑鬼老大则一边拥着新婚夫人狂欢，一边向他投以鼓励的一瞥。他想起来了，今天是他和圆圆结婚的日子。圆圆显得很兴奋，很幸福……

突然，一个声音把他从热闹的世界拉回到冷清的现实。

不知什么时候，叶儿带着孩子回来了。

叶儿说："你不在屋里？"

苗大牛不知是惊还是喜，"我……我……"支吾半天，也没有说出一句话。

回到屋里，借着微弱的灯光，苗大牛看见叶儿两眼红红的，像是刚哭过，不由关心地问："你娘病得很重吗？"

叶儿摇头说："不，不重。"

其实，叶儿娘根本没有病，她说她娘有病，是借故出去讨主意。面对突如其来的变故，她难以应对，不知如何是好。

叶儿娘说："事到如今，也只有假戏真做了。"

叶儿说："表哥回来怎么办？"

叶儿娘说："白羊回来，你也只能是苗家的媳妇。"

然后分析说："如此说来，大牛还不知道你与白羊的事，要知道他就不会给你和孩子买东西了。"

叶儿无奈，只好回来了，但她却在暗里发誓，决不让苗大牛玷污她清白的身子。屋子的另一端，有叶儿生孩子时佣人睡过的床，上边放着一些杂物，现在收拾出来，正好给苗大牛睡。

叶儿说："你睡那边吧，我和孩子在这边睡惯了。"

顿一顿，她又解释说："我有病，坐月子时落下的，不能和你同床。"

苗大牛将信将疑地点点头，算是答应了，却迟迟站着没有动。难道这就是他朝思暮想梦寐以求的家吗？难道这就是他念念不忘铭记在心的人吗？记得刚进家门时，脚下突然一抖，像是踩空了，然后就飘飘地跌入这样一个既熟悉又陌生的地方。这是一个什么地方呢？到底是梦境还是现实呢？他认为一定是梦境，否则他朝思暮想的家不会是这个样子的，他梦寐以求的人也不会是这个样子的。他开始恨自己了，为什么总是做这样的梦呢！

叶儿像是忽然想起什么，抬头看他一眼，小心地问："你还没有吃饭吧？"

苗大牛纳闷地看着她，刚才已经问过一遍了，怎么又问呢？于是笑笑说：

“你忘了？我刚吃过。”

叶儿还想说什么，迟疑着却没有说出来，就从桌上拿来一只针线筐，坐在床沿上，低头缝补一件小孩穿的兜兜裤。本来不用剪刀，却把剪刀从筐里找出来，放在一个唾手可得的地方。

世道真是变了，田家大小姐叶儿也缝补起小孩穿的衣裳了！苗大牛心里一动，赶紧从怀里掏出一个花布包，里边是他当工人挣的钱，除了在路上吃饭和在集上买东西，剩的不多了。他也不数，拿着向叶儿走过去。

叶儿伸手拿起大剪刀，吃惊地问：“你……你想干什么？”

苗大牛说：“钱不多，你拿着吧。”

叶儿不敢接，推辞说：“我又不花钱，我不要！”

苗大牛说：“居家过日子，还有孩子，你手里没钱怎么行？”

像是怕叶儿担心钱的来历，他赶紧解释说：“你放心，这钱不是偷的，也不是抢的，是我当工人挣的！”

叶儿迟疑着把钱接过去，抬头看着他，纳闷地问：“你……你当过工人？怎么不当了？”

苗大牛不好意思地说：“还不都是为了你。”

叶儿不禁吃了一惊：“为了我？”

记得很早很早以前，他就说过这样的话！

苗大牛说：“说起来真是天意！要不怎么那么巧呢？那么多人，漫山遍野都是人，怎么就叫我偏偏遇上了他呢？”

叶儿已经猜出“他”是谁了，可是她还是禁不住要问：“你遇上谁了？”

苗大牛说：“白羊，我遇上白羊了！”

叶儿急切地问：“他人呢？他现在在哪里？”

苗大牛说：“在工厂里，就在我当工人的那个工厂里。”

叶儿接着追一句：“他怎么没回来？”

苗大牛说：“他不回来了。他有文化，在工厂当了宣传干事，还和一个小护士谈恋爱，不久就要结婚了。”

叶儿不相信:“你骗人!”

苗大牛分辩说:“我骗你干什么?”

叶儿气恼地盯视着苗大牛,待确信他没有说谎时,她整个人突然颤抖起来,仿佛从五彩缤纷的云端一下跌进寒彻骨髓的冰窟。她真想伏在桌子上大哭一场,可是她心头仿佛被一块什么东西堵住了,想哭没有泪,想喊没有声,只有深深地把头埋下去,再埋下去……

三十八

过了一夜,苗大牛的脚肿得像馍馍,一按一个坑,不能下床走路了。

叶儿请来白先生,开出几服中草药,叫煎汤洗,说五六日即愈。

叶儿娘听说后也来了。几年不见,她已经苍老许多,穿戴说话也不似从前那样讲究了。她走到苗大牛床前,先关心地问过伤情,又嘱咐好好休养,走时把如意带走了,叫叶儿一心照顾苗大牛。

叶儿送娘出来,两个人在院子里“叽叽咕咕”大半天,不知说些什么,苗大牛一句没听清,只隐约听得一句“来信了”。是谁来信了?是白羊?还是叶儿逃到台湾去的爹?

待叶儿回来,苗大牛想问,却见她一脸恼怒和怨怼,就没有问。

叶儿煎完药,端到苗大牛床前。

苗大牛说:“放那里吧。”

叶儿说:“要趁热洗,才能好得快。”

她用棉绒蘸着药汤在自己手背上试了试,然后轻轻搬过苗大牛的脚,用棉绒蘸着药汤,小心而认真地给他洗起来。

苗大牛不知道叶儿怎么了,怎么突然变得如此亲热了?棉绒擦在他的脚面上,却似一把小刷子刷在他的心尖上,痒痒的,仿佛每一个细胞,每一根神经,都被那奇妙的接触震撼了。这时,就有一种神秘的活力和冲动还有无数甜蜜的感

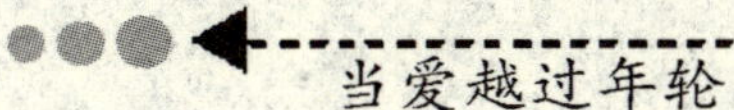

想和话语，涌进苗大牛的心田里，使他迫不及待地要向叶儿倾诉，可是他喉咙仿佛被一块软木塞堵住了，一句话都说不出，他只好伸出一双粗壮变形的手，紧紧抓住她一双柔嫩细软的手，越抓越紧，似乎这就是无声和最好的倾诉了。

叶儿神情木木的，一动不动地任凭他抓紧着，两行晶莹的泪水从她绝望的眼底流出来，在下巴汇成一颗颗浑浊的水珠，滴落在药汤里。

到第五天，苗大牛的脚果然就好了。感叹白先生医术高明的同时，苗大牛开始劝叶儿说："你的病，也该请白先生给治治。"

叶儿顿时涨红了脸，轻声说："其实，也不是什么大病，不用治，过些年或许就好了。"

这天，因为下雨，苗大牛不能下地干活儿，叶儿就一边坐在床沿上做针线，一边有一搭无一搭地与苗大牛说闲话。当说到苗大牛在河里被救时，自然就说到小雨。

叶儿问："你说的小雨，是不是一个姑娘啊？"

苗大牛说："嗯。"

叶儿说："她来过。当时还说是爷爷死了，无依无靠才来找你。你娘留她住了两天，忽然有一伙人找来，说她爷爷欠下很多医药费，要拿她回去抵债，就把她带走了。"

苗大牛赶紧问："后来呢？后来还有她的消息吗？"

叶儿见苗大牛急得什么似的，就和他开玩笑说："听说，大庄集上有个疯子很像她，你要是找不到小雨，就把她领家来吧！"

说者本是一句玩笑话，谁知听者却当真了，他突然"啊呀"一声，一拍脑门说："我说呢！怎么老觉得她像一个人。原来真是她！"

叶儿忍俊不禁，"咯咯"笑着说："你呀，听风就是雨，我给你开玩笑呢！"

苗大牛却越发认真了，十分肯定地说："就是她，一定是她！"

说着就要往外跑。

叶儿上前拦住他，嗔怪说："你的脚刚好，没看见外边下雨吗？再说了，就是去找她，也要等到大庄集啊！"

好不容易等到大庄集，村里却要开大会，不许任何人请假。苗大牛无奈，只好硬着头皮坐在会场里，村长在会上讲了很多事，可他一句都没有听，更没有往心里记。

散会后，苗大牛没回家，就从会场直接奔大庄集去了。走到时已是中午，集上吃丸子汤的人很多，可是却没有那个疯子。苗大牛问卖丸子汤的刘掌柜。

刘掌柜说："有两三个集不见她了，听说她跟一个骟猪的人走了。"

苗大牛问："那个骟猪的人在哪里？"

刘掌柜说："干他那一行的，踩百家门，吃百家饭，谁知道他在哪里？"

无奈，苗大牛只好在集上胡乱走。走到一个十字路口，正不知如何是好，前边一群人忽然潮水般涌过来。

就听有人喊："快看啊！一把刀被抓了！"

有人接着说："活该！谁叫他不好好骟猪，和一个疯子鬼混！"

苗大牛顺着众人指的方向，一眼就看到要找的人。仔细一看，果然是小雨！小雨和一个秃脑门的红脸汉子，被两个穿制服的人押着从街那边走过来。后边跟着一群看热闹的人，都指指戳戳。苗大牛的头不由轰隆一声炸响了，也顾不得多想，赶紧追上去。不小心撞到一个黑脸汉子，那人凶凶地骂了一句什么，他也没听清。

追到镇政府门口，苗大牛上前拉住一个穿制服的人，半扑半抱地哀求那人说："同……同志！你……你们，不……不能抓她，她……她可是个好人，是……是个苦人哪！"

穿制服的人回头看苗大牛一眼，冷冷地问："天底下还有玩弄妇女的好人吗？"

苗大牛知道对方误会了，赶紧解释说："不，我说的不是他，是她。"

穿制服的人见苗大牛指的是疯子，便笑着说："我们不是抓她，是叫她跟我们做个证人。"

然后问苗大牛："你是她什么人？"

苗大牛说："我是她哥。"

穿制服的人说:“你跟我来。”

苗大牛跟到镇政府大院,在一个门口,穿制服的人说:“你先在门口等一会儿,问完话我就把她送出来。”

不大一会儿,穿制服的人把小雨送出来,向苗大牛交代说:“我把她交给你了,你领她回家吧。到家后要好好关心她,照顾她,不许歧视她,更不许打骂她!”

苗大牛点头说:“我记住啦。”

可是走到大街上,小雨却怎么也不肯跟着苗大牛走。

苗大牛发急地喊:“小雨,你不认识我了?你仔细看看,我是大牛!我是你的大牛哥!我回来了!你的大牛哥回来了!”

任凭苗大牛怎么喊,怎么急,小雨都好似没听到,没看到,她只顾自己往前走。然而苗大牛还是看见了,在她那双僵直而空洞的眸子里,当他喊出大牛这个名字时,有一道流星般的亮光曾经闪动过,只是很快就消失了。他不知这是为什么。她分明听懂了他的话,分明知道了他是谁,可是为什么偏偏不认他呢?

她像一个觅食的牲灵,转来转去,最后又转回到卖绿豆丸子汤的地方了。刘掌柜看见了,便含笑地向一个正在埋头吃丸子汤的人喊:“哎!那位客人,你不是要找闺女吗?你看她来啦!”转眼看见苗大牛,不由“哈哈”笑起来:“今天真是巧了,两个找人的人和一个被找的人都来了!”

那个找闺女的人,正是苗大牛不小心撞到的人。在众目睽睽之下,那个人显得很窘促,黑脸涨得像猪肝,脑门上沁出一层汗。他看一眼疯子,再看一眼苗大牛,然后盯住苗大牛问:“你是她什么人?”

听口音,他不是本地人,而那张黝黑的脸,正是在船上打渔风吹日晒的结果。苗大牛断定,他是小雨的父亲无疑了,于是恭敬地回答说:“我是她哥,她和爷爷救过我的命。”

谁知,黑脸汉子竟把脸一翻,指着苗大牛怒斥说:“你看你干的什么事?怎么叫救命恩人讨饭、被人胡乱糟蹋呢?你还有良心吗?”

然后转向众人,大声说:“她不是我闺女,我要找的闺女不是她!不过我认为这个年轻人应该照顾她，她是他的救命恩人嘛!”

说罢转身就走。

苗大牛上前拦住黑脸汉子，恳切地说:“大叔，她是你闺女，你怎么能不认呢?”

黑脸汉子退开一些，难为情地摊着两手说:“你这是干吗？我不认识她，她也不认识我，我凭吗要认她做闺女?”

苗大牛说:“你走时她才几个月，她当然不认识你，你也不认识她。这些年，爷爷为了躲避湖匪的追杀，离开湖上老家，沿河打渔把她养大。爷爷死时，我被抓了兵，她无依无靠才落到这步田地，难道你就不觉得她可怜，不想尽一点做父亲的责任吗？我求求你了，大叔，你认下她，只要叫她知道她还有父亲，还有亲人就行了，别的事一点都不用你操心……”

黑脸汉子到底还是动摇了，他低下头，支吾半天也没说出一句话。

苗大牛正想说什么，忽然看见小雨不见了。问时都说不知道，刚才只顾看他们吵架了，没人注意一个疯子去哪里。苗大牛又气又急，丢下黑脸汉子，赶紧去找小雨。他沿大街小巷找了个遍，也没有找到她一点踪影。眼看赶集的人散尽了，太阳渐渐沉入西山，只好回家了。

叶儿听说了黑脸汉子的事，也很气愤，不由骂道:“天底下还有这样当爹的，真不是东西！他有多大能耐，就不要自己的亲生骨肉了?”

然后劝苗大牛吃饭。苗大牛却不吃，他说:“小雨没疯，我看出来了，她知道我是谁，也知道那个黑脸汉子是谁，要不她就不会藏起来了。”

叶儿不解地说:“如果她是小雨，又没疯，她见到你为什么不认，为什么还要藏起来?”

苗大牛也想不出这是为什么，只是担心地说:“我有一个预感，她可能要出事了。”

叶儿安慰说:“不会的。那么多日子都没出事，这会能出什么事?”

第二天一早，叶儿开门时，忽然看见门口放着一个花布包，包里包着一对银耳环，觉得奇怪，赶紧喊苗大牛:“快来看哪！门口怎么放着这个东西?”

苗大牛接过来一看，马上惊呼起来："哎呀！小雨来过了，这是小雨的银耳环！"

他追到大街上，却不见小雨，只见苇坑边围着许多人。就听有人说："大庄集上的疯子，怎么淹死在这个苇坑里了？"

苗大牛赶到时，小雨已经被人捞上来了，她头朝下放在坑沿上，控着肚子里的水。

苗大牛扑上去大声喊："小雨，你醒醒，快醒醒呀！"

喊到中午，小雨也没有醒。

叶儿请来农会长，给苗大牛商量，买来一口薄皮匣子，在村前义地里把小雨埋葬了。

三十九

不知从什么时候起，又开始下雨了。

这是一种细微得让人无从辨别点滴、缓慢得令人打不起精神的雨。自从下雨的那天起，苗大牛就开始了对母亲和小雨的回忆。那些湿漉漉的、似梦非梦的回忆，像蛇一样纠缠着他，使他透不过气来。

恍惚中，苗大牛看见母亲躺在病床上，一声声呼唤着他的名字溘然逝去，看见小雨在苇坑中一边挣扎，一边喊着"大牛哥"沉入水底。那情景真切得仿佛就在眼前。母亲每一根乱发，每一个绝望的眼神，小雨伸出水面的小手，急切而无助的抓取，都清清楚楚，纤毫毕见！

有时候，苗大牛就觉得母亲和小雨都没有死，还和从前一样生活着。母亲还是那样节俭，小雨还是那样纯情，现在的一切只是一种假象，甚至他的存在也是一种假象，而真正的他和她们，正在一个什么地方做着与现在截然不同的事。他真想尽快找到那个地方，找到真正的他和她们……

叶儿不能忍受苗大牛如此出神独坐的样子，那样子和难耐的阴雨缠绕在一起，使她烦乱不安。有几次，她真想丢下苗大牛，去找母亲聊天，或者把儿子接来解闷，结果都被满地的烂泥和不断飘落的雨丝阻止了。她像困兽一样，在囚笼似的屋子里转来转去，有时把东西弄得“叮当”乱响，有时借故向苗大牛挑衅。

她说：“你把床挪开，好好打扫一下，屋里的霉气憋死人了！”

苗大牛不声不响地去做了。

她又说：“还有桌子底下，你也扫扫，就不会自己想着拾掇吗？”

苗大牛依然不声不响地去做了。

她就懒得再说什么了，还能再说什么呢？

后来，她转换了一种方式，找苗大牛寻开心，说：“哎，你说说厂长的女儿，她长得什么样？”

她不相信厂长的女儿会爱上苗大牛。

苗大牛说：“圆圆脸。”

“还有呢？”

“还有……”

苗大牛自己也说不出来了，他不会用语言形容人。

叶儿取笑说：“难道厂长的一位千金还不如打渔的一个小雨？小雨都变成那样了，你还能一眼认出来，厂长的千金才几天，你就记不清了？”

苗大牛纠正说：“不是记不清，是说不出。就像你那会掐花儿的神样，我现在还记得清清楚楚，可是要说也是说不出。”

叶儿心里一动，赶紧试探地问：“那会儿的事，你都记得清清楚楚吗？”

苗大牛说：“嗯。”

叶儿又问：“在苇地里的事儿，你也记得清清楚楚吗？”

苗大牛说：“有几回迷迷糊糊的，好像是做梦，记不清楚了，最后那一回，也就是我和你被抓起来那一回，还记得清清楚楚，无论什么时候想起来，都像刚发生的一样。”

叶儿说：“那一回，不是刚刚搂在一起吗？”

苗大牛说：“是，是刚刚搂在一起……”

叶儿心里就笑了，本来是寻开心，却寻出个放心来。一高兴，她就把一件本来不想说的事给说了，心里想，苗大牛听了一定很高兴，他那傻笑的样子一定很好玩。

她说："哎，我又有啦！"

苗大牛一时没听懂，傻乎乎地问："有什么？"

叶儿很失望，不由生气地说："你说我能有什么？"

苗大牛渐渐恍然了，回头看着叶儿，她肚子果然有点鼓，一时禁不住又惊又喜，扑上去抱住叶儿，嘿嘿笑着说："叶儿，你真好！"

有一天，苗大牛锄地回来，看见村口聚着许多人，都在神色肃然地议论着。其中一个人说："农会长在镇里开会了，了不得了，老蒋派的特务来了！有一伙带电钮的特务，就住在咱们十二连洼，县里为了保卫咱们农会的胜利果实，马上就要派人围剿他们了，咱们农会的人都得积极配合！"

有人不解地问："电钮是什么东西？"

那人说："听说是老蒋花一大捆钱，在美国买的一个武器，很厉害，上边安着一个电钮，一按电钮，想叫哪国亡就叫哪国亡！"

听的人无不唏嘘惊惧。

那人又说："不过咱也不用害怕，苏联老大哥给咱送来一个手电棒，只要用手电棒一照，那电钮就不管用了！"

苗大牛回到家，把在街上听到的话学给叶儿听。

叶儿说："你相信吗？"

苗大牛问："你呢？"

叶儿说："我不信。"

苗大牛就说："我听你的，也不信。"

谁知，话音未落，农会长就用喇叭筒子在大街上喊起来："喂！农会的人都注意啦，喝完汤马上到农会部集合，有紧急行动！"

连喊几遍，整个村街都被震得摇晃起来，每个墙旮旯都嗡嗡地回荡着喇叭筒子的声音。

苗大牛愣愣地看着叶儿，见她一脸悚然，不由小心地说："看来那事是真的。"

叶儿点点头："可能是吧。"

苗大牛问："咱们是不是农会的人？"

叶儿摇头说："谁知呢？成立农会时你不在家。要想参加，你找他们去。"

苗大牛说："我不去！"

可是第二天一大早，农会长就找上门来了，在门口大声喊："苗大牛，你怎么不去剿匪啊？是不是刚过上几天好日子就把从前的仇恨给忘啦？现在变天你也不怕啦？"

苗大牛慌忙跑出来，才想作解释，农会长已经扭头走了。走着冷冷地丢下一句："今天可要参加啊！"

苗大牛在后边讨好地问："农会长，今天还是在农会部集合吗？"

见农会长没回答，他提高声音又问："农会长，农会部在什么地方啊？"

农会长还是没回答，可是他却听见了，农会长很响地丢下了一声："哼！"

苗大牛脸上就有些挂不住，火辣辣地像是被人打了一耳光。

其实，所谓的配合县里剿匪，就是在本村巡逻，村民们分成班，扛着抓钩铁锨在村里村外不停地转。在村外也不敢往田间走太深，生怕不小心从哪棵高粱茬子上趟出个特务来，被人家轻而易举地按了电钮。

巡逻到第四天，县里的人就来了，但不是直接来的，是从黄河边上追击一股匪特追到田家庄的。就听从西北方向"当当"地打着枪，由远及近而至。当时天色已经放亮，十二连洼周围的村庄都被惊动了。村民们站在村头上，一齐"当当"的敲着抓钩和铁锨，嗷嗷地呼喊："抓特务啊！抓特务啊！"

敲击声和呼喊声此起彼伏，遥相呼应，不难想见已经陷入人民群众汪洋大海的特务是多么惊慌！

后来，枪声渐渐稀落下来，变得东一枪西一枪。没有经验的人还当是战斗结束了，殊不知，狡猾的匪特已经化整为零，把战局引向复杂。农会的人辛辛苦苦配合了四五天，到现在连特务几只眼都没有看到，未免有些失望。过了很久，还都意犹未尽地站在村口，透过灰褐色的晨曦极目远眺，试图穿过纵深的青纱帐看个究竟。

忽然，有人惊呼一声："啊呀！有人！"

看时，果然有个黑影蹿进村里了。

大家顿时紧张起来，面面相觑不知如何是好，仿佛这才知道手中的抓钩铁锨分量太轻，不能与特务的电钮匹敌。

情急之中，倒是农会长显出英雄本色，他大步往前一站，大声说："大家不要怕！咱们人多他人少，咱们路熟他路生，用抓钩铁锨照样能狠狠打击敌人，保卫咱们农会的胜利果实！再说了，县剿匪大队的人就在后边，马上就来支援咱们了，快追吧！"

追至一条胡同口，就看见有人在前边拼命逃窜，想必就是特务了。特务的一条腿大概像是受伤了，一跑歪歪栽栽的。

农会长一边追，一边喊："你跑不了啦！快投——"

"降"字还没有喊出口，特务回手打了一枪，"当！"吓得大家两腿一软趴倒了。农会长趴在地上，还不忘回头问："有人伤着没有？"

众人都惊魂未定地回答说："好像没有。"

农会长对这样的回答有些不满意，才想教训大家几句，忽然觉得脸上热乎乎的，像是有什么东西爬，伸手一摸，粘糊糊的，再一摸，耳朵少了半边，顿时气得大骂："他娘的，敢打我的耳朵！"

看时，特务已经跑远了，农会长顾不上耳朵流血和疼痛，爬起来一边追一边喊："别叫他狗日的跑了！"

这时，村口"当当"响了两枪，紧接着一个声音喊："同志们！我们是县剿匪大队的，刚才是不是敌人打枪？"

话音未落，人就到了。

因为匪特分散，剿匪大队的人也分散了，来田家庄的只有三个人。其中一个瘦高个是负责人，他拉一下农会长的手，问过伤情和敌情，然后留下一个同志给农会长包扎伤口，就带着另一个同志追匪特去了。

农会长见农会的人都站着不动，不由发急地喊："你们不去配合县里同志剿匪，还傻站着干什么？"

大家如梦方醒，赶紧尾随而去。

不知怎么回事儿，特务在村街上转来转去，又转回到刚才的胡同口来了。

瘦高个对天打了一枪，然后大声喊："站住！你跑不了啦，快放下武器投降吧！"

特务果然把枪扔下了，可是扔下枪后跑得更快了，也不钻胡同了，顺着大街直跑起来。

瘦高个拾起枪，见枪是空的，随手交给身边的同志，一边追一边喊："再跑我就开枪啦！"

特务不管不顾，只是歪歪栽栽地跑，跑过十字路口，一边是水坑和苇地，一边是田家过去的老宅院——现在的农会部。特务不进苇地，却一头钻进农会部。

瘦高个向大家挥挥手："同志们！紧紧围住院子，咱们来个瓮中捉鳖！"

此时天已大亮，特务留在地上的血迹清晰可辨。可是血迹进去小角门两三步远，突然消失了，满地都是露水洒下的潮湿，连一个脚印也没有！瘦高个迅速登上屋顶，环视四周，也没有发现可疑之处。

真是奇了，难道特务会插翅飞走不成？

农会长包扎完伤口，随后就到了，洁白的纱布像光荣花一样增添着他的斗志和豪气。他把田家的人全部赶到院子里，其实田家的人已经不多了，现在都住在当年长工住的下屋里。叶儿爹不在家，当年随老蒋逃走了，叶儿娘搂着外孙刚睡醒。柱子一家三口走娘家没回来。老三因强奸致死人命，土改时被政府正法了，媳妇带领一个三岁的女儿改嫁他乡。老二胆小如鼠，看见农会的人就磕头……

看看问不出什么来，农会长一边派人爬到屋顶上，居高临下地控制住整个院子，一边叫人拉网一样从院子一边往另一边找。他自信地说："地上没有，挖地三尺也要把他狗日的挖出来！"

苗大牛不敢怠慢，跟着几个人走到下屋前，看见瘸腿老五曾经住过的屋子已经破败不堪了，窗子上边塌坏一个洞，门板斜吊在门框上。大概瘸腿老五死后就没人在这里住过，也没翻修过。

在经过小窗口时，苗大牛无意间向里看了一眼，谁知就这一眼，竟看到一对惊恐得如是兔子的眼睛，料定那就是特务的眼睛了，不由激动得“啊啊”叫喊起来：“特务在这里！”

瘦高个闻声冲进去，眨眼之间就把人揪出来了，快得如囊中取物一般。可是看时，大家顿时愣住了，他是叶儿爹田子鹏！

原来老家伙没有跟老蒋逃到台湾去，从土改到现在，他就一直在这摇摇欲坠的破屋里躲藏着。

很显然，老家伙也不是那个被追的特务，他身上不但没有伤，而且连一点露水都没有……

四十

田子鹏被抓，叶儿非但没有抱怨苗大牛，反而安慰说：“这不怪你，你又不知道他在里边。再说，你不发现他，别人也会发现他。”

见苗大牛不说话，她就向他靠近些，用肥硕的乳峰顶住他的后背，把细长的胳膊从他后边绕过来。苗大牛身上顿时像是通了电，整个儿迅速胀起来，仿佛着魔似的，一翻身就将她紧紧搂住了。

叶儿笑着躲开了，嗔怪说：“你不是睡着了吗？我跟你说话都不应！”

苗大牛显得急急慌慌的，像个馋嘴的孩子，涎着脸说：“不是我不应，是我在想那是怎么回事儿。你说怪不怪？眼看就被抓住的人，一眨眼没有了，本来没想抓的人，却乖乖地落进网里了！”

叶儿说：“你们也真笨，要在街上把特务抓住了还有什么事？”

苗大牛说：“你没听人家说，那不是人，是瘸腿老五的阴魂歪歪栽栽地引着人去抓你爹的。都说瘸腿老五当年死得蹊跷，死了还躺在棺材里。”

说着“嘿儿嘿儿”笑起来，他心里说：人真会编！如果没有人把瘸腿老五放进棺材里，他死了怎么会躺在棺材里？

叶儿推苗大牛一下，说：“看把你高兴的，我就知道抓住俺爹你高兴！”

苗大牛说：“抓住他我当然高兴喽！可是我喜欢你——这是两码事！”

叶儿撒娇地说：“说得轻巧！将心比心，要换在你身上，你会怎么想？”

苗大牛想起他死去的爹，不由叹口气，劝叶儿说：“换了谁，也都是没有办法的事。”

叶儿把身子扭向一边，“嘤嘤”哭起来，哭着说：“我不管你心里怎么想，我是他女儿，反正我不能看着他被人枪毙也不管。我已经想好了，明天晚上，我就和柱子哥一起救他去。”

苗大牛吃一惊：“你疯了？万一被人抓住……”

叶儿把身子扭回来，停住哭，看着苗大牛，用不容置疑的口吻说：“我都打听清楚了，镇政府大院里，晚上没有人看守。”

苗大牛说：“那也不行，你一个女人家，再说还怀着孩子。”

叶儿分辩说：“怀着孩子怎么了？反正没人心疼！”

苗大牛两难地解释说：“我不是不心疼孩子，也不是不心疼你，可是这事……要换成别的事，无论什么事，我都愿意去替你，死也愿意去替你！”

叶儿感激地拥住苗大牛，责怪说：“谁叫你替我死了？”

然后商量说：“你要是真舍不得我和孩子，你看这样行不？你恨他，就别把他当成人，权当到邻居家借一件东西，你只是替我到邻居家把他借回来就行了。”

苗大牛被叶儿一拥，凉了半截的身子又迅速胀起来，他两手乱抓着，反驳说：“那不是借，是偷。”

叶儿顺从地说：“对，是偷。”

苗大牛说：“我长这么大，还没有偷过人家的东西。”

叶儿说：“我知道，你都是为了我。”

苗大牛说：“当然，我都是为了你。”

这一夜，叶儿极尽温柔，让苗大牛亲了个够。

第二天吃过早饭，两个人穿戴一新，上大庄赶集去了。

集上人很多，都穿戴得很新鲜，可是在苗大牛看来，没有一个人能比上叶儿的。

有个成衣摊子，是卖女人内衣的，苗大牛执意要给叶儿买一件，叶儿拗不过，就买了。在一个拐角处，叶儿变戏法似的，给苗大牛买来一串糖葫芦。她拿着叫他吃，他吃一个不吃了，说怕酸，叫叶儿吃，其实是舍不得吃。

转到晌午，他们走进镇政府大院。

叶儿叫苗大牛在门口看着，她自己向关押父亲的地方走去。

站岗的人问叶儿："干什么的？"

叶儿笑着说："赶集的，找水喝。"

她回来问苗大牛："那地方看清了？"

苗大牛说："看清了。"

又问："都记住了？"

苗大牛说："都记住了。"

然后绕着院墙走。院墙很高，一色青砖砌成，白灰抹缝。记得那次抢劫龚家时，苗大牛是由丑鬼老大用绳子吊着进去的，制服了龚老爷之后，他从大门出来的。这一次由谁吊着进去呢？还能像丑鬼老大那样制服赵镇长，再从大门里出来吗？

叶儿碰一下苗大牛，提醒说："你看前边。"

前边一个墙角倒塌了，是用旧砖临时垒上的，一人多高。垒得很不整齐，看上去尽是可供攀登的脚窝儿。

叶儿高兴地说："真是天无绝人之路啊！"

苗大牛却不以为然，摇头说："你不懂，这样的墙不好攀，一扒砖就掉，一登墙就倒。"

叶儿觉得有理，说："再找找，看还有没有更好的地方？"

看了一遭，都是青砖高筑，叶儿说："只有那个地方了。"

苗大牛点头说:“就那个地方吧。”

回到家,吃过晚饭,二人复又躺在床上,缱绻温存。

苗大牛很快就有了冲动,可是叶儿却拦住他说:“现在不行,你还有事——等回来吧。”

苗大牛只好忍耐着,就像动物园里驯顺的猴子,要等表演完规定的动作,才能得到一口赏食。

待到夜深村静,叶儿拉着苗大牛的手,送出门口,交代说:“柱子哥就在村外小路口等你。”

在门板“吱呀”关闭的那一瞬,苗大牛心里不由“咯噔”一沉,仿佛有什么事情做错了,但也无法挽回了。身后的大门已经关闭,一个巨大的幸福就关在里边。那是一锅煮锅肉,正等人拾柴回来烧煮,只有拾来足够的柴火才能吃到美味的肥肉!

前面黑洞洞的,仿佛一只张开的口袋,或是一个无底的深洞。苗大牛不怕这些,也不能怕这些,他知道拾柴的艰辛与食肉的幸福应该怎样开比例,这就和领兵打仗差不多,和翻地播种收获一个样,世间没有不付出就获得的道理。

在村外小路口,苗大牛找到了柱子哥。

二人快步疾行,九里路很快就走完了。在高墙外边,苗大牛找到了白天看好的那个墙角。四周静悄悄的,大院里一点响声都没有,只有小虫梦呓般的低吟。

苗大牛暗暗高兴,他叫柱子哥在外边接应,自己进去救人。他深吸一口气,不知怎么一纵身就登上墙顶,脚尖一点就跳进院子了,动作敏捷得犹如一只野猫,连他自己都感到十分惊奇和不可思议。

顺着墙根穿过一段夹道,走上回廊,看见关押叶儿爹的门前果然无人看守,就悄悄走过去,从身上摸出一根耙钉,插进锁孔,才想撬,对面屋里突然一声猛喝:“干什么的?”紧接着冲出两个人,一边对天“当当”的鸣枪,一边大声喊:“站住!”

苗大牛顾不上救人,回头就跑,当他再次跃上那个墙顶时,追的人已至近前。慌乱之中，他还不忘提醒外边的柱子哥："快走！"

其实，里边的枪一响，外边的柱子哥早就跑得没有踪影了。

忽然，苗大牛觉得身子轻飘起来，还没明白是怎么回事儿，"轰隆"一声巨响，整个墙角倒塌了。人随砖块同时摔倒，同时摔出一声脆响。他全身的骨节和干垒的砖块一样，强烈地挤压挫动着，并且发出一连串清脆的断裂声……

不知过了多久，苗大牛苏醒过来，看见自己在一间宽敞的屋子里，躺在一块门板上。桌上点燃一盏小马灯，一边站着一个人，叉着腰，挺胸昂首，目光如电，十分威武；一边坐着一个人，手里握着笔，等待记录。

站着的人说："你如实回答，叫什么名字？"

声音不高，却一字一顿，掷地有声，不容迟疑。

苗大牛本想站起来，可是胳膊、腿都不听使唤了，几次想站都没有站起来，只好躺着说："苗大牛。"

那人"哦"了一声，闪身离开桌子，走近苗大牛，盯着他说："你爹不是被田子鹏杀死的吗？难道血债未讨，你反而认贼作父了吗？你这个混蛋！"

顿一顿，那人又缓和些语气说："你把来的目的，同伙是谁，前后经过，统统给我说出来！"

苗大牛就把来的目的如实交代了。前后经过他起初不想说，想把叶儿隐瞒起来，后来怕人不相信，就说叶儿老是哭，不吃饭，为了安慰她，自己才自作主张来救人的。同伙是谁他没说，他已经感觉到，救田子鹏绝非儿戏，是犯下不小的罪。既然自己被抓起来了，就干脆把柱子哥保住吧，日后他对叶儿母子也好有个照应。

那人不相信，拍着桌子大声说："没有同伙，你喊谁快走？"

苗大牛狡辩说："我喊自己，心里一急就喊出来了。"

这时，背药箱的姑娘走进来，说："赵镇长，你先歇会儿，待我给他包扎完再审。国民党几十万大军都被我们打败了，难道还制伏不了一个苗家大牛！"

赵镇长显然气坏了，临走时还冲着苗大牛吼："你好好想想吧，待我回来再不老实交代，决不轻饶你！"

背药箱的姑娘很仔细地给苗大牛检查完，拿来一些木板和绷带，用木板和绷带把苗大牛的一条腿夹住缠紧，再把苗大牛的一条胳膊同样夹住缠紧，然后给他服下几粒药，嘱咐躺着不要动，就走了。

苗大牛看那姑娘，起初觉得面熟，后来忽然想起来了，原来她就是在战场上给白羊治过病的卫生员，同时也想起来了，赵镇长就是给他们白馍吃的那个赵营长，难怪看着都面熟？

天啊！苗大牛好不惊奇于这样的巧合。世界那么大行人那么多，为什么偏偏遇上他们呢？为什么鬼使神差地犯在他们手里呢？可见就该死在他们之手！在战场上没有被打死，追到家里也得补上这一枪……

四十一

天刚蒙蒙亮，叶儿就来了。

叶儿两眼红肿，显然一夜没睡好，疲惫的面容像大病初愈一样苍白，头发凌乱不堪，发梢湿漉漉的，有一缕沾在嘴角上身上还是昨天穿的衣裳，但不如昨天整洁了，鞋和裤腿上沾着草屑和泥土。

苗大牛心里一阵酸楚，昨天此时，他们还在床上缱绻缠绵，难舍难分，一夜之隔，却忽忽如过数年，遥遥若距天壤，成了现在的样子。他没有替叶儿救出父亲，自然也就得不到那份报偿了，大概永远也不会得到了。虽然与叶儿的情缘已经实现，并且还喜出望外地有了两个孩子，但他觉得那段美好和幸福还是太短暂了，仿佛一杯美酒刚刚品出味儿，一出好戏刚刚拉开序幕，就结束了，未免让人留恋和遗憾。

叶儿伏下身，小心翼翼地在苗大牛身上抚摩着，就像在灰窝里捡拾一块臭豆腐，生怕不小心弄坏了。他脸色蜡黄，眼窝青肿，一条腿和一条胳膊用木板绷带缠得紧紧的，想动一下都不能……她鼻尖一酸，不禁动情地说："都是我害了你。"

苗大牛说:“不,我是情愿的。为了你,从一开始我就是为了你!”

顿一顿,他又说:“你不用担心,我一人做事一人当!你回家带着孩子安心过日子吧,有事就请柱子哥帮忙,你们是兄妹,他不能不帮你。”

叶儿听懂了,知道苗大牛把一切都揽到自己身上了,一时激动得双手捂住脸,“嘤嘤”哭起来。

苗大牛劝:“别哭了,回家吧。”

谁知一个“家”字,竟在苗大牛心上撞出一阵伤痛。他一时不能控制,竟也“呜呜”哭起来。

这一男一女、一高一低的哭声,使得赵镇长十分不解。原以为,这是一对畸形婚姻,他们之间根本没有感情基础当然也没有感情可言,而苗大牛犯罪,则是出于无奈或受骗上当被人利用,相信通过做工作,会弄个水落石出真相大白。谁知一大早,他们竟演出这样一场凄凄惨惨戚戚的恋曲,心里不得不嘀咕起来,莫非真是苗大牛交代的那样?若是那样,苗大牛犯罪的性质就变了……

后来,叶儿又来过几次。有一次竟把家里正在下蛋的一只老母鸡给杀了,熬汤送来给苗大牛喝。苗大牛不忍心拖累叶儿,就盼望公判大会早日召开,无论是死是活,判了就完了,于他与叶儿或许都是一种解脱。

一天,苗大牛忍不住问卫生员:“公判大会怎么还不召开啊?”

卫生员一听就火了,气恼地说:“还不都是为了你!”

苗大牛不解:“为了我?怎么为了我?”

卫生员说:“赵镇长认为,你救田子鹏是上当受骗被人利用,在县里替你申辩,挨过几次批了。你也该清醒清醒了,别一碗鸡汤就把你灌迷糊了!”

凭直觉,苗大牛知道这一次又遇到好人了!他的命运虽然苦,但也算幸运,每一次劫难,都能化险为夷,死里逃生。他一时悲喜交集,不禁哭笑并发:“天哪!好人怎么都被我遇上啦?我怎么报答他们啊?”

卫生员吓一跳,当是他疯了,待明白之后,禁不住大声呵斥说:“你嚎什么?赵镇长替你申辩,并不是给你讲情,谁有罪也决不轻饶!”

可是苗大牛还嚎:“我不图轻饶!赵镇长是好人,无论打我、骂我,我都心甘情愿!”

一个月后,公判大会终于在大庄镇召开了。

这日正是大庄大集,又值立秋刚过,田间管理业已结束,庄稼尚未成熟,休闲的庄稼人无事还到集上走三遭,今天召开公判大会枪毙人,谁不赶来看热闹?无论男女老少,三乡五里的人都来了,直把偌大一个广场挤得满满的。

苗大牛虽然走南闯北,还打过大仗,但面对这么多人,尤其面对这么多乡亲,他还是第一次。他觉得那些人都在看他,并且指指戳戳,仿佛在说:看吧,就是他!不替父亲报仇,却去救一个仇人!

他知道,这次公判大会之后,他将被押往县里,去过长达八年的监禁生活。也就是说,他又要离开这个家了。

苗大牛每一次离家,都是这样惊心动魄,轰轰烈烈。第一次是父亲用鲜血和生命为他送行,后来历尽千难万险回到家乡;而这一次,则是用枪毙仇人的枪声为他开道,然后披挂着仇人的影子去接受改造。

他万万没有想到,与仇人的结局会是这个样子!本来,他可以持刀将仇人杀死,为父亲报仇,或者像今天这样登上舞台,指着仇人的额头为父亲申冤,然而现在,他却与仇人一起跪在乡亲们面前,接受审判。

他不知道这一次离家失去的将是什么,也不敢想象将来如何返回家园,只想举起双手在自己脸上狠狠痛打,可是双手被绳子捆住了,他已经没有自由了,想打自己都不能了。

现在,昂首挺胸站立在身边,像牵牲口一样牵着他和田子鹏的人,即是县里派来的武警。尽管卫生员事先给武警交代过,他的伤还没有痊愈,可是武警还是将他捆了个结实,那一招一式,完全像捆一头猪,用力一拧就捆上了。自从绳子搭进脖颈的那一时刻起,他就觉得人的尊严没有了,如同一只脱光毛的猴子,被人牵到舞台上,任人观看,任人指指戳戳。台上的人说些什么,台下的人说些什么,他一句都没听清,只有“嗡嗡”的声音塞满耳朵,塞满头脑,塞得头疼欲裂,五脏翻涌。

忽然,台下掀起一阵骚动,接着传来一个女人尖利的喊声:“孩子!我的孩子!”

苗大牛听出,那是母亲的声音,可是母亲已经去世了,纵然母亲在天有灵,此时她也只能躲在暗处偷偷器泣,不敢在大庭广众面前公然叫喊。母亲没有脸面叫喊,儿子已经把她的脸面给丢尽了!

也许是叶儿,是叶儿带着孩子来看他了。不知为什么,叶儿已经好久没有来看他了,猜想可能是病了。这一阵真够她受的,父亲没有救出来,男人又被摔伤抓住,真是雪上加霜啊!现在她还好吗?她是怎么来的呢?还在前边,她是怎么挤到前边来的呢?是从人群中挤过来的?还是一早就在前边等着了?

这样想着,苗大牛不知不觉地抬起头来,想看一眼叶儿在什么地方。他的头刚刚抬起一点,突然一脚踢在腚上了,紧接着一只大手将他的头狠狠地压下去。他顿时明白了,他的头怎么能随便地抬起来呢?他的头只能深深地低下去。

当台下再一次出现骚动时,苗大牛被武警提起来,连同田子鹏一起押上一辆绿色大卡车。上车时,他有片刻机会看了田子鹏一眼:田子鹏背上,插着一块白色大牌子,上面打着一个又大又红的叉。他下意识地想到自己,便轻轻地活动一下脊背,以试自己背上是否也插着一块那样的大牌子。谁知刚一动,就招来一声喝:“老实点!”同时一个硬物重重地砸在脊背上。他放心了,他清楚地感觉到,自己脊背上没有大牌子,硬物是直接砸在他脊背上的。

汽车开到一个堤脚下,停下来。武警把田子鹏推下车,田子鹏已经吓得站不住了。他从苗大牛身边经过时,有一股很浓的臊臭味。

他吓屙了!

苗大牛想仰面大笑一声,可是他不敢,甚至出口大气都不敢。

天哪!枪毙仇人,他出口大气都不敢?这是什么事啊?我还算人吗?

苗大牛禁不住大声喊起来:“我还算人吗?”

然后发疯地向车厢猛撞。武警用力揪住他,他挣扎着,哭喊着:“我要看看田子鹏是怎么死的!我要亲眼看着他死!看看他的血也能喷出一丈高吗?现在正是午时,正是我爹死的时辰。老天爷!快睁开眼睛看看吧,都看看吧,田子鹏这个老狗也要死啦！哈哈哈哈！”

这时候，枪就响了，“砰”地一声，如是打在一堆棉花套子上。田子鹏软绵绵的往前一栽，不动了，甚至也没有多少血流出来。苗大牛觉得枪声太沉闷，田子鹏死得也太快，不解恨。他蹦跳着，发疯地吼喊着：“不行！不能叫他就这样死了，还得再打一枪！叫我打他一枪！”

武警们跳上车，汽车开动了，一股尘埃旋到田子鹏尸体上。

田子鹏的尸体迅速在尘埃中退走、消失。

转过一个堤口，汽车驶上大路。

这是一条通往县城的大路。

苗大牛扭回头，想看一眼家的方向，谁知却看见叶儿和柱子哥，还有一头老牛拉着一辆破拖车，上边横着一块门板和一领苇席：他们是来收尸的。两个人战战兢兢的样子，像是刚从路边的草里钻出来。叶儿身子很单薄，肚子却显得更大了。她摇摇晃晃的，一只手扶住拖车，一只手打着眼罩，不知是仰面看天，还是追望汽车、追望汽车上的苗大牛？

苗大牛猜想，她一定是追望汽车……

四十二

后来，苗大牛提前释放了。

他提前释放的原因，是抓逃犯立了功。

那是一个上午，苗大牛和一个大个子犯人在一起抬石头，刚走到一堆乱石前，忽听身后“扑通”一声，紧接着石堰上的人喊起来：“不好啦！有人掉水库里啦！”

已是隆冬天气，水面上结着冰，落水的人在冰下像蘑菇一样顶几次便僵挺不动了，救命的绳索搭到他面前，甚至搭到他手上，他都不会抓取了。

石堰上的人都慌了，就连站岗的警察也开始忙着去救人。大个子犯人看看苗大牛，苗大牛会意地放下木杠，想偷懒歇会儿，谁知大个子犯人却撒腿向石堰外边跑去，眼看就跑进杂树林子了，苗大牛害怕了，他知道和自己一条杠的人逃跑了，无论如何也脱不了干系，于是大声喊起来："有人逃跑啦！有人逃跑啦！"

警察一边"当当"地对天鸣枪，一边喊："抓住他！别叫他跑了！"

苗大牛以为警察是喊给他的，也顾不上多想，拖着一条没接好或许当时接好了后来又错位的瘸腿，连蹦带跳地向逃犯追过去。

警察在后边喊："你回来！再跑就开枪啦！"

苗大牛也不管不顾，追至杂树林子边上，抓住了逃犯。逃犯气恼地对着他的太阳穴就是一拳，恰巧瘸腿落地未稳身子一歪头一偏，一拳砸在他鼻梁上，鲜血顿时淋漓而下，伤得不重却十分吓人。

警察随后赶到，手铐脚镣戴到逃犯身上，给逃犯加刑三年，而苗大牛则立功受奖提前三年释放。那个倒霉的落水者，无意间煽起犯人逃跑的念头，结果却因抓逃犯耽误了施救时间，自己丢了生命。

苗大牛觉得这不是一般的巧合，而是神差鬼使，不然，他怎么会听得警察是喊他追逃犯呢？如果没有警察的命令，他怎么敢擅自行动呢？还有他的腿，一瘸一拐的，怎么会跑得那么快呢？怎么会追上一个大个子逃犯呢？

出了县城，苗大牛沿一条斜路往家走，磨磨蹭蹭的，想等到天黑再回家。走到村头，天还没有黑，只好找一片沙土岗子躲起来，两眼望着缥缈于烟雾中的村庄，心里空空荡荡的，抓逃犯提前释放的那点荣耀，早已在路上被风刮走了，剩下的只有惭愧和内疚。

一阵冷风吹来，他身子不禁一抖，几乎站立不住了。铺盖卷从肩头滑落下来，无声地落在地上，苗大牛也像从谁的肩上滑落下来，无声地落在地上。铺盖卷已经破烂得不成样子了，几次想扔没有舍得，他自己也一定破烂得不成样子了，但愿叶儿不要扔了他。

晚风扬起的沙尘迷住双眼，揉时竟揉出两泡泪水。朦胧中，他看见有人从村口走出来了，像是叶儿，急忙爬起身来，把铺盖卷拎在手里，想迎着叶儿走过去，可是定睛看时，哪里有叶儿？那是一株枯秃的老树，正阴郁地站立在村口上。

慢慢等到夜色变浓，村街上没有人了，苗大牛才离开沙土岗子，往家走去。一路灰溜溜的，像过街老鼠似的沿着墙根匆匆而行，生怕被人看见。

家门从里边闩上了，一推没推动，想喊又不敢，正不知如何是好，里边忽然响起一阵脚步声，接着门扇“吱呀”一声开了。他赶紧迎上去，谁知出来的不是叶儿，竟是白羊。

叶儿跟在后边，头发有些凌乱……

白羊不无意外地“哦”一声，然后说：“哦，回来了？”

苗大牛渐渐回过神来，才想问白羊什么时候回家的，是探亲还是常住？白羊却绕过他走了。

叶儿显得慌慌张张的。她在屋门口拦住苗大牛，叫他找一根树枝打扫身上的土！待苗大牛在院子里打扫完身上的土，她已经把灯从里间端出来，放在当门的桌子上。

叶儿问：“你还没有吃饭吧？”

苗大牛觉得心里满满的，不想吃，就说：“我不饿，要有水就给我一碗。”

叶儿端来一碗水，又捏来一撮糖，一边往里放，一边说：“表哥给我捎来的，叫我放着喝水。”

苗大牛说：“他什么时候回来的？”

叶儿说：“刚两年。”

苗大牛说：“他还走吗？”

叶儿说：“不走了。”

苗大牛说：“他家属也来了？”

叶儿便“哼”一声，冷冷地说：“能不来吗？树倒猢狲散！”

苗大牛不知道这话是什么意思，才想问，却见叶儿哈欠连连，无心说话，就没问。

叶儿说：“都累了，快睡吧。你还是睡那边的床。”

苗大牛便听话地向那边走过去。大概已经习惯了，这几年，他就是在别人的指令下生活的。床前有盏灯，他没点，一个人木木地呆坐了一会儿，没脱衣裳就睡了。

第二天天刚亮，苗大牛就起床了，他找来一把扫帚，开始扫院子。其实院子并不脏，没有烂砖头碎瓦片，甚至连根横草都没有，可是他还扫，不扫干什么呢？

他正扫得起劲儿，叶儿在门口出现了。她用手扶着门框，一只脚蹬在门槛上，很不耐烦地喊："哎！干什么呢？还叫人睡觉吗？"

苗大牛不解地停下来，正想说什么，叶儿身后突然闪出个小男孩。小家伙瞪着一双乌黑的小圆眼，上上下下打量他一会儿，回头问："娘，这个人怎么跑到咱家来了？"

叶儿没好气地说："他是你爹！"

小家伙先是一愣，然后惊喜地拍着小手喊："噢！我也有爹啦？我爹回来啦！"

然后走近苗大牛，煞有介事地说："吃过饭，我带你上街走走，叫他们认识认识你！"

苗大牛被孩子说得心里又甜又凄楚，禁不住低头看自己，以商量的口吻说："明天行不？今天我在家洗洗衣裳，刮刮脸。"

小家伙不同意："别！这样他们才害怕！"

苗大牛答应了，只要孩子乐意，他还在乎什么呢？

小家伙顿时满足得不得了，像是什么都有了。吃饭时，他不住地问："爹，你都会什么呀？"

苗大牛被他问住了，是啊，我会什么呢？好像什么都会，又好像什么都不会，他想了一会儿，只好说："会打仗。"

小家伙问："打真仗？"

苗大牛点头说："嗯。"

吃完饭，小家伙便找来一根白蜡杆，想叫苗大牛扛着，看看又觉得不合适，好像会打真仗的人扛着白蜡杆不威武，于是便找来一把粪杈子，粪杈子的齿很尖很吓人，他就叫苗大牛扛着，自己则扛一根白蜡杆，然后雄赳赳气昂昂地出发了。

走到街上，孩子们还没有集合，小家伙很失望，但又不甘心，就挑衅地去敲人家的门，等人家出来了，便向人家炫耀说：“看看吧，这就是我爹！会打仗，打真仗！”

苗大牛赶紧配合，向人家孩子做鬼脸，直把人家孩子吓得怯生生地低下头才罢休。

如此炮制几家，小家伙越发得意了，非要把全村所有的门敲遍不可。

苗大牛赶紧劝解说：“行了，见好就收吧。”

小家伙不同意，提出要求说：“还得再敲一个石头家，他尽骂我没爹！”

敲完石头家，小家伙才收兵。

苗大牛从心里喜欢这孩子，觉得与他合得来，不像如意老是躲着他。一高兴，他就把小家伙举到脖子上，给他当马骑，跑起来一颠一颠的，逗得小家伙“咯儿咯儿”笑个不停，他也“嘿嘿”笑出了声。

他问：“你叫什么名字？”

小家伙说：“二狗。”

又问：“如意呢？我怎么没见他？”

小家伙说：“他在姥娘家。”

走到门口，小家伙突然收住笑，悄声说：“咱听听，看他来了没有？”

苗大牛问：“谁？”

小家伙说：“叔叔。”

他们刚在门口停下来，就听见叶儿在院子里“咯咯”地笑。

苗大牛心里一沉，觉得很不是滋味，好像有什么东西被人偷走了。

小家伙趴在苗大牛耳朵上，神神秘秘地说：“你等着，我去吓唬他……”

他蹑手蹑脚的，刚走进院子，就被人发现了，响起一个小女孩惊喜的声音：“二狗哥！”

原来还有一个小女孩，不是他自己！苗大牛荒漠般的心田里轻轻刮起一阵风，烦乱不安的心情渐渐平静下来。他将粪杈子放在门后，走进院子。

小女孩拉着二狗要在院子里垒瓜园。小女孩胖鼓鼓的腮，柔长的发束系着一对蝴蝶结,动起来一飘一飘的。她穿着鹅黄色的毛线衣,不知是胖还是穿得厚,走起来一踱一踱的,笨得像只小鸭子,很可爱。不用说,她就是白羊的女儿了。

苗大牛正看得出神,叶儿在门口出现了,她古怪地笑着说:"认识不?"

苗大牛摇头说:"不……不认识。"

叶儿说:"你仔细看看,她娘俩模样多像?"

苗大牛就猜出她像谁了,可是他却不能相信这样的事实,这怎么可能呢?

白羊也出现在门口,他仿佛看出苗大牛的心思,不由哈哈地笑着说:"怎么不可能呢?她就是我和圆圆生的女儿!"

声音虽然不高,可是苗大牛的心却被猛烈地震撼了。一时间,被欺骗和被愚弄的悲哀如同一窝一窝小鸟儿,呜咽着从他千疮百孔的心灵深处啪啪飞出来!

白羊接着说:"其实,我娶圆圆是一个天大的错误!我的一生都因她而毁了。"

苗大牛没好气地说:"你是看上她爸爸当厂长了!"

白羊马上叫苦说:"要不是她爸爸当厂长,我还不致落到这步田地呢!"

苗大牛心里咯噔一沉,猜想圆圆她爸爸一定出事了,可是他不想问白羊,甚至连看他一眼都不想。住了一会儿,他在门后拿起一把竹扫帚,"呼呼啦啦"扫起院子来,直扫得满院尘土飞扬。

白羊面对如此的轻蔑和亵渎,不仅表现得静如止水,而且面带微笑。他一边像观看风景一样观看苗大牛的蹩脚表演,一边把一只脚踏在门槛上,悠悠然吸着一支烟。随着烟圈儿的飘动,白羊不紧不慢地说:"苗大牛,你从监狱释放出来,应该先到社里报个到,像你这样无组织无纪律,随随便便,对自己可没有好处!老农会长调到乡里任乡长去了,本社社长的职务就由我担任!我是看在咱们从前同过事,现在又沾亲带故的情分上,才提醒你一句!"

苗大牛顿时愣住了,不可抗拒的威力如同漫天乌云黑压压地迎面扑来,笼罩在他的上空,刚才仅有的一点骨气,霎时变成一缕烟一阵风,在白羊巫术般的箴言里迅速飘散、消融。

他觉得这又是一场梦，不然怎么会如此离奇和不可思议呢？他努力挣扎着，试图从噩梦中醒过来，看看真实的自己是个什么样子，或者让另一个自己游离肉体，站在对面的墙上，看看梦境如何演绎最后的悲剧。

这时候，一个嘹亮的声音突然响起，仿佛来自遥远的未来，深杳而神秘："我爹会打仗，打真仗！"

苗大牛陡然振作起来，身为人父的尊严给他平添了无限豪气，受骗受辱的激情鼓涌得他如骨鲠在喉不吐不快，于是冷冷地一笑，反唇相讥说："白羊，我现在还不是你的社员，因为我表现得好提前释放回来了，还没有向社里报到，等我报到后，你再提醒也不迟！"

白羊微微一怔，想说什么却被叶儿拦住了。

叶儿责怪说："他是我表哥，咱家的客人，有你这样对待客人的吗？"

苗大牛顿时蔫软了。

一个"咱"字，如一杯醉人的琼浆，如是一个迷人的笑靥，简直令人防不胜防！

四十三

苗大牛回来的那个冬天，正赶上农业社兴修水利，社员们干劲十足，不顾天寒地冻，挥汗大干，午饭送在田间吃，恨不能一下子就把农田改造成生金长银的聚宝盆。

苗大牛自然不甘落后，只是瘸腿和伤胳膊不给争气，一条腿拖拖拉拉的，别人运两趟土他还运不了一趟，用镐头刨土，刨几下伤胳膊就疼得举不起来了，不由心里灰灰的，知道自己完了，残废了，同时还担心白羊会借故报复他。

自从那天顶撞白羊之后，苗大牛就后悔了，觉得自己不该那样，白羊娶圆圆是他离开工厂之后的事，当时又不是白羊强迫自己回家的，是自己放心不下母亲和叶儿母子才回家的，难道你回家了还不许别人娶圆圆吗？还有白羊与叶儿说话的事，他们是表兄妹，自幼一块儿长大，表现得亲近些，你心里别扭什么呢？

苗大牛越想越惭愧，便想找个机会向白羊道歉，以求原谅。可是白羊忙得很，社员们的工具坏了，要请社长安排修理，午饭用的油盐柴米没了，要请社长安排采购。

有几次，苗大牛迎着白羊走过去，才想开口却有人把白羊叫走了。于是认为，与白羊和解已经无望，只有等着穿小鞋了。

一天下班时，白羊召集社员开会，总结前段的工作，先表扬了几个人，号召大家向他们学习，要大干苦干今冬、明春，完成沟渠畦田的修建任务，确保今后涝能排、旱能浇，旱涝保丰收。然后把目光转向苗大牛，直直地盯住他。

苗大牛的心一下子提溜起来，猜想马上就要拿他当落后的典型批判了，便低下头，做好承受所有严词呵斥的准备。谁知，白羊清一清嗓子，却宣布说："由于苗大牛残疾，不适合在田间劳动，社里决定，从明天起，调他到饲养队工作！"

起初，苗大牛还当饲养队是放逐坏人的地方呢！及至到那里一看，才知道饲养队尽是些年老体弱需要照顾的人，和养老院差不多。名曰饲养队，其实只有三四个人，八九头牲口。除铡草、垫圈活累点，一天干不了半天，其余时间都是谈古论今闲聊天。闲腻了，就赶集观景或者回家做家务，只要一天三顿不误喂牲口，晚上看着牲口好好睡觉就行了。

饲养队就是这样一个看似责任重大，实则轻松自在的美差儿！苗大牛从心里感动得不得了，相比之下，越发觉得自己心胸狭隘，对不住白羊。

一天吃饭时，他和叶儿商量说："要不抽个空，把白羊请家来，我给他道个歉。"

叶儿意味深长地笑笑说："放心吧，只要表哥的社长不倒，你的美差就丢不了！"

苗大牛说："我不是这意思，是觉得那天……"

叶儿说："知道错就行了。你也不用往心里去，表哥不是那种小肚鸡肠子的人！"

渐渐地，苗大牛发现，在饲养队工作其好处还不单单是轻闲，更大的好处则是有实惠。单说明的，就有牲口吃剩的草梗棒，一天一筐往家拿，还有铡草时落在地上的粮食粒，一天半斤二三两的捡回家。有了这些补贴，家里吃的烧的就宽裕许多。暗的就不用说了，只要你愿意坏良心，反正牲口不会说话，该吃三斤的给它一斤也没人知道。

起初，苗大牛不忍心那样做，后来有了那个饥馑的春天，草根都被人挖净、树皮都被人剥光吃了，不少人饿得扶着墙根走，也就顾不上那许多了，开始往家偷起饲料来。只是此时的饲料，已不似先前的那么多，也不似先前的那么精，只有点豆饼地瓜干什么的，上级还盯得特别紧，生怕牲口吃不到肚里饿死了。

苗大牛就是偷了那点豆饼地瓜干，才使得叶儿和孩子没有饿得扶着墙根走。这份情他怎么也忘不了，觉得一家人的命都是白羊送给的。要不是那个风雨交加的夜晚，要不是那一道雪亮的闪电，到现在他还对白羊感激不尽呢！

其时麦秋已过，饥馑业已缓解，苗大牛家里不需要偷饲料糊口了。偏巧那天晚上有两袋新炒的饲料放在床头，散发出阵阵扑鼻的香味，搅得人心痒手痒难以入睡；偏巧那天晚上的伙计又是个贪得无厌的家伙，那家伙几乎天天往家偷饲料，只是不知道他今天是出于讨好别人还是想堵别人的嘴，竟用自己的口袋装上饲料给苗大牛，叫苗大牛送回家，然后他再送。

外面风雨交加，一片漆黑，苗大牛迟疑着不肯动，那家伙把口袋往他怀里一塞，然后拿蓑衣披到他身上，再在后边用力推一把，苗大牛就半推半就的上路了。

走到村街上，如入无人之境，心里的惊慌和不安，顿时烟消云散，贼胆和贪欲悄然膨胀起来。苗大牛用手按一下腋下的口袋，鼓鼓的足有二十斤，不由一阵窃喜。这太容易了，只需举手之劳即可据为己有！有了这些东西，在饥馑的年月可以救活一家人的性命，搀上菜叶一个四口之家能食用一月，如果一月有上一次，家里的生活即可改善许多，那么有两次呢？吃饱肚子还能略有节余，要是有三次、四次呢？可以把节余的粮食囤积起来换成木料建房子！

那几个伙计一月何止三四次呢？狗日的，都黑心烂肠子，几乎天天往家偷饲料，早已经发大了！苗大牛一边嫉恨，一边自责，仿佛本该属于自己的一份都被别人抢走了，都叫别人发大了。他警告自己，从今往后也要发！他的两个儿子，马上就要长大成人，该娶媳妇了，娶媳妇没有屋子怎么行？如果按照刚才的三次、四次计算，给儿子盖屋娶媳妇并不难。两个儿子，两房媳妇，一个东厢一个西厢，他和叶儿住堂屋，一早起来，这边喊爹那边叫娘，再过三年五载，有了孙子，左一个爷爷，右一个奶奶……

苗大牛越想越高兴，心里有如一轮红日冉冉升起。在灿烂的阳光下，那个曾经使他感到寒冷的家，已变得温暖如春，叶儿的冷淡已不复存在，无限希望和巨大诱惑就在眼前。

不知是拨门声惊醒了屋里的叶儿，还是叶儿根本就没有睡？苗大牛刚刚拨动几下，叶儿就在里边问："谁呀？"

苗大牛压低声音说："我。"

叶儿像是"哦"了一声，然后弄出一阵细碎的响声，也不点灯，一边摸索着将门打开，一边抱怨说："你没在天底下啊？下这么大的雨还往家跑！"

苗大牛走进屋，关上门，压低声说："今天刚炒的饲料，我拿来一点……"

叶儿有些夸张地说："这不了得！万一被人知道了，你还干不干啊？放下快回去吧！"

苗大牛说："人家的口袋，你找家什换下来。"

叶儿说："你等等。"

苗大牛说："点上灯呀？"

叶儿说："不能点灯！点灯被人看见了。"

苗大牛纳闷，在家里点灯谁能看见呢？换了口袋，才想开门走，突然一道闪电在天空划亮，惨白的电光照得屋里一片通明。就在那一瞬间，苗大牛看见了站在地上赤裸裸一丝不挂的叶儿，看见了躺在床上赤裸裸不挂一丝的白羊。与此同时，仿佛听见一声可怕的像是干木头爆裂一样的霹雳在头顶上炸响了，紧接着天空就破裂了，大地和大地上的一切都在颤抖，都在塌陷……

这是巧合吗？不，这是天意！

那道雪亮的闪电分明就是苍天有意眨动的慧眼，示意黑暗中的人看清身边的一切，那声霹雳分明就是苍天按捺不住的怒吼，提醒冥顽中的人幡然醒悟！

苍天啊！你究竟是有情还是无情？是呵护可怜的人还是打击可怜的人？倘若有情，你为什么不早点给以指示，叫他不要放弃那一次一次真爱的大好时机？倘若无情，你为什么现在又给以醍醐灌顶甘露洒心，叫他分清美与丑，善与恶，真情与假意？叫他哭无泪，笑无声？

当一盏油灯在床前点亮时，叶儿和白羊已经穿上衣裳。女人依偎在男人怀里，男人则像靠山一样保护着女人，看上去竟然没有丝毫的惊慌与羞怯，倒是由于苗大牛的闯入，打破了他们的温馨与安宁，引起强烈的怨怼和不满。

苗大牛有些糊涂了，分不清是在自己家里还是在白羊家里、叶儿是自己的老婆还是白羊的老婆了？

这时候，白羊清一清嗓子说："本来，我是应该早点告诉你的，可是我怕你想不开，闹出什么事，对你对我都不好，就按着没有说。今天你既然看见了，就干脆说明吧：叶儿来你家做媳妇是假的，就连那次在苇地里与你幽会也是假的……"

苗大牛不解地问："既然是假的，你为什么还叫我从工厂回来，与她一起过日子？"

白羊不无得意地笑起来："你不回来，我怎么娶厂长的女儿？你不回来，我和叶儿的事谁给打掩护？"

苗大牛气恼地说："你们打算害我多久？"

白羊"哼"一声，恨恨地说："就你这样儿，能有一个家就不错了。你糟蹋了叶儿，从现在起，你给我们当狗看家都便宜你！"

不等苗大牛开口，白羊又说："不服你就告去，不过我提醒你，我和叶儿是表兄妹，我们的事你说了也没人信，可是我只要把你偷饲料的事往上一汇报，不费吹灰之力就能把你重新送进监狱，叫你永远不出来，死在里边。我真想叫你永远不出来死在里边，省得看见你那样儿就恶心！"

苗大牛害怕了，不禁求饶说："我不告。"

白羊说："不告也行，不过你要向我保证，今后不许再碰叶儿。看见我来了，要马上走开，躲得远远的！"

苗大牛点头答应了，然后蹲在地上，用手捂着脸，一边哀哀哭泣，一边喃喃自语说："我什么都没有了，我什么都没有了。"

不知是苗大牛的哭声打动了叶儿，还是叶儿有感而发，她说："其实，这也是没有办法的办法，我一辈子落到这步田地，也是极不情愿的。咱们都想开一点吧，一辈子很快就完了。再说，你也不是什么都没有，你有这个家，还有两个儿子，他们都叫你爹。"

苗大牛仿佛想起什么来，急忙止住哭，两眼直直地在屋里寻找着，一时找不到二狗，不由发急地喊："二狗呢？我的二狗呢？"

叶儿用下巴指一下："二狗在那边床上。"

小家伙已经醒了，瞪着一双惊奇的眼睛，显然不知道发生了什么事。

苗大牛扑上去，抱住二狗，像抱住一块刚从狗嘴里夺下的心肝，惊喜得不知如何是好。在他苍凉而枯竭的心田里，慢慢孳生出一棵苦涩的希望之树，树上挂着一大一小两颗苦涩的果子，大的青绿，小的通红。他心里顿时恍然得跟明镜似的，往事历历如昨，知道红果子二狗是他的亲骨肉，而绿果子如意则是狗男女偷来的野种，偷偷挂在他树上的。但无论红果子还是绿果子，都得挂在他的树上，都得叫他爹！他认了，甚至发狠地想：有本事尽管造吧，无论造多少，都得挂在我的树上，都得叫我爹！

苗大牛不由心花怒放，仿佛输红眼的赌徒孤注一掷之后，突然大获全胜，成为世界上最富有的人了。他依稀看见，在遥远的垂暮之秋，站在村前的土岗上，身后簇拥着一大群儿孙，而土岗子下边，则是孑然一身七情愧赧的白羊。他笑了，笑自己暗暗占了便宜，笑自己取得了最后的胜利！

为了最后的胜利，在今后的日子里，苗大牛把全部的热情和心思，都倾注到儿子身上了。当然二狗没问题，小家伙与他有缘，一见面就打得火热，只是如意有些生分，喊爹时有些护口，但他有办法，他对二狗说，喊你哥来，就说爹有事。

二狗颠儿颠儿就把如意喊来了。

如意站在那里，一声不响地等待着吩咐。

苗大牛不急不躁，扭着脸假装没看见。如意等急了，只好喊一声爹，问他有什么事。他得意地“哈哈”一笑，从身上摸出两颗糖，如意、二狗每人一颗，然后挥手说：“没事了，玩去吧！”

有时候，白羊的女儿飞飞跟着如意、二狗一起玩，他也不吝啬，便多拿出一颗糖，分给她，并且瞅空问一句：“你爸爸待你妈妈好吗？”

那天，恰巧圆圆一步走到近前，听见他这样问，凭着女人的敏感和精细，知道苗大牛心里还有她，满腔怨恨顿时烟消云散，理解和同情立即汇聚心头，加上自己的诸多烦恼和痛苦，一时竟百感交集，又恨又怜地说：“大牛，你真傻！”

这之前，苗大牛见过圆圆几次，都没有说话。她恨他，他想解释都不给机会。今天见她这样，料定什么都知道了。他怕她说出白羊与叶儿的事，便假装给牲口添草料，转身走开了。

圆圆跟在后边，生气地说：“你就心甘情愿把妻子让给他吗？你还是个男人吗？”

苗大牛头也不回，心想让她骂吧，她骂完就走了。谁知圆圆没完没了，接着又说：“你去告吧，我给你作证！他是一个骗子，一个大骗子，设好圈套叫你往里钻。我也被他骗了。他为了当官，还唆使我爸爸给你表叔行贿，结果他官没当成，却害得我爸爸丢了厂长，你表叔丢了性命！”

丑鬼老大一辈子神出鬼没，绝处逢生，怎么会因为受贿丢了性命？苗大牛才想问个明白，门口突然响起白羊阴冷地笑声：“嘿嘿嘿嘿！苗大牛，你不相信吗？你应该相信，她说的句句都是实情！不过有一点，还需要补充一下：丑鬼老大被人民政府正法，除他受贿金额巨大之外，再就是他做过丑鬼老大，是一个混进革命队伍里、杀人不眨眼的土匪、强盗。可惜当时你不在场，你要在场，看看那个公判大会，就知道做丑鬼该是一个什么下场了！哦，对了。你还是去告吧，有人给你作证，你怕什么？”

苗大牛顿时吓得连大气都不敢出一声了。

倒是圆圆愤怒地指着白羊说：“白羊，你不要欺人太甚！狗急了还会跳墙呢！”

白羊依然“嘿嘿”地笑着说：“那你们就跳吧！”

四十四

苗大牛不敢去告，他的把柄都被白羊抓住了，命运也被白羊抓住了，告白羊就等于拿着鸡蛋往石头上碰，鸡蛋怎么能碰过石头呢？他想劝圆圆也不要惹白羊，惹白羊迟早是要吃亏的。可是，自从那天见过她一面之后，不知为什么，至今没有见过她，连飞飞也不来玩了。

莫非她病了？

她还真病了。

这一天，苗大牛实在忍不住了，就趁街上没有人，悄悄地溜进了白羊家。那年，白家被一把大火化为灰烬，现在白羊就住在老中医白先生土改时捐出的一所后宅里。把通往前院的过道堵上，从旁边打开一个门，就成了现在的小院子。

院子里阴气很重，一棵大树几乎荫蔽了半个院子。两间老屋经过多年风雨剥蚀，门窗已经糟朽，屋檐倾塌几处，整个儿灰兮兮的。地上长着一层墨绿色的苔藓，有枯草树叶和黑白相间的鸟屎横在上面。

苗大牛停在门口，小心地喊："飞飞，飞飞。"

连喊三声，飞飞从屋里走出来。几天不见，她胖鼓鼓的脸腮干锈许多，柔长的头发也乱了。

苗大牛试探地问："飞飞，这几天怎么不找二狗哥玩去了？"

飞飞很懂事地说："妈妈有病，我在家陪妈妈。"

苗大牛吃一惊，才想问什么，圆圆在屋里喊："大牛，你过来。"

圆圆病得很重，躺在床上，面色蜡黄，一动"咻咻"地喘，浑身出虚汗。

苗大牛担心地问："那天回家，他打你了？"

圆圆摇头说："没有。"

苗大牛又问："生气了？"

圆圆说："从前也生气，可从来没有这样过。现在，我浑身一点力气都没有，连说话的力气都没有，怕是不行了。"

苗大牛看她的样子,还真是不行了,但还是安慰说:“你年轻轻的,别胡思乱想,抓紧治病要紧。”

顿一顿又问:“吃过药没有?”

圆圆想说什么,看见飞飞在身边,就吩咐说:“飞飞,你看院门关好没有,别让野狗进来。”

待飞飞走后,她才说:“大牛,我怀疑他们害我,要不好好儿的,怎么病倒就起不来了呢?”

苗大牛知道圆圆说的他们是谁。白羊心狠手辣,生出害人之心是很有可能的;小白先生——老白先生已经作古,小白先生子承父业——医道虽不如老白先生精湛,但自幼受其父亲真传,也能药到病除,不会把病越治越重。况且这一带先生有个不成文的规矩,三服药不轻,调调方再三服,再不轻,就不给治了,拱拱手叫你另请高明。小白先生给圆圆治疗这么多天,病不见轻,怎么还不叫人另请高明呢?莫非他们……

苗大牛急忙问:“药呢?你都吃了吗?”

圆圆说:“今天的没吃,还在锅里……”

苗大牛端起药“汩汩”就喝,圆圆拦不住,急得哭起来:“大牛,你不要这样!”

一碗药喝下,苗大牛渐渐出了许多汗,淋淋漓漓,仿佛每个毛孔都变成一口小泉眼,汗水淘净污浊,也淘尽委顿之气,使人顿觉神清气爽。他不由惊喜地说:“是好药,是好药啊!”

圆圆却不解:“可是……”

问起病因,圆圆回忆说:“那天回来,我有些渴,就从壶里倒一碗水喝了,然后在院子里乘凉,忽然觉得头皮一阵发麻,紧接着两鬓就疼起来,越疼越厉害,像刀绞一样,疼得在床上直打滚。白羊看我实在挺不住,就请来白先生,吃了白先生的药,头疼慢慢减轻了,可是身子却软得不行了。”

苗大牛说:“你问过白先生没有,这是得的什么病?”

圆圆说:“问过,他说是受了邪风。”

她一天到晚躺在床上，身上生了褥疮，血水把褥子洇湿一片，干后硬邦邦的，屋里充满腐尸气味。

白羊很少回家，白天带领社员下地劳动，晚上和叶儿一起温存。

苗大牛则在工作之余，过来照顾圆圆，帮她洗衣扫地，做饭煎药，用温水给她擦洗身子。

那天，苗大牛正用温水给圆圆擦洗身子，白羊突然回来了，他冲苗大牛“嘿嘿”一笑，阴阳怪气地说：“你忙你忙，我拿点东西马上就走！”

临走又说：“我老婆的事，往后就托你帮忙了！”

苗大牛对白羊虽然恨之入骨，可是明里也不敢与他作对，暗里又无计可施，只好于无奈之中慢慢度日。

一天傍晚，他去村前水坑里担水淘草，看见一片明静的水面和茂密的芦苇，心里不禁怦然一动，诸多往事涌上心头，有关石碑和神龟的传说记忆犹新。他兴奋地退开一些，看见水坑的形状果然像一只神龟。暮色中，神龟依稀现出原形，浑身水光粼粼，龟甲乌亮如电，巨大的嘴巴伸向苇地深处，正在尽情地吸吮万物之灵、大地之气。他把目光停留在神龟的嘴巴上，心里想：如果叫神龟熟悉了白羊的气味，然后再激怒神龟，神龟就会寻着白羊的气味去啮咬、去餐肉、去饮血！

第二天一早，苗大牛去见圆圆，就把这计划如此这般的说了一遍。

圆圆怔愣良久，然后像身陷樊笼的小兽无可奈何的“呜呜”哭起来，哭着说：“他的衣物都在床头的柜子里，如果有用你就拿走吧。”

苗大牛找出白羊的一件内衣，内衣贴着身子，自然气味浓重。

待到夜深人静，苗大牛悄悄溜出饲养棚，走到水坑前，离龟头还有十几步远，他就跪倒在地上，虔诚而小心地喊一声：“苍天啊，为我们惩罚恶人吧！”然后往前爬一步，再喊一声：“神灵啊，可怜可怜我们吧！”

就这样，他往前爬一步，喊一声，待爬到神龟的嘴边，把白羊的内衣用双手托着送过去，等神龟慢慢吞食了，才离开。

回到饲养棚，二狗还没醒，他蹑手蹑脚地躺在二狗的身边，大睁着两眼一直到天明。

自从那个风雨之夜，苗大牛就把二狗带到饲养棚来了，一是为了说话解闷儿，二是怕狗男女做出的龌龊之事在他幼小的心灵上留下阴影。

二狗十分乖巧，他说："给爹挠挠脊梁。"小手便恰到好处地在他脊梁上挠一阵，挠完了还要报酬，"给我讲一段打仗的故事？"父子俩常常闹到半夜才睡。

过了几天，苗大牛觉得神龟已经把白羊的气味记住了，就开始找钉子，找来几根钉箱子的钉子都忒小，扎在那么巨大的脖颈上，怕是挠痒都不行！正在为难，一盘耙从门后走出来，耙钉又粗又长，扎下去肯定会把神龟激怒。

这一次，他取下三根耙钉，"噗噗噗"扎在神龟脖颈上，然后回到饲养棚，观察动静。观察了几天，不见神龟发怒，白羊依然安然无恙，我行我素。这是怎么回事儿？莫非耙钉还小？可是除此之外，再也没有比耙钉更大的钉子了！

一天，苗大牛正在一筹莫展，不知如何是好，忽然看见白羊满脸是血，被几个社员从地里抬回来，抬进白先生家。说是白羊在带领社员浇地时，不小心给棍子砸了，砸得鼻青脸肿，鲜血直流。

天啊！这哪是不小心给棍子砸了？分明神龟已经显灵，开始惩罚缺德丧良的家伙了！苗大牛暗暗高兴，同时又十分遗憾，觉得神龟的恼怒还不够！

等到夜深人静，苗大牛走到门后，取下六根耙钉——比上次多出一倍，肯定能把神龟彻底激怒，狠狠地惩罚缺德丧良的家伙了！

他在"叮叮当当"地往怀里放耙钉时，不意把二狗聒醒了。

二狗惊讶地问："爹，又去打仗啊？"

他骗二狗说："不，去打老猫。"

二狗说："老猫是什么呀？"

他说："老猫大嘴巴红眼睛，吃小孩。"

二狗害怕了，哀求说："爹，我怕！"

他自知失言，赶紧改口说："老猫不吃听话的小孩，二狗听话，快睡吧。"

二狗刚刚闭上眼睛，就看见一只大嘴巴红眼睛的老猫向他扑过来，吓得他不敢再睡，可是也不敢喊，便悄悄溜下床，跟在爹的后边。

乍然走进深夜，如同走进梦幻般的世界，二狗白天所熟悉的一切，现在都变得恍恍惚惚，有些不认识了。月亮变成红色，半半拉拉的，如同谁家吃剩的一块烧饼。星星昏昏蒙蒙，半天才眨动一下，一副无精打采的样子……

苗大牛匆匆走进苇地，从怀里掏出耙钉，用足力气对着神龟的脖颈“噗，噗”猛扎，六根耙钉刚刚扎下去五根，才想扎第六根时，就听水坑里突然“哗啦”一声巨响，紧接着响起无数怪异的声音，于是断定神龟疼痛难忍就要发作了，他不敢怠慢，慌忙扎下第六根耙钉，转身往回跑了。

跑回饲养棚，一颗心还“咚咚”跳个不停，仿佛看见盛怒的神龟跃出水面，“呼呼”施展着无边的法力。要不了多久，那个缺德丧良的家伙就会一命呜呼了！

最好叫白羊死在叶儿身边，等她一觉醒来吓个半死，吓得鬼哭狼嚎、屁滚尿流。待到日上三竿，街坊邻居们看完热闹，他就把圆圆接到家中，把她连同姘夫的尸体一脚踢出家门，让她尝尝冷漠和孤苦的滋味，尝尝吃醋和仇恨的滋味。“哈哈哈哈！我终于成功啦！我终于胜利啦！”

苗大牛一时有些不能自持，有些承受不了如此巨大的喜悦，胜利的浪潮冲击得他一阵阵晕眩，一阵阵欲呕，有如乍然走进酩酊销魂的神奇世界，飘然昏然不知所以然……

不知过了多久，苗大牛翻身时，忽然发现身边的二狗不见了，一摸竟然摸出无边的空廓，无边的惊慌。那颗“咚咚”狂跳的心，骤然从喜悦的极巅坠入无底的深渊，巨大的落差产生的失控和窒息，使他一阵阵虚脱，以致想爬起来去找二狗都站不住了。他后悔自己不该说出老猫那样的话，把二狗吓得不知跑到哪里去了。

二狗能跑到哪里去呢？他是不可能跟着去打老猫的，他害怕老猫怎么敢跟着去打老猫呢？可能是回家了。苗大牛歪歪栽栽跟头流水的跑到家，人没站稳就敲着门板急急地喊：“二狗回来了吗？”

叶儿躺在白羊怀里，懒洋洋地说：“你疯了？半夜三更的他回来干什么？”

苗大牛顾不上解释，扭头回到街上，心想可能找飞飞去了，这些天他经常去找飞飞玩。

圆圆听完苗大牛的述说，不禁惊叫起来：“哎呀！你快去水坑那里找吧。”

苗大牛赶到水坑时，水坑里一片寂然，水面平坦而结实得如是一面灰色的大玻璃；芦苇木然如画、如剪影。他怀疑这里不是水坑，甚至怀疑自己是否来过……

四十五

天亮之后，苗大牛在水坑里找到了二狗。小家伙飘飘然仰躺在既不透明又不见底的像玻璃一样的水面上，乳白色的水汽在他周围缭绕升腾，看上去如梦如幻，又真真切切。他迟疑片刻，小心地走下水去，水里没有温度也没有浮力，走进去一点感觉都没有。小家伙睡得很安详，憨态可掬。他将二狗轻轻抱在怀里，一边往回走，一边爱怜地埋怨说：“这孩子，怎么睡在这里了呢？”

村人匆匆赶来，有人指点着说：“快把他放在坑沿上，头朝下控控肚里的水！”

苗大牛很生气，把他放在坑沿上干什么？还头朝下，亏你们想得出来！记得这些人从前不是这样的，从前和他们打招呼，都爱答不理的，今天这是怎么了？他茫然地抬头看看天，一缕白云轻纱一样悠悠飘过；低头看看地，看看地上的水坑，心里不禁怦然一动，白云怎么落在水坑里了？而且一动不动地镶嵌在玻璃一样的水面上，看上去很虚假。他忽然明白了什么，不屑地向村人浅浅一笑，一句话也不说，抱起二狗扭头就走。

叶儿慌慌张张地跑来了，一缕散发在腮边飘动着。她干什么来了？紧接着后边闪出小白先生，小白先生依然迈着方步不紧不慢的跟在后边。

苗大牛猜想，可能是叶儿娘又病了，不然一大早她请来小白先生干什么？他停下来，把脸扭向一边，假装看远处的风景，想等他们走过去自己再走。谁知还离几步远，叶儿就哭着喊起来：“二狗，我的孩子！”

小白先生走过来，扒开二狗的眼皮看了看，摇头说：“不行了。”

叶儿哭得更凶了，她扑向小白先生，抱住他一条腿，哀求说："救救我的孩子，救救我的孩子！"

小白先生又说些什么，苗大牛没有听，他讨厌叶儿又哭又说的样儿，也怕聒醒了二狗，就绕开众人，向家里走去，走出老远，还听得叶儿在后边抽风一样失声断气地哭。哭吧，哭死才好！

苗大牛头也不回地走到家，屋门虚掩着，一只鸡正在桌上啄食一碗剩米饭，开门声惊得它扑棱棱乱飞，把碗登翻摔个粉碎，然后抖落一地鸡毛仓皇遁逃而去。

他顾不得这些，径自走到自己从前睡觉的床前，放二狗时却发现床上是空的，光席片破了一个洞，露着秫秸箔，这才想起被褥都被拿到饲养棚去了。

他不能叫二狗睡在光席上，二狗细皮嫩肉的，不搁扎，就睡到叶儿床上吧！

叶儿床上很暄腾，像融融春日照耀下的松软土地，可以想见她们和野男人在上边是怎样寻欢作乐的。他把二狗放上去，然后自己也报复似的躺上去，并狠狠地在上边打了一个滚。

屋里很快拥满了人，叶儿披头散发地坐在地上，依然哭得失声断气。二大娘和几个女人围着她劝。

二大娘说："二狗这孩子，是个坑人鬼，如意娘就狠狠心把他忘了吧！"

叶儿哭着摇头说："我怎么能忘了呢？他好歹也是我身上掉下来的一块肉啊！"

白羊则和一些男人在一旁吸烟说闲话，有一搭无一搭的。苗大牛不耐烦地挥手说："都小声点，别把二狗聒醒了！"

谁知白羊却隔着几个人怒气冲冲地说："苗大牛，你少装疯卖傻来这一套！大热的天你把他放在床上干什么？"

苗大牛冷冷一笑说："大热的天怎么啦？大热的天就不能在床上睡觉吗？这是我的家，我想和二狗在家里睡个七七四十九天哩！"

白羊无奈，只好说："你睡吧，你睡吧！"

然后灰溜溜地走了。

苗大牛看见叶儿的脸哭得变了形，觉得既恶心又好笑。曾经是那么俊俏的一张脸，现在是多么丑陋难看啊！曾经是那么冷酷的一颗心，现在是多么悲伤痛苦啊！他像孩子恶作剧似的，故意往二狗身边靠了靠，微眯双眼，听哭当歌。

不知过了多久，苗大牛心里渐渐呈现一片碧空，一只信鸽鸣着优美绝伦的长笛，穿过遥远的丛林，翩翩飞入碧空之中。他不禁为笛声所动，匆匆走下床，抱起二狗冲出家门。

村街上一片浑黄，像是起风了。所有的景物全然失去立体感，如同布上的画儿，随风飘飘而动；偶有一二行人，也是影影绰绰，薄如纸片。苗大牛觉得十分新奇，就找一处开阔街面席地而坐。二狗在他怀里依然呼呼沉睡，并且连连放着臭屁，臭气熏天。他喜爱地骂了一句："臭小子！"然后伏下头，在二狗圆鼓鼓的脸腮上狠亲了一口，接着又在二狗胸上、手上、大腿上……凡是能亲吻的地方，一口一口地亲吻起来，亲吻得啧啧有声，陶醉而忘情。

待满街的浑黄消退之后，笛声再次响起。苗大牛正想抱起二狗上路，忽然觉得衣襟被谁扯动了一下，回头看时原来是飞飞。

飞飞说："妈妈叫我给叔叔送点吃的，还叫我陪叔叔送走二狗哥哥。"

苗大牛点点头，算是同意了，然后接过飞飞手中的锅饼，掰一口塞进二狗嘴里，把剩下的还给飞飞，抱着二狗向村前义地走去。

义地里埋葬的大都是无家可归的成年死者，未成年人是不能埋入义地的，应该像丢弃死狗死猫一样丢到死孩子坑里去。可是义地里有小雨，苗大牛怕小雨受孤单，就把二狗送去了。

在一蓬红柳墩子前，苗大牛找到小雨的坟。小雨的坟在义地里数最大。每逢清明时节，苗大牛都给小雨来上坟。

他脱下汗褂儿，铺在地上，把二狗放上去，轻声说："小雨，我把二狗给你送来了。这孩子乖，讨人喜欢，一早一晚能陪你说话解闷儿。论辈分，他叫你姑。"

用手扒开坟，很快就找到了小雨的家。

他仿佛看到小雨正在门口迎接呢！

他欣喜地把二狗连同自己的汗褂儿一起交给了小雨。

苗大牛放心了，这样的结局是最理想了，小雨心细，叫二狗跟着小雨，比跟着他自己还放心。

回到村里，已是掌灯时分，喧嚣了一天的村庄平息下来。不知谁家的狗，“汪汪”几声狂吠，接下来一片沉寂。

圆圆不说话，挣扎着爬下床，给苗大牛盛满一碗饭，叫他吃。等他吃完了，收拾一个小包袱，挎在胳膊上，叫苗大牛背着她走。

苗大牛不问她要去哪里，背起来就上路了。

从前胖墩墩的一个人，现在瘦成干棒儿，背着并不重。只是飞飞人小没长力，走不多远就哼哼唧唧的不走了。

圆圆跟苗大牛商量说：“找个地方住下吧？”

苗大牛看见前边有个麦秸垛，就走过去。恰巧，麦秸垛被人掏空一个洞，三个人正好住进去。

飞飞躺倒就睡了。

圆圆却睡不着，兴奋得如是出笼的小鸟儿，“唧唧喳喳”叫不停。她说：“大牛，你也不问问，我们去哪里啊？”

苗大牛说：“不用问，你说不走了，就到啦。”

圆圆“咯咯”笑起来，说：“其实，我也不知道去哪里，只是想离开田家庄，离开那个是非之地！难道你就不想离开田家庄吗？”

苗大牛说：“不想。”

圆圆显然很意外：“为什么？”

苗大牛说：“田家庄有我的亲人，也有我的仇人！”

圆圆说：“你斗不过他。我就是怕你斗不过他，才叫你和我一起走的！”

苗大牛说：“我不能这样走……”

圆圆便不说话了，瞪着一双眼睛看天。天上没有月亮，在深不可测的穹隆之中，星星发出微弱暗淡的光。

不知过了多久，苗大牛突然“嘿嘿”笑起来，笑着自我解嘲地说：“当初，为了躲避你，我偷偷从工厂跑回家，现在却又从家里把你偷偷背出来，钻进麦秸窝里了。”

圆圆吓一跳，待回神来，没好气地说：“你活该！”

苗大牛并不恼，依然“嘿嘿”笑着说：“我就是活该。”

第二天，他们上路了。他们并不急于赶路，走走停停，饿了就进村讨口吃的，累了就找个地方住一夜。

一天傍晚，他们行至一个小村，不过五六户人家，村前却有一片阔大的水坑，坑中无苇，村中无树，稀落落光秃秃，几间茅舍傍坑而筑。

苗大牛停在坑前，正迟疑是走是留，一家院子里突然跑过来一位老妇人。老妇人喊一声：“这不是虎儿回来啦！”上前抱起飞飞，拉住苗大牛就走。

走进屋里，她冲床上一位更老的妇人说：“大姐，虎儿回来啦！还给你娶了个媳妇，生了个孙女哩！”

躺在床上的老妇人不相信，嘟囔说：“你说虎儿回来都说好几回了，也不见他回来。他回不来喽，我好几次做梦，都梦见他打仗时被打死了，头上打破一个血窟窿。”

老妇人便把飞飞抱过去，恳切地说：“大姐，这一回是真回来了，不信你摸摸，这是你的孙女菊菊。”

圆圆纠正说：“叫飞飞。”

然后教飞飞喊奶奶。飞飞就喊：“奶奶。”

圆圆趴在苗大牛耳朵上，教他：“快喊娘。”

苗大牛就实实在在地喊了一声：“娘！”

如此一来，老妇人就在床躺不住了，挣扎着爬起来。她看不见，就用两手摸苗大牛的脸，摸苗大牛的头，摸飞飞的小辫儿……摸着摸着“啊呀”一声，往后一倒没气了。

苗大牛赶紧放下圆圆，把老妇人扶起来，用汤匙灌下几口水，老妇人才慢慢缓出一口气。

老妇人惊喜地喊：“还真是我的虎儿回来了！我的虎儿到底回来了！”

喊着禁不住哀哀哭起来。

苗大牛也禁不住哀哀哭起来,他想起了自己的娘。

老妇人自己哭着却劝苗大牛不要哭,说:“你这傻孩子!到家了还哭啥?快别哭了,哭坏了身子!”

然后张着两手喊:“孙女呢?媳妇呢?都过来叫我摸一摸。”

摸到圆圆时,老妇人禁不住惊叫说:“啊呀!我的儿,你这是咋了?”

圆圆解释说:“我病了,是你的虎儿背我回来的。”

老妇人心疼地说:“你们在路上,遭了多些罪啊!”

然后关切地问圆圆:“病了多久了?”

圆圆说:“仨月了。”

老妇人就满有把握地说:“仨月,好治!好治!这叫邪气攻身,我有个偏方,单治这种病,赶明日叫你二姨把药配齐,几服就好了。”

傍黑时,二姨告辞要回家时,老妇人叮嘱她,务必明日把药配齐。

第二天,二姨果然送来一些草叶树根样的东西。老妇人叫二姨在锅里熬,熬出一碗给圆圆喝,剩下的添水烧热,给圆圆洗身子。

如此几次之后,圆圆竟然奇迹般地扶着床沿能站了。再几次之后,就能走到老妇人床前问长问短了。

真是偏方胜似名医!

只是老妇人的病,却一直没有转机。苗大牛为她请过几次医生,都无济于事,终于在一个朔风凛冽的傍晚,老妇人带着几分欣慰离开了人间。

二姨很感激,一边收拾老姐的遗物,一边对苗大牛和圆圆说:“为了老姐,我留你们住了这么多天,老姐一辈子守寡,没有值钱的东西,就这一口破屋,你们想要,就在这里住下吧,我也没有亲人,权当有门亲戚!”

圆圆不说话,一直看着苗大牛。

苗大牛说:“到时候再说吧。”

四十六

一天傍晚，苗大牛走到门口看天。

圆圆在一旁提醒说："要下雪啦。"

苗大牛说："下吧，该下啦！"

圆圆看他一会儿，试探地说："你还回来吗？"

苗大牛吃一惊，回头盯视着她，好像在说，你怎么知道的？

圆圆显得很平静，轻声说："我知道拦不住你，自从离开田家庄那天起，我就知道拦不住你。你去吧，我不拦你，你是男人，男人有男人该做的事！"

随着病情的好转，圆圆身上那些干涸的小溪已经流畅，开始灌注生命与爱的活力；脸色变得鲜艳红润，眼睛像秋水一样明亮……

苗大牛看她一会儿，突然发誓般地说："你等着，我回来，我一定回来！"

他走回田家庄时，夜已经很深了。村街上一个人都没有，甚至连一只小猫小狗都没有，唯寒风"呼呼"疾走。

这样的夜晚很好，这样的夜晚是专为苗大牛准备的！

他如入无人之境，十分顺利，甚至十分从容地走进通往家的那条胡同，眼看快要走到门口时，他又停下来。

他不能这样进家，这样太草率。万一白羊今天不和叶儿在一起，不是白来了吗？他不但要杀死白羊，还要叫白羊和叶儿死在一起。只有这样，才能使丑恶大白于天下，才能解他的心头之恨！

他返身走进另一条胡同，走到白羊家门前。伸手一摸，门板紧关着，门上挂着一把锁。这就是说，白羊家没人了，狗日的又和叶儿一起鬼混去了。他不敢怠慢，像急于完成一项神圣的使命，匆匆离开白羊家，直奔目标而去。他怕开门声惊动了屋里的狗男女，就绕到二大娘矮墙下，翻墙入院，蹑手蹑脚潜到窗下。

屋里没点灯，却有狗男女交媾和喘息的声音，叶儿"吃吃"的笑声像是毒蛇喷出的阴风迎面扑来，弄出的响动像是箭镞穿心难以忍受！苗大牛恨不能冲进屋里，将狗男女按住砸个稀烂剁成肉泥，但是他没有，他知道自己一个人不是他们两个人的对手，甚至连他一个人也打不过。他不能蛮干，他要按照事先想好的方案进行。

院里有一堆柴草，是他平日里拾来堆在一起的，经过风吹日晒，遇火即燃。有这些就足够了！

苗大牛在心里狠狠地骂了一声，然后就悄悄往门口搬起柴草来。风声掩护着他的行动，混淆了一切响声，以致用柴草把门窗堵严了，屋里的人还没有发觉，还在明目张胆、毫无顾忌地寻欢作乐。狗日的乐吧，这一回就叫你们乐个够！

他不慌不忙，甚至带着几分快感地点燃了柴草。

大火熊熊燃起，“呼呼”作响。

苗大牛听见了狗男女在屋里的惊叫声和呼救声，甚至看见了狗男女赤身裸体惊慌失措的狼狈样，还有浓烟烈火熏烧下的痛苦样。

啊哈哈！这就是狗男女作恶多端的下场！

苗大牛面带胜利的微笑，离开火海、离开家——不！它已经不是家了，它是复仇的代价！从此，他将失去家园，也将没有了仇人，成为无根的浮萍。

在村口，他回望了一眼，看见直冲夜空的火柱，和当年父亲喷出的血柱一样壮烈，一样惊心动魄！

不知从什么时候起，开始下雪了。鹅毛大雪纷纷扬扬，漫天飞舞，大地一片洁白。苗大牛茫然踏上一条不知是归途还是遥遥无期的旅途，一走一瘸，歪歪栽栽……

雪光驱散黑暗。小村像白蘑菇一样渐渐出现在视野。苗大牛看见村口有一根雪柱儿直撅撅地站立在那儿，不由加快了脚步，一边像脱缰的野马一样一蹦一跳地奔跑，一边欣喜若狂地高扬起双手大声喊：“我胜——”

“利”字还没有喊出口，他脚下突然一滑，仰面摔倒了。

圆圆迎上来，一边扶着他往回走，一边颤声问：“你……你得手了？”

苗大牛说:“烧死了! 都烧死了!”

圆圆便不再说什么了,也顾不得拍打她和苗大牛身上的雪,从锅里端出一碗饭,催促说:“快吃吧,我和飞飞都吃了。”

桌上已经收拾好一个包袱,苗大牛知道要走了。

这里不是家,那么哪里是家呢?

雪越下越大了。漫天大雪像破棉絮一样抛撒下来,密密麻麻编织成一张巨大的网,从天到地张开着,几步之遥什么都看不见;又好像是谁把天打碎了,大块大块地落下来,要把地上所有的沟壑填平,把天地之间的空隙填满。人在其间,有一种被挤压和即将被埋没的感觉。

好在圆圆能自己走路了,苗大牛背着包袱,一手拉着圆圆,一手拉着飞飞,慌张而艰难地行走着……

终于,他们走出雪地,走出寒冷,走出他们认为危险的地带,在一个春暖花开的季节,来到一片深山的腹地。

这里没有道路,人迹罕至,却有花有草有溪水,还有一片向阳的土地。苗大牛心情顿时好起来,如痴如醉地看着这一切,仿佛置身于世外桃源,充满无限希望和憧憬。

圆圆说:“就在这里住下吧,不会有人来。”

苗大牛说:“那一片地种庄稼,足够咱们吃的了。”

圆圆说:“咱们快选个地方安家吧!”

苗大牛环视四周,最后把目光落在小溪边一片向阳的山坡上,用手一指说:“前边那地方就好!”

他们说说笑笑,向前边走过去。正走着,忽然看见前边的小树后,有个熟悉的身影一闪,不由“咯噔”站住了。

圆圆一脸惊疑,看着苗大牛,好像在问:“这是怎么回事呢?”

苗大牛寒冷似的颤声说:“我明明听见他们在屋里都被烧死了……”

前边的山坡上,有一个用石块垒成的小屋,屋顶袅绕着炊烟,门口站立着一男一女。

那两个人是在苗大牛掩埋二狗的当天晚上出走的，然后辗转到这里，谁知冤家路窄，他们又相遇了。

白羊显然很意外，他小心翼翼地看着苗大牛，轻声说："我已经让步了，你怎么还穷追不舍呢？"

苗大牛听出是白羊的声音，可是他怎么也不能相信这样的事实。这是多么残酷、多么具有讽刺意味的事实！

才想说什么，突然觉得喉头一紧，什么也说不出来了。周身的血液迅速向心底流去，脚下一片虚空，大山在沉没，遍地都是污泥浊水。

苗大牛就看见自己的尸体，漂泊在无边的浊水之中……